北國 발해
제1권 대조영

北國 발해 제1권 대조영

지은이 / 박혁문
발행인 / 조유현
발행처 / 늘봄
편　집 / 이부섭　이다영
디자인 / 박준철

등록번호 / 제1-2070 1996년 8월 8일
주　소 / 서울시 종로구 충신동 189-11 동국빌딩 3층
전　화 / (02)743-7784
팩　스 / (02)743-7078

초판 1쇄 펴냄 2006년 10월 25일

ISBN 89-88151-72-0　04810
ISBN 89-88151-71-2　04810(세트, 전2권)

* 가격은 표지에 있습니다.

박혁문 역사소설

北國 발해

1

대조영

늘봄

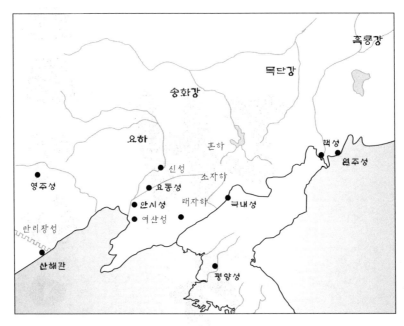

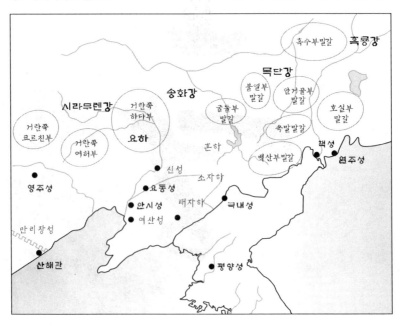

고구려 부흥군 분포도 ❂   요하 주변 성과 거란 · 말갈족 분포도 ❂

서문_ 남쪽 나라 통일신라, 북쪽 나라 발해
모두 지켜야 할 우리의 역사

남쪽 나라 통일신라, 북쪽 나라 발해
모두 지켜야 할 우리의 역사

오래 전부터 필자는 요동과 연변 그리고 집안, 백두산 등지를 여러 차례 방문하면서 자료도 모으고 지형도 살피면서 글쓰기를 준비해 왔다. 그때 길림성 쪽에서 가장 가고 싶었던 곳은 러시아령 *끄라스끼노*와 훈춘이었다. *끄라스끼노*는 고구려 시절 대 일본 무역의 본거지인 염주성으로 알려진 곳이다. 필자는 여러 가지 이유로 이곳을 대조영의 고향이라 생각하고 있었기에 무척 가고 싶었다. 훈춘은 고구려 때는 책성으로, 발해 시절에는 동경이라 불린 곳으로 순나부 땅의 으뜸 성이었다.

그러나 연변 지역을 여러 번 방문하면서도 훈춘에 갈 기회가 생기질 않았다. 혼자 다니는 여행이 아니었기 때문이었다. 연변에서 훈춘으로 이어지는 고속도로를 바라보며 저 너머 사랑하는 연인을 두고 차마 가지 못하는 애틋함 같은 그리움만 키웠다.

삼 년 전, 드디어 훈춘에 갈 기회가 마련됐다. 동해에서 배를 타고 자르노빌 항을 통해 훈춘으로 가게 된 것이다. 멀리서나마 염주성이 있던 *끄라*

스끼노의 지형을 살필 수 있었고 훈춘에 며칠 머물렀다. 러시아에서 중국 땅으로 들어가기 위해 뜨겁게 달아오른 8월의 뙤약볕 아래서 몇 시간이고 기다려야만 했던 그날, 그토록 가고 싶었던 훈춘으로 가는 길이라 더위쯤이야 문제도 아니었다.

그곳에서 필자는 고구려 순나부 지역의 핵심도시였던 책성이면서 동시에 발해의 3대 문왕이 도읍지로 삼았던 '팔련성'을 찾았다. 중국 사람들이 출입을 막았다. 대신 바로 옆에 있는 온특혁부성을 답사했다. 이제는 논두렁길로 전락했지만 토성의 흔적이 분명한 이 성을 뒤로하고 앞에는 근래에 만든 안내판이 세워져 있었다. '당왕조 발해국 온특혁부성'이라고 한글로 붉게 쓰여 있었다. (중국은 소수민족 우대정책을 취하기 때문에 조선족 자치구에서는 한글을 먼저 쓰고 다음에 중국어를 표기한다.)

알고는 있었지만 막상 현장을 접하게 되자 당황스러웠고 화가 났다. 다시 찾아야 한다. 발해를……. 이 지역에서 일어난 금과 청은 우리 민족사라 할 수 없지만 발해와 고구려는 절대 빼앗겨서는 안된다는 생각뿐이었다.

십여 년 가까이 고구려에 대한 공부를 해오면서 고구려는 우리 민족 기질의 뿌리라는 사실에 사로잡혔다. 한 많은 민족이 아닌 도전적이고 진취적인 기상의 뿌리이다. 디지털 유목민에게 가장 필요한 것은 이 기상이다. '고구려사'는 우리의 역사다.

중국은 화하족에 지배당한 적이 거의 없다. 근대사에서는 명나라, 송나라 정도이며 그 외에는 선비족이 세운 당나라, 만주족이 세운 금나라, 청나라, 거란족이 세운 요나라, 몽골이 세운 원나라의 지배를 받았다.

이 중 금나라, 청나라, 요나라는 다 고구려의 일원이었던 부족이 세운 나라이다. 이들이 산골짜기에서 시작하여 도전적으로 중국 대륙을 점령할 수 있었던 뿌리에 고구려가 자리 잡고 있다. 고구려가 했던 것처럼 산골짜기에서 시작하여 대륙으로 또 중국 땅으로 들어갔던 것이다. 형제국인 고려와 조선을 내버려두고……. 물론 조선이 형제국인 청나라보다 명나라를 더 지지했을 때는 조선을 공격하였다. 거란족은 조금 다른 경우지만 이들도 자신들이 고구려의 후손임을 내세웠다. 「고려사」 서희편에 서희와 요나라 장수 소손녕과의 담판 장면에서도 누가 더 고구려의 정통을 지니고 있는가를 따지고 있다.

청이나 금이나 다 고구려의 일원이었던 종족이 세운 나라지만 우리는 그들을 우리 민족사에 포함시키지 않는다. 예맥족이 세운 나라가 아니기 때문이다. 그러나 고구려와 발해는 다르다. 바로 우리 조상인 예맥족이 세운 나라이기 때문이다. 「신당서」에는 대조영을 속말말갈인, 「구당서」에는 고구려의 별종이라 나와 있지만 이는 중국인이 쓴 자료에 불과하다. 발해의 2대 왕 대무예가 일본에 보낸 서신(「속일본기」)에는 분명 자신은 고려인이며, 자신을 고려왕이라 말하고 있다. 또한 발해는 부여의 풍습을 이어받았고 고구려의 옛 땅을 회복하였으며 당나라는 자신의 원수라고 분명히 밝히고 있다. 사신들의 이름도 말갈계보다는 고구려계가 더 많다. 85명 중 고구려왕 성인 고씨가 12명이나 되었고, 만주계는 6명밖에 되지 않는다.

「삼국사기」 신라본기 원성왕 6년조와 헌덕왕 4년조에 보면 발해에 사신 보내는 것을 '사북국(使北國)'이라 표현하고 있다. 이로보아 당시 통일신라에서도 발해를 동족으로 생각하고 있었음을 알 수 있다.

진보역사학자들은 통일신라시대라는 말 대신에 남북국시대라 말한다. 남쪽의 통일신라, 북쪽의 발해, 이것이 700년대서부터 900년대까지 우리 민족사의 시·공간을 지배했던 나라이다. 공교롭게도 이 두 나라는 탄생과 멸망시기가 비슷하다.

오늘날 우리나라 사람들은 길림성 돈화에 있는 동모산에서 발흥한 발해가 남으로는 청천강이북, 동으로는 러시아의 연해주, 북으로는 흥안령산맥, 서로는 요동 땅을 차지한 우리 역사상 가장 넓은 영토를 차지한 나라였다는 것을 알지 못한다. 2대 왕 대무예는 광개토대왕보다 더 광활한 영토를 정복한 최고의 정복군주이며, 장문휴를 시켜 산동성까지 점령한 위대한 대왕이다.

필자는 남북국 시대의 북국, '발해'를 알리기 위해 이 글을 썼다. 고구려가 망한 뒤 곧바로 고구려를 다시 세웠던, 그래서 자신들을 고려 사람이라 했던 발해의 위대한 임금 대조영과 한민족 최고의 정복군주 대무예를 내 짧은 글 솜씨로 엮어내려 애썼다.

대학시절부터 필자는 고구려에 대한 이야기를 글로 써야겠다는 생각을 해왔다. 한민족 최고의 영웅 연개소문, 광개토대왕, 대조영과 대무예, 그리고 주몽대왕……. 십여 년 전부터 쓰기 시작하여 하나씩 소설로 발표하던 중 요즈음 텔레비전에서 고구려 관련 드라마들이 쏟아져 나오면서 발표 시기도 조정하고 또 차근차근 쓰려던 계획도 변경되어 글 쓰는 손길이 바빠졌다. 자료 속에 파묻혀 있던 고대사들이 생명을 얻어 살아있는 역사가 되어 많이 읽히고 알려진다면 더 바랄 바가 없겠다. 역사적 사실이 왜곡되는 것이 큰 문제이긴 하나 TV 드라마 제작에 힘입어 고구려에 대한 관심과 사랑이 커지는 주변 모습을 보는 것만으로도 가슴 벅차다. 식지 않는 오랜 열정이 소리 없이 죽어가지 않고 어떠한 형태로든 읽히고, 또 살아남길 바란다.

성경에 아무도 예수를 증거하는 자가 없어 '돌들이 소리친다'는 구절이 있다. 아무도 대무예를 말하는 사람이 없어 필자가 소리친다. 한민족 최고의 정복군주 대조영과 대무예, 그 위대한 대서사시를…….

내 글쓰기의 동반자인 사랑하는 아내와 늘봄 가족들에게 또 다시 감사드린다.

2006년 9월 도봉산 아래에서
박혁문

염주성(끄라스끼노)이 있었던 곳으로 추정되는 주변 전경

1부

고구려 부흥군

1. 항해

파란 하늘이 붉게 물들기 시작했다. 수평선과 맞닿은 하늘 너머에서부터 다가온 태양이 은빛 바다를 만나 붉은 아들을 낳고 있다. 오랜 항해에 지친 까만 눈망울에도 붉은 기운이 넘치기 시작한다. 순간 노을빛을 반사하던 붉은 눈동자에 점점이 드리워지는 검은 그림자.

"도사공을 불러라."

바다와 맞닿은 하늘 끝을 응시하던 걸걸중상의 이마 주름이 밭고랑 마냥 세 줄로 길게 늘어서며 꿈틀거렸다.

"불러 계십니까?"

"까치놀이야."

"저도 봤습니다."

"괜찮겠는가?"

걸걸중상이 근심스런 눈으로 도사공을 응시하는 동안 사위는 점점 어두워졌다.

"한두 번 겪은 일이 아닙니다."

"까치놀이 뜬 것으로 보아 큰 판을 각오해야 될 것 같은데……."

"이 뱃길을 다닌 지 삼십 년입니다."

'두, 두, 두둑, 두둑, 툭, 툭, 툭'

두 사람이 대화를 나누는 동안 해풍을 머금은 돛대 위로 칼날 같은 바람과 함께 세찬 빗줄기가 몰아치기 시작했다.

"날이 어두워져 아무 것도 안 보이는데?"

"어차피 보이는 것이라고는 망망대해밖에 없었습니다."

"별도 뜨지 않을 터인데 방향을 제대로 잡을 수 있겠는가?"

"이맘때는 별보다 중요한 것이 바람입니다. 바람을 타고 키만 제대로 잡으면 아무 문제없습니다."

도사공 장간은 걸걸중상 앞에서 흔들림 없는 자신감을 보였다.

"자네를 믿네."

"하느님을 믿으셔야 합니다."

세월의 연륜만큼 훤히 드러난 이마 밑으로 도사공 장간은 선한 눈웃음을 지었다. 하지만 돌아서는 그의 낯빛에 스치는 그늘은 걸걸중상의 마음속에 남아 있는 불안감을 지울 수 없게 만들었다. 자신이 갑판에 있으면 도사공이 부담스러울 것 같아 걸걸중상은 배 한가운데 마련된 선실에 들어가 잠을 청했지만, 밖의 상황이 안심이 되지 않아 쉽게 잠들지 못하고 뒤척이기를 반복했다.

'우르르 쾅'

겨우 잠이 들었던 걸걸중상은 찢어지는 듯한 괴성에 벌떡 몸을 일으키고야 말았다. 배는 심하게 흔들렸다. 속에서는 메스꺼운 기운이 올라왔다.

사십 평생, 일본으로 통하는 이 뱃길을 수십 번 다녔지만 뱃멀미는 해 본적이 없었다.

불안감이 엄습했다. 한 줄기 빛이라도 있으면 위안이 될 것 같았다. 그렇다고 등불을 켤 수도 없었다. 배가 심하게 흔들렸기 때문이다. 보이는 것은 어둠뿐이었다. 갯벌을 몇 겹 파낸 뒤 만나는 흙과 같은 어둠……. 걸걸중상은 잠들어 있던 오감을 다시 깨워 선실너머에서 벌어지고 있는 일에 집중시켰다.

'쏴~아, 휘~잉'

예사롭지 않은 소리였다.

"밧줄을 잡아라. 키를 잡아라."

매운 해풍을 먹고 자란 도사공 장간의 카랑카랑한 목소리가 비바람을 뚫고 그의 귓가에 전해졌다. 이번 항해 길에서 한 번도 들어보지 못한 다급한 소리였다. 무심코 아들 대조영을 찾았다. 그의 곁에 누워 있어야할 아들이 보이지 않았다. 그는 더 이상 선실에 있을 수 없었다.

'쿵'

갑판으로 향하던 그는 둔탁한 소리와 함께 바닥에 넘어지고 말았다. 흔들리는 배는 해라장이라고 배려하는 법이 없었다.

"망측한 놈."

걸걸중상은 누구에겐지 모르는 욕설을 퍼붓고는 다시 일어섰다. 팔꿈치가 시큰거렸다. 무릎 어딘가에 생채기를 입은 것이 분명했다. 상황이 급박한지라 이런 사소한 것에 신경 쓸 겨를이 없었다. 또 다시 몸이 흔들렸다. 이번에는 넘어지지 않았다. 선실 밖이라고 다르지 않았다. 캄캄한 밤하늘은 어둠 속의 물상들을 쉽게 구별할 수 없게 했다. 차가운 채찍처럼 온몸을 파고드는 빗줄기가 그를 더욱 당혹스럽게 했다.

'우지지직~ 쾅'

천둥보다 큰 소리가 울렸다.

"도사공!"

그가 할 수 있는 일이라고는 장간을 찾는 것뿐이었다. 비록 자신이 해라장으로 배를 지휘하고 있지만 항해기술은 그가 더 뛰어났다. 그런 만큼 노련한 뱃사공인 장간에게 지금 이 순간을 맡길 수밖에 없었다.

"무슨 일인가?"

"돛대 하나가 부러졌습니다."

"돛대가 부러져?"

절망적이었다. 돛대가 부러지면 설사 지금의 고비를 넘긴다 해도 무사히 염주성으로 돌아갈 수 있을 것이라고 장담할 수 없었다.

"아직 하나가 남아 있습니다."

장간은 애써 여유를 찾으려는 듯했다.

"일기는 어떤가?"

"바람이 세차게 불어 파고는 높고 비는 더욱 거세지고 있습니다."

도사공은 마치 이런 상황을 기다리고 있었던 사람처럼 놀랄 일이 아니라는 듯 말했다. 물론 이는 자신을 안심시키기 위한 도사공의 의도적 태도라는 것을 걸걸중상은 알고 있었다. 그럼에도 그의 자신 있는 말투로 불안감이 걷히는 것은 사실이었다.

"대조영은 어디 있나?"

걸걸중상이 선실 밖으로 나온 이유 중 하나가 아들의 모습이 보이지 않았기 때문이었다. 분명 곁에서 잠들어 있어야할 아들이 보이지 않기에 그는 짠 바닷물이 휩쓸고 다니는 갑판에 나선 것이다.

"키를 잡고 있습니다."

"대조영이 키를 잡아?"

"바람이 거세지자 공자님께서는 갑판으로 나서 가장 중요한 일이 무엇인지를 물었습니다."

걸걸중상은 도사공의 짧은 말을 통해 자신이 잠들어 있는 동안 둘 사이에서 벌어진 일들을 알 수 있었다. 아들놈이 고집을 피워 키를 잡게 했음이 틀림없었다. 그는 고물 쪽을 바라보았다. 사방이 어두워 배 위의 물상들을 구별하기 힘들었지만, 거세게 때리는 비바람 속에서 키를 잡고 있는 바윗돌 같은 물상이 눈에 들어왔다. 걸걸중상의 입가에 옅은 미소가 흘렀다.

'쾅'

그의 입가의 미소는 이내 싹 사라졌다. 이번에는 이물 쪽이었다.

"무슨 소린가?"

"돛대가 부러졌습니다."

오래지 않아 도사공은 소리의 정체를 말했다. 그의 목소리가 좀 전과는 달라졌다. 강을 다니는 배는 하나의 돛대를 매달았지만 바다를 항해하는 배는 두 개의 돛대가 있었다. 돛대는 동력의 근원이었다. 두 개의 돛대가 다 부러졌다면 이제는 표류할 수밖에 없는 것이 자명한 사실이었다. 비가 오고 거센 바람이 부는 캄캄한 밤바다를 돛대도 없이 항해한다는 것은 불가능한 일이다. 수십 번 이 바다를 항해한 노련한 도사공도 마지막 하나 남은 돛대가 부러지자 순간적으로 당황하는 것 같았다.

"이제 어떡하지?"

"하느님께 매달려야죠. 바람이 잦고 비가 그치기를……."

"비가 그친다 해도 돛대 없이 어떻게 항해할 수가 있나?"

"해류가 고향으로 우리를 안내할 것입니다."

도사공의 목소리에는 비장감이 묻어 있었다. 걸걸중상은 '이런 거친 바다에서 해류는 바뀔 수도 있는 법'이라고 도사공에게 말하려다 그만 두었다. 말해봤자 아무 도움도 되지 않기 때문이었다. 다만 그의 이마의 주름살이 더욱 깊어질 뿐이었다.

배는 더욱 심하게 흔들렸다. 배 안에는 빗물과 함께 파도가 밀려들었다가 좁은 배수구를 통해 다시 바다로 빠져나갔다. 바람이 점점 거세지자 파고는 더 높아져 마침내는 한 길 넘는 파도가 배를 덮치기 시작했다. 물이 모두 빠져나가기에는 배수구가 부족했다. 오래지 않아 물이 발목까지 차올랐다. 사공들은 세찬 비를 맞으며 바가지로 물을 퍼내기 시작했다.

'하느님께 비나이다. 제발 이 비 좀 그치게 해 주십시오.'

걸걸중상은 절로 하느님을 찾았다. 하느님은 오래 전에 작정한 듯 그의 말에는 귀를 기울이지 않는 것만 같았다. 오히려 비바람은 더욱 거세져 삿갓을 쓰지 않고는 눈조차 뜨기가 쉽지 않았다.

"사람이 빠졌다."

갑판이 시끄러웠다. 물을 퍼내던 사공 하나가 파도에 휩쓸린 것이다. 동료들이 급하게 밧줄을 던졌지만 배가 심하게 흔들려 이도 쉽지 않았다. 주춤거리는 사이 성난 파도는 조난자를 삼켜버려 그의 모습은 보이지 않았다. 사람들 입에서 안타까움과 함께 절망 섞인 소리들이 나오기 시작했다.

"욕살님[1]은 선실에 들어가 계십시오."

도사공은 사공들의 입에서 점점 험악한 욕설이 나오기 시작하자 민망한 듯 걸걸중상을 사공들과 격리시키려 했다. 걸걸중상은 잠깐 동안 갑판을 살피다가 선실로 들어갔다. 자신의 존재로 인해 도사공이 부하들을 부리는데 오히려 방해가 될 수 있다고 생각한 것이다.

"조금만 참고 견디세!"

---

1) 고구려는 오부족 연맹체였는데 이는 나중에 동서남북중의 행정구역의 이름으로 개편된다. 이 때 각 지방의 행정구역은 큰 성과 중간급 성, 그리고 작은 성으로 이루어져 있었다. 큰 성의 성주는 욕살, 중간급 성은 처려 근지, 작은 성의 성주는 루초라 불렀다.

걸걸중상은 격려의 말과 함께 선실로 들어갔다. 갑판에서 해라장[2]의 존재가 없어진 것을 확인한 도사공[3]의 목소리는 거칠어지기 시작했다.

"이 염병할 놈들! 뱃놈들이 이깟 파도도 못 이기고 물에 빠진단 말이냐."

때로는 거친 발길질을 해대며 사공들의 불만을 잠재우기 시작했다. 구척장신이 휘두르는 손바닥에 귀싸대기를 얻어맞은 선원 중 하나는 한동안 일어나지도 못했다.

"시키는 대로 하지 않으면 다 뒈져, 이놈들아!"

도사공의 태도는 걸걸중상을 대할 때와 완전히 달라졌다. 기세에 눌린 선원들은 한치 가량 나왔던 입술을 쑥 집어넣고는 시키는 일에만 열중했다. 배 안에는 물을 퍼내는 사람과 부러진 돛대를 완전히 잘라내는 두 부류로 나뉘어 다들 바쁘게 손을 놀렸다.

거센 바람과 함께 내리는 세찬 비는 뱃사람들의 몸을 그냥 두지 않았다. 몸도 제대로 가누지 못하고 성난 파도와 사투를 벌이던 중 또 다시 파도에 휩쓸려버리는 사람들이 생겨났다. 도사공은 미동도 하지 않았고 사공들을 향해 더 거친 욕설만 내뱉었다.

문득 뭔가가 생각난 듯 표정이 굳어진 도사공은 급히 흔들리는 배안을 달려 고물로 갔다. 고물 쪽은 무릎까지 차오른 바닷물이 배가 요동침에 따라 급한 물살을 이루고 있었다. 그 곳에 한 사람이 버티고 있었다. 오로지 두 손으로 키를 잡은 채 꼼짝도 하지 않고서. 눈앞을 가리는 강한 빗줄기를 씻어낼 틈도 없이, 땀과 눈물과 빗물로 범벅이 된 얼굴 사이에는 맹수처럼 번쩍이는 눈빛만이 어둠 속에서도 또렷했다.

---

2) 정치 · 군사적 의미로써 배의 지휘자, 혹은 선주.
3) 항해 및 행정의 책임을 지고 있는 사람으로서의 선장.

"공자님! 괜찮으십니까?"

대조영이었다. 그는 산처럼 버티고 서서 키를 꼭 잡고 있었다.

"죄송합니다. 워낙 다급한 일이 많아서……."

사람이 실종되고 배 안에 물이 들어차면서 대조영의 존재를 까맣게 잊고 챙기지 못한 것에 생각이 미치자 도사공은 송구스러웠다.

"난 괜찮소. 여기는 걱정하지 말고 사공들이나 잘 보살피시오."

이 순간 키는 도사공이 잡아야 하는 것이 원칙이었다. 돛대가 둘 다 부러진 상황에서 이제 믿을 것은 해류밖에 없었기 때문이었다. 폭풍우 치는 이런 상황 속에서 해류의 흐름을 타는 것은 힘든 일이었다. 오로지 오랜 경험에서 나오는 감각으로 키를 잡고 배의 방향을 조절해야 되기 때문에 도사공이 키를 잡아야만 했다. 실수하여 파도에 맞서게 된다면 배가 전복될 수도 있기 때문이다.

그러나 불안해하는 사공들을 안정시키고 눈앞에 닥친 위험을 벗어나는 일이 더 중요했다. 상황이 이렇다 보니 그는 키 잡는 일을 잊고 있었다. 잊었다기보다는 위급함을 덜 느꼈다. 노련한 도사공이 키를 잡고 있는 것 같은 안정감을 느꼈던 것이었다.

잔잔한 바다를 항해할 때는 약간의 경험만 있으면 키를 잡을 수 있었고 더 경험이 쌓이면 하늘의 별을 쳐다보며 밤바다를 항해할 수도 있었다. 그러나 폭풍우가 몰아치는 날은 사정이 달랐다. 해류를 탈 수 있는 경험과 함께 체력이 필요했다. 오랫동안 버텨낼 수 있는 의지와 힘이 있어야 했다. 도사공은 자신이 아닌 다른 사람이 키를 잡고 있는 것이 불안하긴 했지만 자신을 대신할 만한 사람이 배 안에 있다는 것에 안도감이 들었다.

"공자님 죄송하지만 조금만 더 키를 잡아 주십시오. 빗줄기가 잦아들면 제가 키를 잡겠습니다."

"내 걱정은 마시고 도사공의 볼 일을 보시오."

대조영은 미소를 지었다. 표범의 날카로운 이빨 같은 것이 칠흑 속에서도 빛이 났다.

"공자님만 믿겠습니다."

도사공은 다시 한 번 죄송하다는 말과 함께 무릎까지 차오르는 물길을 헤치며 갑판으로 나갔다. 모든 일에는 절정이 있게 마련이다. 절정의 끝은 하락이다. 밤새 절정의 비바람을 일으켰던 바다도 다음날 아침이 되면서 빗줄기가 가늘어지더니 바람도 잦아들었다.

고비를 넘긴 듯하자 도사공은 배안을 살피기 시작했다. 누구랄 것도 없이 밤새 엄청난 수마에 시달렸던 사공들은 갑판 위에 쓰러져 그대로 잠이 들었다. 간밤에 몇 명의 동료가 파도에 휩쓸렸는지에는 전혀 관심이 없는 듯했다. 쓴웃음이 나왔다.

돛대가 부러진 것 외에 더 이상의 큰 피해는 없는 듯했다. 망망대해에서 돛대는 배의 전부였다. 돛을 달지 못한 배는 바다에 표류하고 있었다. 해류에 떠밀려 어디론가 흘러가고 있었다. 방향을 가늠할만한 지표는 아무 것도 보이지 않았다. 사십 년 배를 타는 동안 이런 경우는 없었다.

'과연 고향에 돌아갈 수 있을까?'

고물 쪽으로 발길을 돌렸다. 대조영은 기대를 저버리지 않았다. 파도를 조금만 잘못 타도 전복될 수 있는 위급한 상황에서, 거센 파도가 몸을 휩싸고 바다로 끌고 갈 수 있는 다급함 속에서 굳건히 키를 잘 잡아 주었다. 그래서 어려움을 견뎌낼 수 있었다. 열일곱의 어린 나이에 어떻게 이런 일을 해냈는지 감탄이 절로 나왔다.

쳐다보는 것만으로도 상대를 제압할 듯한 범 같은 눈빛으로 바다를 응시하고서 대조영은 두 손으로 키를 굳게 잡은 채 마치 망부석이라도 된 듯 꼼짝 않고 있었다. 온몸이 축 늘어진 채 젖은 도사공의 모습이 그의 시야에 들어왔을 때 대조영은 힘겨운 사투에서 살아남은 자의 여유로운 미소가 떠올랐다. 힘들다는 말도, 이제는 돛을 잡아달라는 말도 하지 않았다. 자신의 공을 내세우려는 기색도 보이지 않았다.

"공자님 정말 잘 하셨습니다. 덕분에 우리 모두가 살았습니다."

"……."

도사공의 말에도 대조영의 표정에는 별다른 변화는 없었지만 긴장 뒤에 몰려오는 극심한 피로감이 역력했다.

"공자님 이제 들어가서 쉬십시오. 키는 제가 맡겠습니다."

"아니오. 도사공이 먼저 쉬시오. 나는 젊었기에 며칠을 안자도 끄떡없소."

"아닙니다. 공자님이 먼저 들어가 쉬십시오."

두 사람이 서로에게 휴식을 취하길 권하며 옥신각신했다.

"내가 키를 잡을 테니 두 사람 다 들어가 쉬게."

걸걸중상이었다.

"나는 충분히 잤으니 모두들 들어가 쉬어라."

아들을 바라보는 걸걸중상의 눈길에서 아들에 대한 그의 생각이 어떠한지를 읽을 수 있었다. 그는 폭풍우 치는 밤을 선실에서 보냈지만 마음은 선원들과 함께 했다. 지휘부가 둘로 나눠지는 것보다는 바다 경험이 훨씬 많은 도사공이 홀로 지휘하는 것이 더 낫겠다는 생각에서 몸을 선실에 뉘였을 뿐이었다. 선실 밖에서 벌어지는 일에 한 순간도 마음을 떼지 않았다. 배의 쏠림을 보고 키를 올바로 잡고 있는지 없는지, 도사공의 상스러운 욕설을 들으며 제대로 대책을 세우고 있는지를 판단한 것이다. 가끔씩 선실 밖으로 나와 상황을 점검하던 그는 폭풍우 속에서 차돌같이 키를 잡고 있는 아들의 모습도 지켜보았다.

아들에 대한 믿음, 그것은 이 세상을 얻은 것이나 다름없이 큰 것이었다. 이 난국에, 고국을 잃어버린 이 난국에 아들이 믿음직스럽게 성장해준 것은 너무나 고맙고 다행스런 일이었다. 걸걸중상의 입가에는 흐뭇한 미소가 흘렀다. 이마에 팬 깊은 주름마저 기분 좋게 퍼지는 듯했다.

간밤의 폭우는 흔적도 없고 하늘은 청명했다. 고향 염주성도 보일 듯했다. 바람 한 점 없었다. 태양은 강렬한 기운을 쏟아내 밤새 젖은 배를 말려주었다. 습기 차고 칙칙한 선실의 곰팡이가 사라지는 듯했다. 그러나 돛대를 잃은 배에게 강렬한 태양과 무풍은 적이다. 배가 해류에 떠밀리긴 했지만 반나절이 지나도록 거의 제자리였다. 키를 잡고 있는 걸걸중상의 입술이 타들어갔다. 말없이 하늘만 바라보던 그는 교대하러 나온 도사공이 고물에 모습을 드러내자 다급하게 질문을 던졌다.

"우리가 해류를 놓쳐버린 것일까?"

"태양의 위치로 보아서는 남쪽으로 너무 내려온 것 같습니다."

"남쪽이라면 신라의 영해가 아닌가?"

"그렇습니다."

"신라는 안 돼!"

'신라'라는 말에 걸걸중상은 거의 신경질적으로 반응했다. 동시에 이마의 주름살이 다시 깊어졌다.

"신라는 당나라를 끌어들여 고구려를 망하게 한 놈들이야. 신라 영역을 벗어나는 방법을 찾아보게."

"노를 쓸 수밖에 없습니다. 노를 사용하여 북쪽으로 저어가면 곧 해류를 만날 것입니다. 해류만 만난다면 시간이 좀 길어지더라도 고향으로 돌아갈 수 있습니다."

도사공은 걸걸중상 앞에서 항상 긍정적이었다.

"내가 계속 키를 잡을 테니 자네가 선원들을 독려하게."

동료를 잃어가며 밤새 폭풍우와 싸워 지칠대로 지친 선원들은 또다시 노를 젓는다. 배가 움직이기 시작했다. 무풍지대였기에 노는 유익했다. 도사공의 북소리 장단은 돛대를 잃은 배에 새로운 활력을 불어 넣었다. 태양이 강렬해지자 사공들은 웃통을 벗어 젖혔다. 검게 그을은 등줄기 위로 오래지 않아 땀방울이 물방울이 되어 흘러내리기 시작했다. 두 점의 시간이 흐를 즈음 선선한 바닷바람이 불어왔다. 배가 조금씩 빠르게 흘러간다.

"배가 해류를 탑니다."

마침내 도사공은 환하게 웃으며 소리쳤다.

"이제 돛대가 없어도 칠팔 일 후면 염주성 근처에 도착할 것입니다."

"자네가 고생이 많았네. 고생이……."

걸걸중상은 도사공의 노고를 치하한 후 키를 그에게 넘겼다. 사공들은 이제 더 이상 노를 젓지 않아도 되었다. 바닷물을 퍼 올려 땀방울로 뒤덮인 몸을 씻어내며 환호성을 지르는 자들도 있었다. 고비를 넘긴 자축의 소리였다.

사납게 달려들던 지난밤의 강한 빗줄기는 오히려 하늘을 가리던 티끌 하나까지도 다 씻어내 청명한 일기를 선사했다. 티 하나 없는 여름날이었다. 하늘에 노을이 물들기 시작했다. 키를 잡은 도사공은 아름다움에 취해 넋을 놓고 하늘만 쳐다보았다. 하룻밤 사이에 하늘을 대하는 마음이 완전히 달라졌다. 원망에서 감탄으로……. 이 마음이 오래 가길 바랐다. 무사히 염주성 하늘을 바라 볼 수 있기만을 기원했다.

서쪽하늘을 가만히 응시하던 도사공 장간의 미간이 점점 일그러졌다. 맑은 수평선 저쪽에 점점이 박힌 물상이 이쪽으로 향해 오는 것을 발견했기 때문이다. 고깃배는 이런 먼 바다에 나오지 않았다. 아직 신라 영해를 벗어나지 못한 것이 찜찜했다. 점으로 확인했던 물상들이 점점 가까이 다가오면서 정체를 드러냈다. 돛대를 높이 올린 두 척의 배였다. 깃발도 보였다. 명주성[4] 배였다.

"신라수군이 나타났습니다."

도사공은 잠들어 휴식을 취하고 있는 걸걸중상에게 재빨리 보고했다.

"신라 배가?"

걸걸중상은 침상에 걸려 있는 칼과 활을 챙기고 곧바로 선실을 빠져나 갔다. 그의 곁에서 책을 보고 있던 대조영도 활과 함께 자신의 분신인 화 극(火戟 · 한쪽 끝에는 창이, 다른 한쪽에는 반달형 칼이 달린 모양의 창) 을 챙긴 후에 아버지의 뒤를 따랐다. 명주성이라는 깃발을 높이 단 신라수 군은 빠른 속도로 다가왔다. 이런 상황에서 제일 좋은 방법은 도망가는 것 이다. 귀찮은 일이 벌어질 수 있기 때문이다. 하지만 염주성 배는 돛대를 잃어 배의 기능을 상실했다. 저들의 처분만 바랄 수밖에 없었다.

"저들이 이 먼 바다까지 나온 이유가 무엇일까?"

"지난밤 폭풍우에 명주지방도 큰 피해를 보았을 것입니다. 인근에서 표 류하는 고깃배를 찾아 나섰을 것입니다."

"무엇 때문에 우리에게 접근하는 거지?"

"우리 배엔 많은 물품이 실려 있습니다. 저들은 그것을 노릴 것입니다."

긴장한 듯 도사공의 목소리는 떨려 나왔다.

"물건만 갈취하면 다행이지만……."

도사공은 두려운 듯 말을 끊었다.

"말해보게."

"우리를 노예로 팔아넘길 수도 있습니다."

"그래, 전투준비를 시키게."

이것저것 상황을 살피던 걸걸중상은 재빨리 결론을 내렸다. 갑판에 모

---

4) 오늘날의 강릉.

든 선원들이 나와 초조한 표정으로 걸걸중상의 결정을 기다리고 있었다.

"내 명령이 떨어지면 활을 쏴라."

걸걸중상은 낯선 배에 대해 적개심을 품으며 부하들에게 단호한 목소리로 명령했다.

고구려 해군의 핵심기지는 비사성이었다. 수나라와 당나라 수군과 접전을 벌이며 고구려의 서쪽 바다를 지킨 곳이 비사성이라면, 고구려의 동해를 지킨 곳은 염주성이었다. 이들은 먼 바다를 항해하는 기술이 있어 일본을 드나들며 무역을 할 뿐 아니라 신라의 공격으로부터 고구려를 지킨 주력이었다. 뿐만 아니라 당태종 이세민의 침공 때는 비사성의 해군을 도와 대장산도까지 진출하여 당나라 해군 도독 장량의 수군을 궤멸시킨 주력이었다.

따라서 이들이 갖는 자부심은 대단하여 고구려가 이미 망한 지금까지도 고구려 수군의 기치를 걸고 바다를 항해하고 있었다. 고구려는 망하였지만 염주성은 망하지 않았다는 것이 이들의 생각이었다. 더구나 조상 대대로 동해 바다를 오가며 살았던 이들의 가장 큰 적은 신라의 수군이었기에 나라가 망한 지금까지도 신라 수군이라면 그들에겐 숙적이었다. 나라가 있든 없든 그건 문제도 아니었다.

"신라 놈들은 모조리 다 죽여야 해!"

앉은뱅이처럼 해류에 몸을 맡긴 채 떠밀려가고 있는 배를 향해 점점 가까이 다가오는 신라함정을 보며 걸걸중상은 전의를 다졌다. 두터운 갑옷을 입고 있는 신라 해라장의 모습이 보였다. 갑옷이 터져 나올 듯이 살이 올라 한 번씩 가쁜 숨을 쉬는 그의 얼굴에는 비아냥거리는 웃음이 가득했다. 갑판에는 칼을 든 병사들이 일렬로 늘어서 먹잇감을 노리는 사냥꾼처럼 잔뜩 웅크린 자세로 이곳을 노려보고 있었다.

"발사!"

걸걸중상은 미소 짓고 있는 신라수군 해라장의 얼굴을 보는 순간 분노가 치밀어 올라 바로 공격 명령을 내렸다. 오전까지 무거운 노를 저었던 사공들은 이제 군인이 되어 손손에 활을 들고 있었다. 갑판 너머에 몸을 숨기고 있던 염주성 군사들은 걸걸중상의 명령에 벌떡 몸을 일으켜 곧바로 불과 오십 보 거리로 접근한 신라군을 향해 활을 쏘기 시작했다. 기습에 놀란 신라군 두엇이 쓰러졌다.

탐방선이긴 했지만 저쪽은 군인이었다. 이들은 백제와 고구려를 멸망시킨 후 천하에서 가장 강하다는 당나라군을 청천강 너머로 몰아낸 상승의 신라군이었다. 곧바로 반격을 가하기 시작했다.

'쿵'

석포가 날아들었다. 어른 머리통만한 큰 돌들이 갑판을 강하게 때렸다. 염주성 배들은 평옥선이었다. 갑판 아래 선실로 통하는 곳만 돌출 되어 있을 뿐이었다. 몸 숨길 곳이 마땅하지 않았다. 갑판을 둘러싼 난간에 몸을 숨기며 적의 공격을 피할 뿐 반격할 엄두를 내지 못했다. 돌을 맞은 갑판 곳곳에 구멍이 뚫리기 시작했다.

"숨지 마라, 공격하라!"

걸걸중상은 공격하기를 포기하고 난간 뒤로 몸을 숨긴 사공들을 향해 공격을 독려했다. 하지만 사공들은 그의 명령대로 움직여주질 않았다. 석포와 함께 날아드는 화살에 맞서 감히 몸을 일으킬 생각을 하지 못했다.

"욱!"

비명소리와 함께 싸움을 독려하며 적을 향해 활을 쏘던 걸걸중상이 화살을 맞고 쓰러졌다. 화살은 그의 오른쪽 어깨에 깊이 박혔다. 그의 손에 들려있던 활은 자연스럽게 바닥으로 떨어졌다. 걸걸중상이 쓰러지자 사공들의 표정은 사색으로 변했다. 이제 싸움이 끝난 것이나 다름없었다. 저들의 포로가 되어 노예로 팔릴 운명을 생각하며 두려움과 좌절감으로 뒤범

벅이 된 표정들이었다.

신라 배는 점점 가까이 다가와 마침내는 도선(渡船)을 위한 갈고리 달린 밧줄이 던져졌다. 통증으로 바닥에 주저앉은 걸걸중상은 어깨를 감싸고 어쩔 줄 몰라 했고, 선원들은 이미 싸우기를 포기한 채 겁에 질려 웅크려 있었다. 도사공이 걸걸중상을 대신하여 싸움을 독려했지만 선원들은 꼼짝도 하지 않았다.

칼을 휘두르며 신라군이 구멍 뚫린 갑판 위로 날아들었다. 제일 먼저 갑판에 내려선 신라군은 눈앞에 있는 사공의 목을 보기 좋게 날려 버렸다. 이를 본 염주성 사공들은 엉덩이를 하늘로 한 채 두 손으로 목을 감싸고 머리를 바닥에 비볐다.

"나라도 없는 장사꾼 새끼들이 감히 신라군을 공격해!"

돌격대장인 듯한 자가 하늘을 향한 궁둥이를 닥치는 대로 걷어차며 화풀이를 해댔다. 뒤이어 도선한 신라군들도 엎드려 있는 염주성 사공들을 닥치는 대로 때리면서 두 손을 결박하기 시작했다.

"이놈의 새끼들이 감히 누구한테 화살질이야!"

사방에서 욕설이 날아들었다. 이윽고 신라의 탐방선 두 척은 양쪽에서 걸걸중상이 탄 배를 옭아매었다.

"네 놈이 해라장이냐?"

마침내 돌격대장은 갑옷을 입고 있는 걸걸중상을 발견하고는 칼을 겨눈 채 화살을 맞고 쓰러져 있는 걸걸중상에게로 다가왔다.

"나라도 없는 새끼들이 겁 없이 우릴 공격해!"

욕설과 함께 다가오던 돌격대장은 걸걸중상을 향해 강하게 발길질을 했다.

"억!"

그 순간 놀라운 일이 벌어졌다. 비명을 지르며 돌격대장이 쓰러진 것이다. 발길질을 하기 위해 발을 들었던 돌격대장의 두 다리가 무릎 아래로 잘려져 나갔다. 이 놀라운 광경에 배 안에 있던 모든 사람들은 순간적으로 숨을 멈추었다. 겨우 숨을 내 쉬는 순간 이들은 다시 한 번 숨을 멈춰야 했다. 득의의 미소로 배 안에서 벌어지는 일을 지켜보던 신라 탐방선 해라장의 목이 순식간에 잘렸기 때문이다.

"내가 해라장이다. 자신 있는 놈은 나서라."

길게 찢어진 눈매가 더할 수 없이 날카로웠다. 각진 얼굴의 구척장신이 화극을 들고 서 있자 누구도 쉽게 나서지 못했다. 대조영이었다. 화살을 맞고 쓰러진 아버지를 부축하고 있던 대조영은 바닥에 놓여 있던 화극을 뽑아 들어 돌격대장의 다리를 공격한 후에 곧바로 신라 탐방선으로 뛰어 올라 탐방선 해라장의 목을 자른 것이다.

대조영의 손엔 날카로운 창이 또 다른 한쪽에는 양날을 세운 굵은 칼날이 박힌 화극이 들려 있었다. 피가 뚝뚝 떨어지는 칼날에 겁을 먹었는지, 아니면 순식간에 두 명의 대장을 잃은 것에 전의를 상실한 것인지 신라군은 자신들 앞에 우뚝 서 있는, 아직 어려보이는 장사 앞에서 한동안 움직이지도 못했다. 하지만 이도 잠깐이었다. 크게 한 번 호흡을 고른 장졸 하나가 칼을 빼어들고 달려들자 사방에서 대조영을 공격하기 시작했다.

대조영은 위축되지 않았다. 천천히 화극을 돌리기 시작했다. 화극이 어지럽게 춤을 추기 시작할 무렵 갑판 위에는 찔리고 목베인 시체가 하나 둘씩 쌓이기 시작했다. 날카롭게 날을 세운 그의 칼날은 피를 먹고 사는 듯 좀체 멈출 줄 몰랐다.

십수 명의 신라군은 대조영의 적수가 되지 못하여 오히려 뒤로 한발 한발 물러섰다. 그러자 지금까지 몸을 웅크린 채 두려움에 떨고 있던 염주성 군사들이 도사공을 필두로 하여 하나 둘씩 싸움에 가세하여 전세가 순식간에 역전되었다. 우두머리를 잃은 상태에서 한 번 기세가 꺾이자 더 이상 싸움이 되지 않았다. 살아남은 자들은 저도 모르게 무기를 바닥에 던지고 손을 높이 들었다. 불과 몇 각 전까지도 생각하지 못한 상황이었다.

"이제부터는 아버지를 대신하여 내가 지휘한다."

피를 뒤집어 쓴 대조영이 화극을 손에 쥔 채 사공들에게 명령했다.

"욕살님을 빨리 선실로 모시고, 부상자들을 잘 돌보아라. 시체와 부상당한 신라군은 바다에 던져라. 우리는 노획한 두 배를 매달고 염주성으로 향한다. 도사공은 키를 잡고 노획한 배의 돛을 높이 올려라."

2. 염주성

"염주성이다!"

돛대 위의 척후병이 환호성을 울렸다. 선실과 갑판에 누워 무더운 더위
와 씨름하고 있던 선원들은 누구랄 것도 없이 일어나 이물 너머를 응시했
다. 푸른 산하 저편 얼음 나라에서 온 듯 햇살을 받아 하얗게 빛이 나는 곳
이 있었다. 염주성[5]이었다. 지천에 깔린 염전이 햇빛과 어우러져 은빛의
향내를 내고 있었다. 그 어느 때보다 험난했던 항해 길에서 한순간도 안도
하지 못했던 대조영은 하얀 고향의 모습을 보고 비로소 안도의 한숨을 내

---

[5] 염주성은 학자들에 의하면 오늘날 러시아령 연해주의 끄라스끼노 지역이라 한다. 필자는 대
조영을 염주성 출신으로 생각하는데 그 이유는 여러 가지가 있다. 첫째는 그가 속말말갈 출
신의 걸사비우와 함께 반란에 성공한 후 당나라에서 진국공이라는 작위를 주겠다고 회유하
였음에도 불구하고 오늘날 요령성 지역에 머물러 있지 않고 천문령 전투에서 승리한 후 오늘
날 길림성 돈화 지역으로 이동했다는 사실이다. 이는 자신의 원래 뿌리가 이곳에 있었다는

쉴 수 있었다.

　노획물로 얻은 두 척의 신라 탐방선 덕분에 생각보다 빨리 염주성에 돌아 올 수 있었다. 아버지 걸걸중상의 부상은 치명적이진 않았지만 상태가 좋지 못했다. 십수 명의 포로를 잡아오긴 했지만 이번 여행에서 노련한 사공 십여 명 남짓을 잃었다. 자신이 아버지를 따라 일본 무역에 나선지 만 삼 년이 다 되어 가지만 이번 여행처럼 힘든 여정은 없었다.

　대조영은 이번 여행에서 깨달은 것이 많았다. 그중에서도 나라 잃은 서러움이 무엇인지를 온몸으로 느꼈다. 신라군의 공격 때도 그랬지만 나라 없는 서러움을 일본에서도 톡톡히 당했다.

　'나라를 찾아야 한다. 나라를……'

　대조영의 가슴 한 가운데 자리 잡고 있던 염원은 이번 여행을 통해 강한 불길처럼 타올랐다.

근거가 될 것이다. 천관우의 연대표에 보면 대조영이 돈화로 옮겨 발해를 건국하기 3년 전에 그의 아버지 걸걸중상이 백두산 동북지역(오늘날 연변의 조선족자치지역 주변)의 고구려 유민과 말갈 세력을 이미 통합하였다는 기록이 나온다. 그렇다면 대조영은 최소한 속말말갈족이 살았던 함경북도와 연해주, 연변지역에 걸치는 곳 출신이라 할 수 있다. 당시 이 지역의 중심도시는 책성과 염주성이었다. 걸걸중상이 이 지역을 통합할 수 있었다면 많은 재력과 군사력을 지녀야 하는데, 그러기 위해서는 책성이나 염주성 두 곳 출신이어야만 가능하다. 책성은 고문의 묘지에서 발견된 것처럼 고씨 집안의 영지였다. 따라서 대조영의 아버지 걸걸중상은 염주성을 근거로 한 세력이었을 것이라는 추론이 가능하다. 둘째, 발해는 고구려와 달리 강한 해군력을 보유한 해양세력이라는 점이다. 발해 3대 황제인 문예는 오늘날 길림성 훈춘(당시 지명으로는 책성) 지역에 팔련성을 쌓고 그곳으로 도읍지를 옮긴다. 일본과의 무역에 주력하겠다는 의도였다. 일본을 오가는 길은 매우 험한 해로였기에 아무나 갈 수 있는 곳이 아니었다. 계절풍을 이용할 줄 아는 숙련된 뱃사공들만이 가능했는데 문예황제가 그럼에도 불구하고 도읍을 옮긴 것은 그들의 조상이 염주성 출신이었기 때문이 아닌가 생각한다. 고구려가 망한 뒤 책성의 성주였던 고씨 집안은 붕괴되었을 것이고 그 틈을 이용하여 걸걸중상이 책성지역을 점령하여 이곳으로 근거를 옮겼을 것으로 추정된다. 또한 2대 임금 대무예는 아예 당나라의 잦은 간섭을 배제하기 위해 장문휴로 하여금 당나라의 해군기지인 등주성을 공격하는데, 이 또한 그들이 해양세력 출신이기 때문에 이런 일을 꾸미지 않았을까 생각한다. 셋째, 발해가 건국되고 난 뒤 유독 일본과의 교류가 잦았다는 점이다. '양태사의 야청도의성'이라는 시에도 나오지만 발해 사신들이 일본을 오가는 사례가 많이 발견되고 있

염주성은 고구려가 망하기 전과 달라진 것이 별로 없었다. 연개소문이 죽은 후에 그의 차남 남건을 지지하는 계루부 사람들이 반란을 일으켰다. 순나부 출신의 어머니를 둔 남생을 대막리지로 내세울 수 없다는 것이 그들의 반란 이유였다. 세력에서 밀렸던 남생은 철천지원수인 당나라군에 도움을 청하고 당나라는 신라에 공격을 명령하여 고구려는 나당 연합군의 공격을 받아 결국 망하고 말았다.

왕이 항복했다고 고구려 전체가 항복한 것은 아니었다. 고구려는 여러 민족과 큰 성들을 중심으로 이루어진 나라였다. 성은 독립된 소왕국이었기에 성주가 항복하지 않으면 쉽게 굴복시킬 수 없었다. 끝까지 항복하지 않은 성이 열한 개나 되었다. 그중에는 염주성도 있었다.

염주성은 두만강변의 동해안에 위치한 성으로 일본과의 무역을 담당하는 큰 성이었다. 이곳은 또한 염전이 발달하여 이를 바탕으로 막대한 부를

다. 또한 고구려 출신으로 고구려가 망한 뒤 일본으로 건너간 사람들이 많았는데 이것이 가능했던 이유는 고구려가 망한 뒤에도 일본으로 가는 해로는 여전히 살아 있었기 때문이라 생각한다. 이로 미루어 염주성 출신의 걸걸중상이 일본과의 무역로를 계속 장악하고 있다가 다른 지역이 몰락하자 일본과의 무역에서 벌어들인 엄청난 자본을 바탕으로 측천무후가 힘이 약해진 틈을 타서 당나라군을 몰아내고 이 지역을 장악했을 것으로 추정할 수 있다. 따라서 대조영이 아버지의 힘을 바탕으로 당나라의 유혹을 뿌리치고 이곳으로 와 나라를 건국할 수 있었던 것이다. 이들 염주성 세력은 연개소문과도 큰 연관성이 있을 것으로 추정된다. 이전의 고당전쟁 때 장량이 이끄는 당나라수군은 고구려의 해군기지였던 비사성에서 치열한 전투를 벌여 이곳을 점령한다. 그 이후 평양성을 향하던 중 당나라수군은 행방불명이 되고 마는데, 국내 학자들은 이들이 장산군도에서 큰 패배를 당했다고 주장한다. 발해만의 해군세력이었던 비사성이 이미 점령당했다는 것은 이곳의 해군은 이미 당나라군에 의해 패배했다고 추측할 수 있다. 그렇다면 장산군도에서 당나라군을 공격한 해군은 어디서 나타났는가? 당시 해군력을 생각할 때 비사성에 버금가는 해군력은 일본을 오가던 염주성밖에 없었다. 이루 미루어 연개소문은 당나라의 공격에 대비해 염주성의 해군력을 이곳으로 동원했다는 가설이 성립된다. 따라서 필자는 순나부 출신인 연개소문의 외가가 염주성이 아닐까 추정한다. 국내 학자 중 어떤 분이 연개소문은 죽지 않고 일본으로 건너가 일본의 천무왕이 되었다고 주장하는 사람이 있는데 만약 연개소문이 일본으로 건너갔다면 이는 혼자 건너간 것이 아니라 군사를 이끌고 갔을 것이고, 그런 대규모의 군대를 실어 나를 수 있는 해군력이 반드시 필요했을 것이다. 그것이 가능한 곳은 염주성밖에 없었다.

이룩한 풍요로운 성이었다. 염주성에 가기 위해서는 여러 개의 강을 건너야 했기에 강한 해군력을 보유하지 않으면 쉽게 공략할 수도 없었다. 이를 이용하여 염주성은 고구려가 망한 뒤에도 십 년이나 버티면서 당나라에 항복하지 않았다. 하지만 육지로 나가는 길이 봉쇄되었기에 인근의 책성과도 연락이 끊어져 고립된 삶을 살 수밖에 없었다.

고립되었다고 염주성이 파탄 나는 것은 아니었다. 여전히 일본과의 무역은 성행하였고 해산물이 풍부하였으며, 주변의 넓은 평야에서는 많은 곡물을 수확할 수 있었다. 다만 나라가 없다는 이유로 자신들의 상행위는 점점 위축되어 갔다. 이런 상황이 어린 대조영의 마음속에도 큰 부담으로 와 닿았다. 그의 마음 한 구석에서 나라를 되찾아야 한다는 강한 의지가 자라고 있었던 것이다.

얼음 위를 미끄러지듯 배는 선착장에 자연스럽게 안겼다. 배가 들어온다는 소식에 멀리 떠난 남편과 아들을 기다리던 염주성 아낙들이 돋움발을 하며 배 안의 사람들을 살피기 시작했다. 아낙들의 입에서 더러는 환호성이 나왔고 더러는 불안감에 어쩔 줄 몰라 했다. 눈물로 뺨을 뒤덮은 아낙도 보였다. 다른 때와 달리 돛대가 부러진 비참한 몰골의 배와 함께 신라 명주성 깃발을 꽂은, 사연을 알 수 없는 배가 두 척이나 매달려 있었기에 이들의 불안감은 그 어느 때와도 달랐다.

환호와 통곡을 뒤로 한 채 대조영은 어깨를 다친 아버지를 부축하며 기다리고 있는 마차에 올랐다. 통증이 극심한 지 걸걸중상은 항해 내내 거의 말을 하지 않았다. 배가 항구에 도착해서야 비로소 수고했다는 말을 건넸을 뿐이었다. 성청(城廳)으로 향하는 동안에도 아버지는 아무 말이 없었다. 마차의 요동에 고통스러운 듯 어깨만 감쌌다. 이런 아버지의 모습을 보며 대조영의 마음에는 만감이 교차했다.

대조영에게 아버지는 산 같고 하늘같은 존재였다. 지금의 자신이 있게 한 분이었다. 자신의 생각, 가치관, 무술, 학문, 항해술 등 모든 것이 아버지의 가르침에 의한 것이었다. 아직도 그가 배워야 할 것이 많았다. 부상당한 어깨를 감싸고 있는 아버지를 보면서 신처럼 느껴졌던 아버지도 결국 인간이었다는 것을 알았다. 활을 맞으면 신음하고, 칼을 맞으면 죽을 수도 있는 인간이라는 것을 새삼 깨달았다. 자신의 방패 역할을 하던 커다란 산이 쓸려 나가는 듯한 불안감이 생겼다. 동시에 언제까지나 아버지가 자신과 함께 할 수 없다는 것도 깨우쳤다.

'이제는 혼자 살 준비를 해야 한다. 나라를 잃어버린 유민(遺民)으로서 이 험한 파고를 헤치고 항해할 수 있어야한다.'

고구려가 망한 후 대부분의 고구려 땅은 신라와 당나라에 복속되었다. 고구려는 망하지 않았다며 고구려의 부흥운동을 이끌던 안승과 검모잠이 토벌된 지도 아주 오래였다. 당태종 이세민의 공격을 끝까지 막아냈던 수성(守城)의 대명사 안시성마저도 당나라에 항복한지(671년) 삼 년이 넘었다. 백두산과 호로하에서 일어났던 고구려 부흥군도 설인귀가 이끄는 당나라군에 의해 토벌되고 말았다. 이런 상황에서도 내륙에서 너무나 먼 바다 끝에 위치해 있고, 강한 해군력을 지니고 있다는 이유로 염주성은 아직도 항복하지 않고 버텼다. 가까운 책성은 이미 당나라에 복속된 지 오래였지만 백척간두와 같은 위기를 걸걸중상은 잘도 넘겼다.

연씨부인은 남편의 부상 소식에 큰 충격을 받았다. 남편이 없다면 염주성의 미래는 어떻게 될지 알 수 없었다. 당나라군이 이곳까지 들어온다면 자신도 다른 고구려인들처럼 내지 깊숙한 곳으로 끌려가 노예생활을 해야 할지도 몰랐기에 그녀는 남편의 부상이 충격 이상의 공포로 와 닿았던 것이다.

"염려 마시오. 이 정도로 죽을 내가 아니오. 더군다나 이제는 우리 아들이 나를 대신할 만큼 자랐으니 걱정하지 않아도 되오."

걸걸중상은 염려하는 아내를 위로했다. 동시에 지난 항해에서 있었던 대조영의 무용담을 이야기하며 크게 웃었다.

"그러기에 제가 호위선을 이끌고 가라 하지 않았습니까?"

아내는 신라군이 공격했다는 말에 가슴을 쓸어내리며 말했다. 걸걸중상은 이번 항해에 일부러 호위선을 데려가지 않았다. 항해를 하는 동안 가장 큰 위협세력인 신라는 당나라와의 일전에 모든 국력을 쏟았기에 요즘 들어 큰 위험세력이 아니었다. 대신 책성까지 진출한 당나라군을 견제하기 위해서는 두만강변과 소두리강 근처에 항시 배를 띄워야 했기에 호위함을 이끌고 떠날 수 없었던 것이다.

"앞으로는 조심해야겠소. 신라가 당나라군을 청천강 너머까지 몰아냈기에 이제는 내치에 더욱 치중할 것이오. 당연히 우리가 건너던 바다도 저들이 챙기려 들 것이오."

걸걸중상은 밭고랑 같은 이마의 주름살을 찌푸리며 고통스럽게 말했다.

"그동안 별고 없었소?"

걸걸중상은 봄에 일본을 떠나면서 성의 책임을 아내에게 맡겼다. 연씨 집안 출신의 아내는 웬만한 남성 못지않은 여장부였기에 오히려 그녀에게 모든 일을 맡기는 것이 안심이 되었기 때문이었다.

"손님이 왔습니다."

"손님?"

"보장대왕이 보낸 사람이라 했습니다."

"보장대왕은 당나라에 끌려가지 않았소?"

"자세한 내막은 직접 물어 보십시오."

보장대왕이란 말에 걸걸중상의 얼굴에는 반색의 미소가 떠올랐다.

"어서 그들을 불러 주시오."

"일단 치료부터 받으십시오."

연씨부인은 일의 경중부터 따졌다. 사연도 많았고 아픔도 많았지만 일본으로 떠났던 배가 돌아온 뒤부터 염주성은 다시 활기를 띠기 시작했다. 일본에서 건너온 상품과 또 물건을 팔고 난 여윳돈으로 성내의 분위기는 한껏 풍요로왔다.

책성에 당나라군이 들어온 이후 당나라군은 염주성을 공격하기보다는 고립정책을 쓰기 시작했다. 내륙으로 나오는 모든 길목을 막음으로써 염주성이 저절로 투항하기를 원했던 것이다. 그러나 해산물이 풍부한 염주성은 큰 타격을 받지 않았다. 오히려 일본과의 무역, 멀리 흑룡강을 통한 흑수부말갈과의 무역으로 더욱 풍요로운 곳으로 발전해 나갔다. 염주성이 이전의 영화를 잃지 않고 발전을 거듭했지만 한편으론 불안했던 것이 사실이었다. 언제 당나라군의 공격이 있을지 몰랐기 때문에 항상 전투준비를 하고 있어야만 했다. 그러나 일본으로부터 배가 들어온 며칠 동안은 그런 불안감을 잊고 풍요로움에 젖어 들었다.

"보장대왕이 보낸 밀사 고연입니다."

장사꾼은 장사꾼을 알아보는 법이었다. 장사꾼 복장을 하였지만 장사꾼보다는 책상물림으로 보이는 사십대 중반의 사내는 걸걸중상을 만나자마자 자신의 신분부터 밝혔다.

"증거는?"

고연은 품속에서 청동방울을 꺼냈다. 반질반질하게 잘 닦은 청동방울이었다. 그것이 무엇을 의미하는지 걸걸중상은 잘 알았다. 하지만 그는 쉽게 반응하지 않았다. 그는 무엇을 확인하려는 듯이 방울의 몸통을 꼼꼼히 살폈다.

어렴풋이 남아 있는 '好太王(호태왕)' 이라는 글자를 확인할 수 있었다.

청동방울은 천손임을 상징하는 성물이었다. 광개토대왕은 주몽대왕 이후로 전해져 오던 청동방울을 다시 제작하여 자신의 시호를 적어 넣었다. 이것이 후대 왕에게 계속 전해지면서 호태왕이라는 글자가 쓰인 청동방울은 고구려왕이면서 동시에 천손임을 상징하는 것이 되었다. 오랜 기간 전해져 왔기에 호태왕이라는 글자는 겨우 흔적을 발견할 정도만 남아 있어 위조할 수도 없었다. 걸걸중상은 그것을 확인했다.

"대왕께서는 당나라 장안성으로 끌려가셨다는 말을 들었는데 지금은 어디서 무엇을 하고 계시오?"

"대왕마마께서는 십여 년 동안 장안성에서 유폐된 생활을 하시며 고통 속에서 사셨습니다. 지금은 유배생활을 끝내시고 요동성에 와 계십니다."

"요동성에?"

"신라와의 전쟁에서 당나라군이 패하자 당나라 전역과 요동벌판에 흩어져 있는 고구려 유민들이 당나라에 맞서 크고 작은 반란을 일으키기 시작했습니다."

"당연히 그래야지."

"당나라 조정에서는 평양에서 철수한 안동도호부를 요동성에 설치하고 설인귀 대신 대왕마마를 안동도호로 임명하셔서 고구려 유민들을 다스리게 하셨습니다."

"그러면 대왕께서 당나라 도독이 되어 고구려 땅에 다시 돌아오셨단 말인가?"

"그렇습니다."

"허허, 안 될 말이지. 어떻게 고구려의 대왕이 당나라 임금의 신하가 된단 말인가?"

걸걸중상은 가당치도 않다는 듯 고연을 노려보며 말했다. 그 말속에는 고구려 임금의 명예가 있는데 조상의 나라를 멸망시킨 원수 놈의 신하가 되어 이 땅에 나타날 수 있는지 개탄스럽다는 의미가 담겨 있었다.

"……."

"고구려의 대왕이면 당연히 자결을 하여 명예를 지켜야 하는 것 아닌가?"

바닷가 사람인 걸걸중상은 거친 파도만큼이나 성격이 급하고 괄괄했다. 불의를 보면 참지 못하는 성격이라 마음속에 조금의 앙금도 남겨 두질 않았다. 그는 눈앞에 보장왕이 있기라도 하듯 눈을 부릅뜨며 말했다.

"대막리지께서 살아 계셨을 때, 대왕께서는 하늘과 조상의 사당에 제사 지내는 일만 하셨습니다. 그분은 정치에 관여할 틈이 없었습니다. 이제야 그분은 처음으로 비록 남의 신하이긴 하지만 조상이 물려주신 땅을 다스릴 수 있게 되었습니다."

걸걸중상과 달리 고연은 차분했다.

"아무리 돌아가신 연개소문 어르신께서 정치를 독단하셨다지만, 그분은 고구려를 대표하는 어르신이야."

걸걸중상은 고연과 달리 여전히 화난 목소리로 말했다.

"그래서 제가 온 것입니다."

"그래서 왔다고?"

걸걸중상은 문득 자신이 너무 흥분하여 고연이 방문한 목적도 묻지 않고 있었다는 것을 그제야 깨달았다.

"보장대왕께서는 대막리지 어른이 살아 계셨을 때는 그 분의 위세에 눌려 정치를 하지 못하셨지만 그래도 주몽대왕과 광개토대왕의 후손이십니다."

"광개토대왕의 후손이 그래 남의 종이 돼!"

걸걸중상은 또 다시 흥분했다.

"대왕마마는 가슴 속에 고구려를 품고 사시는 분이십니다. 누구보다도 고구려가 이렇게 된 것에 대해 가슴 아파하고 원통해 하시는 분입니다. 이런 기회가 오기를 하늘에 빌고 또 빌었던 분입니다."

고연은 걸걸중상의 태도와는 상관없이 여전히 차분한 말투였다.

"이런 기회라니?"

"고구려를 다시 세울 수 있는 기회 말입니다."

"고구려를 다시 세워?"

"대왕마마의 기도가 하늘에 통했는지, 저승에 계시는 열왕들의 음우가 계셨는지, 다행히 대왕마마께서는 안동도호 겸 조선왕에 봉해졌습니다. 도호가 된 대왕께서 제일 먼저 하신 일이 저를 이곳에 보낸 것입니다."

"이곳에 왜?"

"아직 항복하지 않은 염주성과 그 일대의 속말말갈 병사들을 규합하여 고구려를 부활시키려는 것입니다."

비로소 고연이 이곳에 숨어든 목적이 드러났다. 고구려 부흥에 필요한 군사와 군량을 보내 달라는 것이다.

"대왕은 지금 어디 계시오?"

"고구려 상무정신의 상징인 요동성에 계십니다."

"요동성!"

고구려인에게 요동성은 무엇을 의미하는지 걸걸중상은 알고 있었다. 고구려가 건국되고 영토를 확장하는 동안 고구려를 막을 나라는 없었다. 고조선을 멸망시켰던 한나라가 위, 촉, 오 세 나라로 분열되면서 시작된 중국의 분열이 삼백 년 넘게 지속되면서 고구려를 견제할 나라가 없었던 것이었다. 하지만 중국이 통일되면서 상황이 달라졌다. 중국을 통일한 수나라가 고구려를 침공한 것이다. 이 통일된 중국을 상대로 전쟁을 벌이는 동안 고구려는 건국이후 가장 큰 위기를 맞았다. 그 첫째가 중국을 통일한 수나라의 양제가 침공한 것이다.

수양제가 이끄는 백만 대군을 막아 첫 번째 위기를 넘긴 곳이 바로 요동 성이었다. 물론 을지문덕 대모달의 살수대첩이 있긴 했지만 요동성에서 적의 팔십만 대군을 막아 주었기에 이도 가능했던 일이었다. 이런 고구려 상무정신의 상징인 요동성은 대 당나라 항전의 본거지로서 가장 적격인 곳이었다. 이곳에 보장왕이 되돌아 왔다는 것이다.

"좀 생각해 보겠소."

요동성을 본거지로 보장왕이 고구려 부흥운동을 펼치겠다는 것은 매우 가슴 뛰는 일이었다. 막상 그 중심에 자신들이 서 달라는 부탁을 받자 걸 걸중상은 주춤했다. 고구려의 상무정신을 말하며 보장왕의 비굴한 행동을 비판하던 그도 자신의 군대를 빼낸 후에 닥칠 수 있는 염주성의 불행을 생 각지 않을 수 없었던 것이다. 이번에는 고연이 냉소적 태도를 보였다.

"물론 욕살님도 힘겹게 이 터전을 지킨 것을 알고 있소. 우리 대왕께서 도 오직 고구려의 부흥을 위해 원수의 왕도에서 십 년동안 말할 수 없는 수모를 당하였소. 이 간절한 소망을 외면해서는 안 될 것이오."

"……."

"염주성이 어떤 곳입니까? 대당전쟁에서 연개소문 대막리지를 도와 적 의 수군을 괴멸시킨 주력이 아닙니까? 조상들의 그런 기상을 설마 잊어버 리신 것은 아니겠지요?"

이제 처지는 뒤바뀌었다. 고연이 걸걸중상을 계도하는 형국이 된 것이 다. '그럴 리가 있소, 군사를 이끌고 당장 달려가겠소' 라는 답이 나와야 했 다. 그것이 자존심 강한 걸걸중상의 본모습이었지만 노련한 고연의 설득 에도 걸걸중상은 신중한 태도를 보였다.

"며칠 여유를 주시오."

"속말말갈 추장 걸사비우(乞四比羽)는 군대를 보내기로 이미 결정하였 소."

"걸사비우가?"

염주성과 책성지역은 고조선 시절에는 예맥조선(濊貊朝鮮)으로 불리던 지역으로 이곳에는 예맥족과 말갈족이 뒤섞여 살았다. 말갈족은 종교와 언어는 비슷하였지만 생활풍습이 예맥족과 약간 달랐는데 그 중 대표적인 것이 상투를 트는 예맥족과 달리 변발을 하는 것이었다. 이곳에서는 머리 모양만 보고도 고구려의 주축세력인 예맥족과 말갈족을 구분할 수 있었다.

유목생활을 하는 말갈족은 자신들의 문화를 지키며 독자적인 생활을 하였지만 행정구역상은 고구려의 큰 성에 소속되어 있었다. 이곳의 속말말갈족들은 토기나 농기구, 무기 등 생필품을 염주성이나 책성에서 구하였는데 고구려 시절만 하더라도 은연 중 상하 관계가 형성되었지만 고구려가 망한 뒤는 아니었다. 그냥 공생관계만 유지될 뿐이었다. 한곳에 오랫동안 정착하기보다는 자주 근거지를 이동하는 이들을 공격하는 것이 쉽지가 않아 당나라에서도 이들을 제압하지 못하여 거의 독립된 생활을 하고 있었다.

이 속말말갈의 추장이 걸사비우였다. 걸사비우와 걸걸중상은 묘한 경쟁의식이 있었다. 나이는 걸사비우가 훨씬 아래였지만 둘 다 상대를 제압하는 영도력이 있어 고구려가 망한 후 흔들리기 쉬운 부족을 오히려 더 강하게 결속시킨 서로의 존재에 대해 잘 알고 있었던 것이다.

"속말말갈[6]은 고구려를 이끄는 민족이 아님에도 고구려의 부흥을 위해 군대를 보내겠다고 약속했는데 예맥족이 고구려의 부흥을 외면한다는 것은 고구려 무사의 태도가 아니라고 보오."

고연은 먹이를 포착한 사냥개처럼 걸걸중상의 흔들리는 마음을 물고 늘어졌다.

"조금 생각해 보겠소."

아무리 성격이 급하다곤 했지만 걸걸중상은 상인이었다. 고구려가 망한 뒤 그의 본업은 고구려의 장수가 아닌 일본을 왕래하며 장사하는 해상무역상으로 바뀌었다. 그의 장사꾼다운 본성이 발휘되어 쉽게 고연의 계책에 휘말리지 않았다.

"좋습니다. 그동안 저는 속말말갈 땅에 갔다 오겠습니다. 그때까지 결정해 주시기 바랍니다."

오랜 침묵 끝에 고연은 차분한 목소리로 자신의 말을 맺었다.

부상당한 어깨의 통증이 걷힐 줄을 몰랐다. 고연이 돌아간 후 더 심한 것 같았다. 걸걸중상의 이마의 주름이 더 깊어만 갔다. 그는 참모들을 불렀다. 이번 일이 염주성의 흥망성쇠를 결정할 수 있는 매우 중요한 일 중 하나로 작용할 것이라는 판단에서였다.

아내 연씨부인은 이런 자리에 꼭 참석했다. 염주성을 비울 때도 자신의 일을 대신 맡길 수 있는 여장부일 뿐 아니라 무엇보다도 냉정하게 사태를 판단했다. 자신의 급한 성격을 보좌해줄 적격의 반려자였기에 중요한 결

---

6) 말갈족은 주나라 때는 숙신으로, 한나라와 위나라 때는 읍루로, 남북조 시대는 물길로 불리다 「수서」와 「당서」에서는 말갈로 불렀다. 이들은 일곱 개의 큰 부족으로 불리는데 오늘날 중국의 길림성과 흑룡강성 동부에 주로 살던 부족이다. 그 중에서도 고구려에 완전 동화된 부족은 함경도와 오늘날의 연변과 흑룡강성 동쪽 평원에 살던 속말말갈부와 오늘날 요령성 관전에서부터 백두산 인근까지 근거를 둔 백산부말갈족 등이다. 흑수부말갈은 상황에 따라 고구려에 예속되기도 하고 자립하기도 하였다.이 중 속말말부와 백산부말갈은 고구려가 망한 뒤 곧바로 대조영이 이끄는 발해국에 포함되어 발해의 주축세력이 되었다가 나중에 거란에 의해 발해가 망하면서 흩어지고 만다. 오래지 않아 속말말갈 완옌부 출신의 아골타가 금나라를 세우고 거란이 세운 요나라를 멸망시킨 후 중국 대륙으로 진출한다.이들 말갈족은 14세기 명나라가 건국되면서 명나라 사람들에 의해 여진족이라는 다소 수치스러운 이름으로 통합되어 불렸다. 속말말갈은 야인여진, 백산부말갈은 건주여진, 그리고 요하 근처에 사는 옛 거란족의 땅에 사는 부족을 해서여진으로 부른다. 건주여진의 대표적인 사람으로는 청나라를 세워 오늘날 중국의 영토를 만든 누루하치가 있다.

정을 내릴 때는 꼭 불렀다.

수많은 고비를 넘기며 험한 바닷길을 개척해온 도사공 장간도 달려왔다. 두만강과 소도리강에 방어선을 치고 당나라군의 공격을 잘 막아낸 수비대장 미가살도 어려운 걸음을 했다. 무엇보다도 이전의 회의와 다른 가장 큰 변화는 장남 대조영의 참석이었다. 열다섯을 넘어서면서부터 아버지를 따라 항해에 나선 그는 열일곱에 접어들 무렵 벌써 아버지로부터 신뢰를 얻었다. 이번 항해를 계기로 더 이상 어린 아이가 아닌 자신의 후계자로 인정하여 성의 장래가 달린 중요한 이번 회의에 참석시켰다.

"……."

걸걸중상으로부터 사연을 듣고 난 참모들은 섣불리 입을 열지 않았다. 쉽게 결정할 문제가 아님을 공감했던 것이다.

"고구려가 망한 뒤 우리 고구려인들의 운명은 크게 네 가지였습니다."

오랜 침묵을 깨고 연씨부인이 먼저 입을 열었다.

"한 부류는 비록 고구려를 멸망시킨 원수이긴 하나 신라에 귀순한 사람들입니다. 고연무와 검모잠, 안성 등이지요. 이들은 신라와 연합하여 당나라군을 청천강 너머로 몰아내는 데 앞장섰습니다. 결국 동족인 신라의 신하가 되었을 뿐이지요. 둘째 부류는 당나라에 귀순한 자들입니다. 이들은 주로 당나라의 포로가 된 자들로 고구려 땅이 아닌 멀리 장안성을 비롯한 여러 곳으로 흩어져서 다시는 고국 땅으로 돌아오지 못하고 있습니다. 셋째는 일본으로 망명한 자들이지요. 고구려를 멸망시킨 신라와 당나라에는 절대 굴복할 수 없다는 사람들입니다. 이들은 지금 일본에서 큰 세력을 형성하여 일본에 고구려의 혼을 심어가고 있습니다. 마지막 한 부류가 신라와 당나라에 끝까지 저항하는 우리같은 사람들입니다. 지리적 이점을 이용하여 독립을 유지하고 있지만 언제 당나라나 신라의 공격을 받을지 알 수 없는 운명입니다."

연씨부인은 잠깐 말을 끊고 좌중의 변화를 살핀 후에 호흡을 한 번 고른 후 다시 말을 이었다.

"중요한 것은 이들 중 어느 누구도 고구려를 다시 일으켜 세울 수는 없다는 것입니다. 그동안 고구려의 부흥을 위해 노력한 자들이 많았지만 그들은 대의를 포기하고 더 큰 세력과 손잡고 그들의 신하가 되고 말았습니다. 결국 대세는 당이냐, 신라냐, 아니면 일본이냐를 택하는 것입니다."

"부인, 말하고자 하는 바가 무엇이오?"

"그동안 우리는 오랫동안 잘 버텨냈습니다. 하지만 언젠가는 이 셋 중 하나와는 손을 잡아야만 한다는 것입니다."

"부인의 결론은 고구려 부흥운동은 결국 실패할 것이라는 것이오?"

"그렇습니다."

연씨부인은 냉정하게 대세를 판단했다.

"저도 같은 생각입니다."

수비대장이 미가살이 연씨부인을 지지하고 나섰다.

"설사 우리가 보장대왕을 돕는다 해도 지금처럼 책성과 대치하고 있는 상황에서 보낼 수 있는 군사는 불과 일이천뿐입니다. 걸사비우가 군사를 보낸다고 해도 많아야 몇 천일 것입니다. 그 군사로 어떻게 당나라군과 맞설 수 있겠습니까? 더군다나 거란족들도 이미 당나라에 복속된 상태입니다."

"거란과 보장대왕의 부흥운동과 무슨 상관이 있는가?"

"보장대왕께서 군사를 일으키시면 당나라에서는 분명 거란족을 보내 요동성을 공격하게 만들 것입니다. 그렇게 되면 우리는 수적으로 저들을 감당할 수 없다는 것입니다."

수비대장 미가살도 사태를 냉정하게 분석했다.

도사공 장간도 미가살의 말해 고개를 끄덕이며 동의를 표했다.

"아들아, 네 생각은 어떠냐?"

걸걸중상은 곁에서 듣기만 하고 있는 대조영의 생각은 어떠한 지 궁금했다.

"두 분 말씀이 일리가 있다고 생각합니다. 하지만 저는 논리만으로 상황에 대처하고 싶지가 않습니다."

"그게 무슨 말이냐?"

"저는 고구려가 반드시 다시 일어날 것이라고 생각합니다. 이번 항해 길에서도 가장 뼈저리게 느낀 일입니다. 고구려 사람은 당나라나 신라, 일본에 복속하여 저들의 신하로 살 수는 없습니다. 그래서도 안 됩니다. 저는 되든 안되든 보장대왕을 도와야 된다고 생각합니다. 해보지도 않고 무조건 안 된다고 뒤로 물러서면 결국 되는 일은 하나도 없을 것입니다."

"안 되는 것은 안 되는 것이다."

어머니 연씨부인이 아들을 타이르듯 말했다.

"대막리지께서 불세출의 영웅 당태종에게 맞설 때도 이길 수 없다고 다들 물러섰습니다. 심지어는 고수전쟁의 영웅 영류대왕마저도 말입니다."

"대막리지께서는 오랫동안 싸울 준비를 하셨어."

"우리도 그렇게 하면 됩니다. 그 출발점이 바로 보장대왕의 고구려 부흥운동이 될 수도 있습니다. 설사 그 싸움에서 지더라도 다음번에 이기면 됩니다."

"전쟁에서 지면 모든 것을 다 잃습니다. 다음번이라는 것은 없습니다."

이번에는 수비대장 미가살이 나서며 말했다.

"고구려의 멸망으로 저승에서 주몽대왕과 태조대왕, 광개토대왕, 그리고 을지문덕 대모달과 연개소문 대막지리께서 통곡하고 계실 것입니다. 고구려 부활의 뜻을 세운다면 그분들이 반드시 함께 하실 것입니다."

"그렇지만 우리 염주성을 포기하면서까지 나설 수는 없다."

이번엔 걸걸중상이 결론을 내리듯 말했다.

"내 아버지, 할아버지도 돌아가시면서 하신 말씀이 어떤 일이 벌어지더라도 염주성만은 지키라고 하셨다. 나는 조상님들의 그 유훈을 저버릴 수 없다."

아버지 걸걸중상의 단호한 말에 대조영은 주춤하는 듯했다. 하지만 그는 쉽게 자신의 뜻을 꺾으려고 하지 않았다.

"아버님이 안 되시면 저에게 오백의 군사만 주십시오."

"요동에 주둔하는 거란과 당나라의 군사를 합치면 오만 명도 족히 넘는다. 오백의 군사로는 아무 것도 할 수 없어."

"아닙니다. 저는 할 수 있습니다."

대조영은 조금도 물러설 기색이 아니었다. 괜히 그를 불렀다는 생각이 들었다. 혈기로 되는 일이 없다는 것을 모르는 아직 철없는 어린아이였는데 한 번의 항해로 너무 일찍 판단한 것 같았다.

"넌 들어가 있어라. 이 일은 어른들이 알아서 할 테니."

마침내 걸걸중상은 대조영을 배제하려 했다.

"전 이제 어린아이가 아닙니다. 광개토대왕께서는 열아홉에 왕위에 올라 정복전을 시작하셨습니다."

"넌 광개토대왕이 아니지 않느냐?"

"아무튼 저는 고구려를 다시 일으켜 세우기 위해 나설 것입니다."

도무지 물러설 기세가 아니었다. 아들의 고집을 알고 있는 걸걸중상은 낭패라고 생각했다. 이왕 고집을 피우는 것 오백의 군사를 주어 전쟁터에 내보내고 싶은 생각도 들었다. 그러나 전쟁에서 패했을 때 있을 수 있는 상황을 생각하면 생각만으로도 끔찍했다. 그렇다고 아들의 고집을 꺾기도 쉽지 않았다.

그 시간 보장왕의 밀사 고연은 걸사비우를 만나고 있었다. 속말말갈에는 많은 부족이 있었지만 연개소문이 집권한 이후 이들은 하나의 지휘체계를 가지고 있었다. 추장에게는 처려근지라는 직책을 내려 속말말갈을 통치하게 한 것이다. 함경도에서부터 책성 너머의 목단강변에 터를 잡고 살아가는 속말말갈은 백두산일대를 근거로 살아가는 백산부말갈족과 함께 고구려에 가장 호의적인 부족이었다. 보다 엄밀히 말하면 그냥 고구려인이었다. 어차피 이 땅은 예맥족과 말갈족이 섞여 사는 곳이었고, 고구려를 함께 세운 부족이었기에 예맥족, 말갈족을 굳이 따지지 않았다. 다만 예맥족이 고구려의 지배 계층이 되었고 중앙 정부를 차지했기에 이들은 고구려의 순나부에 속하는 자신들의 삶의 터전을 지키고 살았다.

"보장대왕의 밀사가 무슨 일로 우리 속말말갈을 다 찾으셨소?"

비쩍 마른 몸에 긴 얼굴, 광대뼈가 심하게 돌출된 걸사비우는 보장대왕이 보낸 고연을 냉소적으로 대했다.

"속말말갈의 도움이 필요합니다."

"도움?"

"보장대왕께서는 은밀히 고구려를 다시 일으키시려 애쓰고 계십니다."

고연은 보장왕이 장안성에서 요동성으로 돌아온 사연과 자신이 왜 걸사비우를 찾아 왔는지를 거침없이 말하였다.

"고구려의 부흥과 우리 말갈족이 대체 무슨 관계가 있소?"

작은 눈을 더욱 작게 뜨며 걸사비우는 냉랭한 목소리로 말했다.

"고구려가 다시 일어서려면 당신들 부족의 도움이 크게 필요합니다."

"말갈족이 어떻게 고구려 부흥에 도움이 될 수 있단 말이오?"

그의 냉소적인 말투에선 그들이 고구려에 대해 갖고 있던 평소의 불편한 심기가 묻어났다.

"고구려가 세워질 때의 출발지는 예맥족과 말갈족이 함께 살던 예맥조선 땅이었습니다. 그러니 말갈족은 고구려의 역사와 함께 나서 같이 살아온 게 분명하지요. 고구려가 망하기까지 그 긴 세월 동안을 당신들은 끊임없이 고구려를 침공해오는 적을 막아주었으니 그대들은 고구려의 한 핏줄이 아니던가요? 고구려가 다시 일어나려면 그대들의 도움 없이는 아무것도 할 수가 없습니다."

"그 시절 우리 말갈족은 당신들에게 많은 고통을 받으며 천대받고 무시당하며 살아왔던 것을 모르지는 않겠지요?"

"그것을 지금에 와서 무어라 말할 수 있겠습니까? 지나간 세월을 변명할 형편도 못되고 덮어두자 사정할 뿐이오. 이제부터는 그리 하려 해도 할수 없는 게 현실입니다. 이제 고구려의 다섯 개 나부 중 그나마 가장 온전하게 남아 있는 나부는 이곳 순나부[7]뿐입니다. 순나부의 주력은 당연히 당신들, 속말말갈입니다."

"이곳 순나부 땅에는 당신과 같은 예맥족인 염주성의 걸걸중상도 있소."

"알고 있습니다. 앞으로 만들어질 새로운 고구려에는 고려[8]인뿐 아니라 말갈족, 거란족 등이 다 함께 할 것입니다. 이전의 고구려가 이들 부족들과 함께 했던 것처럼. 그래서 보장대왕께서는 가한님을 만나 뵈야 한다며 저를 머나먼 이곳까지 보내셨습니다."

고연은 걸사비우의 위상을 세우려 애썼다.

"이곳은 우리 삶의 터전이오. 고구려의 부흥을 위해 대대로 조상이 살아

---

7) 순나부는 고구려의 동북쪽이다. 많은 학자들은 나부를 지역과 연관시키려 하지 않으나, 필자는 고구려의 오부족이 단순한 출신부족만을 말하는 것이 아니라 후기에 가면 행정, 군사조직으로 확대된 것으로 해석하기 때문에 나부는 지리적 성격도 띠는 것으로 해석한다. 따라서 고구려의 동북쪽인 순나부는 오늘날 훈춘을 중심으로 한 길림성 지역으로 설정하였다.

8) 「자치통감」과 같은 고대 중국문헌에는 고구려를 고구려보다는 고려라는 표현으로 더 많이 쓰고 있다.

온 땅을 버리고 머나먼 연나부[9] 땅까지 갈 수가 없소."

걸사비우는 고연의 말에 꿈쩍도 하지 않았다.

"만약 새로운 고구려가 탄생한다면 속말말갈은 이전의 계루부와 같은 영화를 누릴 것입니다."

"계루부와 같은 영화?"

"그렇습니다. 속말말갈이 새로운 고구려의 주축이 되어야 합니다. 당연히 속말말갈은 새로운 고구려의 계루부가 될 것이고."

계루부는 왕족출신들로 이루어진 고구려의 지배계층이었다. 걸사비우의 마음이 흔들리는 것 같았다. 바위처럼 도무지 비집고 들어갈 틈이 보이지 않던 걸사비우의 마음에 드디어 바늘 하나를 밀어 넣었다고 고연은 판단했다.

"걸걸중상도 이미 우리에게 협조하기로 하였습니다."

"걸걸중상이!"

걸사비우는 잠깐 생각에 잠겼다. '걸걸중상'이라는 말에 경쟁심이 발동했다. 새로운 고구려는 이곳 순나부를 주축으로 할 수밖에 없다. 나머지 지역은 이미 당나라나 신라의 통치 하에 들어갔기 때문이다. 당연히 순나부 최대 세력은 속말말갈이었다. 고연의 말처럼 새 고구려가 다시 일어난다면 속말말갈은 크게 세력을 잡을 수 있으리라고 생각됐다. 더구나 걸걸중상이 나선다면 상황은 많이 달라질 수 있었다.

고구려가 망한 후 순나부 땅의 가장 큰 성인 책성에 당나라 군대가 들어왔지만 책성을 제외한 나머지 지역을 쉽게 굴복시키지 못했다. 지리적으로 당나라와는 너무 멀리 떨어진 곳이라 더 이상 군사를 보낼 수도 없었

---

9) 주7)과 같은 이유로 연나부 지역은 심양, 요양 등이 중심이 된 오늘날 중국의 요령성지역으로 설정했다.

다. 이후 이곳은 속말말갈과 염주성, 두 세력이 양분하고 있었다.

걸걸중상은 만만한 사람이 아니기에 그가 나선다면 새로운 고구려의 주도권은 그에게 넘어갈 수 있었다. 걸사비우의 마음이 흔들렸다. 고연은 이를 놓치지 않았다.

"복수도 하셔야지요."

"복수?"

"고당전쟁 때 당나라군에 당한 조상들의 복수 말입니다."

"음~"

짧은 탄식을 뱉으며 걸사비우의 표정이 심하게 일그러졌다. 당태종 이세민이 고구려를 침공했을 때 말갈기병대는 당나라가 자신 있게 선봉으로 내세웠던 돌궐기병대를 궤멸시켜버렸다. 이에 화가 난 당태종은 요동성 전투에서 포로로 잡은 말갈병사들을 생매장시키고 말았다. 말갈인이 복수를 얼마나 중시하는 가를 알고 있는 고연은 이들의 조상이 사십 년 전에 당했던 일을 상기시키며 걸사비우의 결단을 촉구했다.

"이곳은 분쟁지역이라 군사를 다 보낼 수는 없소. 우리가 보낼 수 있는 군사는 많아야 삼천 정도요. 이 정도로는 큰 힘이 되지 못할 것이오."

마침내 걸사비우가 결심을 하고 나섰다.

"아닙니다. 그 정도면 큰 힘이 될 것입니다."

고연의 얼굴에 비로소 미소가 떠올랐다.

3. 안동도호부

고구려가 처음 도읍을 정한 졸본성은 첩첩산골이었다. 따라서 외침을
방어하기는 좋았지만 너무 척박한 산골이라 외부 세계와의 교류가 원만하
지 않은 곳이었다. 힘이 약한 고구려에 이런 자연환경을 지닌 졸본은 도읍
지로 더할 바 없이 안성맞춤이었다.

유리왕 때 옮긴 국내성도 마찬가지였다. 산과 강으로 둘러싸인 산골이
라 외부세력이 공격할 수도 없었고 또 공격한다고 해도 얻을 것이 없는 곳
이었다. 고구려가 정복국가의 색채를 띠면서 외부세력과의 충돌이 잦아지
자 선비족 출신 서너 부족이 멋모르고 이곳을 공격해오긴 했지만 차지하
고 앉을 만한 곳은 아니었기에 금방 돌아가고 말았다.

광개토대왕 대에 이르러 고구려가 넓은 땅을 지배하기 시작하고 강한
힘을 가지게 되자 도읍지를 옮길 필요가 있었다. 적이 쳐들어오지 못할 뿐
아니라 적을 쉽게 공격할 수도 있는 전략적 요충지인데다가 백성을 효율
적으로 다스릴 수 있는 도읍지가 필요했다. 그래서 넓은 영토를 통치했던

고조선의 도읍지였던 평양성으로 도읍지를 옮겼다. 그곳에서 천하를 지배하려 했다.

평양성은 천연의 요새였다. 보통강과 대동강이 자연 해자가 되고 금수산이 방어벽이 되는 난공불락의 성이었다. 평양성이 천연의 요새를 갖춘 난공불락이 성이었지만 내부의 배반자에 의해 성문이 열렸던 적이 있었다. 처음 평양성문이 열렸을 때는(BC 108년) 이천 년 동안 이어져 오던 고조선이 무너졌고, 668년 역시 내부의 배반자에 의해 평양성문이 두 번째 열리던 날 700년 고구려의 사직이 막을 내렸다. 그리고는 그 자리에 화하족(華夏族)[10]의 안동도호부가 설치되어 이민족(異民族)이 이 땅을 지배하기 시작했다.

백제와 고구려를 멸망시킨 후 당나라는 신라마저 손에 넣으려는 야욕을 보였다. 신라를 속국으로 대하고 많은 공물을 요구할 뿐 아니라 조선인[11]에 대한 당나라 주둔군의 약탈이 수시로 자행되었다. 이에 문무왕은 압록강 이남에서 당나라군을 몰아내도록 명령했다. 671년, 죽지랑이 이끄는 신라군이 웅진도호부가 설치되어 있는 부여성의 당나라군을 공격하여 두 나라 사이에 전쟁이 벌어졌다. 설인귀의 항의가 이어졌지만 문무왕은 묵살했다. 신라군은 분전을 거듭하여 설인귀와 이근행이 이끄는 당나라의 주력군을 매성성(買省城)과 천성(泉城)에서 대파하여 평양에 설치되어 있던 안동도호부는 요하근처에 있는 요동성으로, 부여에 있던 웅진도호부는 혼하 근처의 건안성으로 철수시켰다. 676년, 신라는 마침내 온전한 통일을 이룩했다.

---

10) 한족(漢族).
11) 삼국은 다 고조선에서 갈라져 나온 나라였기 때문에 당시 중국인들은 예맥족들을 통칭해서 조선인이라 불렀다.

이제 남은 것은 백제와 고구려의 부흥군이었다. 고구려가 망한 후에도 고구려의 부흥을 위한 여러 움직임이 있었고, 끝까지 당나라에 항복하지 않은 성도 있었다. 불세출의 영웅 당태종의 공격을 끝까지 막았던 안시성과 신성 등은 당연히 나당 연합군에 끝까지 저항했고, 고연무와 검모잠, 안성 등은 압록강 이남에서 고구려의 부흥을 위해 군사를 일으켜 산성을 중심으로 세력을 넓혀갔다.

막강한 당나라군을 몰아낸 신라는 고구려 부흥군에 대한 공격을 시작하였다. 산성을 의지하고 있던 고구려 부흥군들은 오래 버틸 수가 없었다. 결국 그들은 신라에 귀순했고, 신라의 신하가 된 이들은 당나라를 이 땅에서 몰아내는데 많은 공을 세우게 되었다.

요동 지방에서도 고구려인의 저항은 계속 되었다. 고구려가 망한 후 삼년간을 버티던 안시성이 함락된 이후로 신성도 결국 무너지면서 요동지역에 더 이상의 저항 성(城)이 남지 않게 되었다. 압록강 이남을 빼앗긴 당나라는 언제 또 다시 고구려인들의 저항이 있을지 몰라 안절부절못했다. 그리하여 위민정책으로 내세운 인물이 보장왕이었다. 고구려의 임금이었던 보장왕을 요동지방을 다스리는 안동도호부 도호로 임명한 것이다. 자신들의 왕이 지역을 통치하게 되면 고구려인들이 감히 반란을 일으키지 못 할 것이라는 생각에 장안성에서 볼모 생활을 하던 그를 불러 안동도호로 임명했다. 그렇다고 그의 도호 생활이 순탄한 것은 아니었다.

　

"도호님 영주[12]도독이 사람을 보냈습니다."

"그 자가 또 무슨 일로……."

---

12) 영주성은 오늘날 요령성 조양시이다. 이곳은 전통적으로 중국 측의 대고구려 방어의 전진 기지였다. 시라무렌강(염수) 지역에 살던 거란족 추장 야율아보기는 이곳을 중심으로 요나라를 세운다.

영주도독이라는 말에 보장왕의 표정이 일그러졌다. 고국이라고 찾아온 지 삼 년이 되었다. 그동안 그는 이곳에서 허수아비 노릇만 했을 뿐이다. 도호라고 하였지만 실질적으로 성을 다스리는 것은 당나라 사람들이었다. 백제 땅에 주둔하면서 사실상 왕 노릇하던 이근행이 신라군에 쫓겨 이곳 요동에 온 이후 안시성에 자신의 터전을 마련하였고, 영주성 도독 조홰는 마치 자신을 속국의 왕을 대하듯 해마다 철마다 공물을 요구했다.

"영주성에서 온 조충원이라 하오."

축 처진 볼 살과 이백 근은 될 듯한 비대한 몸을 가진 당나라 조복을 입은 관리 하나가 보장왕의 앞으로 나섰다.

"그간 평안하셨는지요?"

말은 공손했다. 깊이 고개를 숙이는 품이 제법 예를 갖추는 듯했다.

"무슨 일이시오?"

고연은 공손하게 그를 맞이했다.

"저희 도독께서 부탁하실 말씀이 있어서 왔습니다."

조충원은 좀 전과 달리 곧바로 거만한 목소리로 말하기 시작했다.

"무슨 부탁?"

갑자기 날카로운 목소리가 들렸다. 뜻밖의 목소리에 조충원은 깜짝 놀랐다. 못 보던 사람이었다. 그러나 옷차림새가 조선인은 아닌 듯했다.

"실례지만 누구……."

"난 이근행이라 하오."

놀랐다. 이근행이라면 설인귀와 함께 신라 땅에서 고구려와 백제의 부흥군을 상대로 큰 공을 세운 명장 중의 명장이었다. 그가 왜 이곳에 있는지 조충원은 이해할 수 없었다.

"몰라 뵈어 죄송합니다."

조충원은 고개를 숙였다.

"인사는 나중에 하고 용건부터 말해보시오."

신라 죽지랑의 공격을 받고 요동지역까지 쫓겨 온 이근행은 이곳 안동도호부의 안시성에 눌러 앉았다. 안시성은 철산지 일뿐 아니라 인근 여산에서 옥이 많이 생산되었기 때문이다. 그는 백제 땅에서 그랬던 것처럼 이곳을 자신의 치부(致富)공간으로 생각했다. 영주도독이 자꾸 자신의 영역을 넘보는 것 같아 매우 불쾌하게 생각하고 있던 중 또 다시 사자가 왔다는 말에 직접 접견장에 나타난 것이다. 그리고는 날카로운 목소리로 영주성 관리 조충원을 다그쳤던 것이었다.

"다가오는 측천무후의 생신에 마땅히 보낼 만한 것이 없어서……."

"그래서?"

"측천무후께서 옥을 좋아 하신다기에……."

"그러면 조왜가 직접 구하면 되는 것 아닌가?"

조충원은 이근행에 맞설 수 없었다. 그 앞에서 조충원은 주눅 든 모습이었다. 그가 없을 때 고연을 대할 때의 태도와는 완전히 달랐다.

"예부터 이곳 여산 옥은 유명했습니다."

"측천무후에게 바칠 옥을 구하러 이곳으로 왔단 말이지."

"그렇습니다."

"돈은 넉넉히 가져왔는가?"

"예!"

"나는 말이오. 당신들 같은 사람이 제일 싫어……. 전쟁터에서 목숨 걸고 싸운 사람들은 한직을 떠돌며 고생하는데, 뒤에 앉아서 윗사람에게 뇌물 바치는 놈들은 군인들이 애써서 차지한 점령지를 차고 앉아 출세가도를 달린단 말이야."

"장군께서는 목숨 걸고 싸우기만 하셨습니까?"

"뭐라고!"

"사욕을 채우시지 않으셨냐 말입니다."

주눅 든 모습이었던 조충원은 안하무인격인 이근행의 태도에 더 이상은 참지 못하고 반격을 가했다.

"그것은 내가 목숨 걸고 싸운 대가야!"

이근행은 버럭 소리를 질렀다.

"그것도 다 황제의 것입니다. 황제와 황제를 보좌하는 권신들과 나누어야죠."

조충원은 싸늘한 미소를 지으며 말했다.

"이놈이!"

이근행은 마침내 자리에서 벌떡 일어섰다. 그는 언행에서 보장왕을 전혀 의식하지 않았다. 엄연히 이곳 안동도호부의 도호는 보장왕이었다. 그는 이런 사실을 전혀 개의치 않았다. 이 요동 땅에서 자신에게 맞설 사람은 없다고 생각하고 있었기 때문이다.

"무엇이 필요하오?"

두 사람이 험악한 표정을 짓자 고연이 개입했다.

"목걸이, 팔찌 열 쌍과 함께 호랑이상을 하나 부탁하겠소."

조충원은 이제 이근행의 눈치를 살피지 않고 당당하게 말했다.

"알겠소. 날짜에 맞춰 만들어 주겠소."

비쩍 마른 얼굴에 미소 지을 공간도 없어 보이는 고연은 웃는 얼굴로 조충원을 대했다.

"고맙소."

"인사는 당연히 우리 도호님께 하셔야지요."

고연은 보장왕을 쳐다보며 말했다.

"도호님 고맙습니다."

조충원은 일어서서 고개를 숙여 말했다. 진심이었다. 생각지도 않았던 뜻밖의 강적을 만나 어려운 상황을 맞이할 뻔했던 조충원은 고연의 개입이 정말 고마웠던 것이다.

"얼마를 낼 건가?"

이근행이었다. 그는 조소(嘲笑) 가득한 얼굴로 고연과 보장왕을 번갈아 쳐다보다 한심하다는 듯 비웃고는 조충원을 다그쳤다.

"글쎄요~ 원한다면 드리겠지만……."

문제가 매듭지어진 것으로 알았던 조충원은 제대로 말을 이을 수가 없었다.

"남의 땅에 있는 보석을 가져가면 값을 지불해야지!"

이근행은 야단치듯 말했다. 그는 영주도독 조홰가 얼마나 탐욕스런 인물인지 알고 있었다. 영주성이 크기로는 안동도호부에는 미치지 못하지만 상업이 발달한 지역으로 물상이 풍부한 곳이었다. 그런데도 계속 사람을 보내 안동도호부의 진귀한 물품을 요구하는 것이 후안무치한 행동이라 생각했다. 버릇을 고쳐야겠다고 벼르고 이 자리에 참석했던 것이다.

"황후 폐하를 위해 쓰일 것인데 네 것 내 것을 따지지 않는 것이 좋을 것 같습니다."

조충원이 난처한 표정을 짓자 재빨리 고연이 끼어들었다.

"자네가 뭘 안다고 나서는가, 나서기를."

이근행이 이번에는 고연에게 화살을 돌렸다. 명색이 안동도호부의 요성주 도독자리에 있는 사람임에도 불구하고 그는 고연을 함부로 대했다.

"나는 안동도호부 관하의 요성주 도독으로 황제 폐하께서 직접 임명한 사람이오. 황후 폐하의 일로 같은 황제 폐하의 신하들끼리 싸우지 않는 것이 좋을 것 같아 말했을 뿐이오."

고연은 이근행에게 정색을 하며 말했다.

"망한 고구려 놈이 무슨 황제 폐하의 신하야!"

이근행은 버럭 화를 냈다.

"지금 하신 말씀 그대로 폐하께 올려도 되겠소이까?"

고연도 물러서지 않았다.

"뭐라고!"

"나는 장안성에서 황제 폐하께서 직접 이곳의 관리로 임명한 사람이오. 장군은 백제 땅을 잃고 이곳까지 쫓겨 온 패전지장으로 폐하의 용안을 감히 바로 쳐다보지도 못할 위인이지만 말이오."

고연은 조금도 굽히지 않고 자신이 황제와 인연이 있는 사람임을 내세워 이근행을 질책했다.

"황제 폐하께서 장군에게 패전의 책임을 묻지 않으시고 이곳에 두는 이유는 그동안의 공로를 인정하기 때문이라고 나에게 분명히 말씀하셨소. 그러니 이곳에서 처신을 바로 해야 할 것이외다."

"이놈이 정말!"

이근행은 자리에서 벌떡 일어섰다. 고연을 한대 후려 칠 기세였다. 고연도 천천히 자리에서 일어섰다. 그리고는 이근행을 한참동안 노려보았다. 두 사람 사이에 잠시 침묵이 흘렀다. 고연은 서서히 고개를 돌려 조충원 쪽을 바라보았다.

"영주성 사신은 돌아가시지요. 이분하고 저하고는 할 말이 남아 있으니."

고연은 이근행을 무시하고 공손하게 허리를 숙여 조충원에게 예를 갖추며 말했다.

"그럼 도호님을 믿고 저는 이만 물러가겠습니다."

뜻밖의 상황에 당황하던 그는 주어진 기회를 놓쳐서는 안되겠다는 생각에 보장왕과 고연에게 예를 갖춘 후 도망치듯 빠져 나갔다. 이근행은 분한 표정으로 이들의 모습을 지켜보기만 했다.

"내가 당신이라면……."

잠시 침묵이 흐른 뒤 고연은 이근행을 향해 차분한 목소리로 말했다.

"……."

이근행은 고연의 당당한 태도에 기가 꺾였는지, 아니면 황제와도 말이 통한다는 그의 말에 감정을 자제하는지 가만히 있었다. 하지만 만약의 경우 폭발시킬 힘을 비축하기라도 하는 듯 고연을 뚫어져라 노려보았다.

"영주성 도독 조해보다 더 큰 호랑이 상을 만들어 바치겠소."

"뭐라고?"

뜻밖의 말이었다.

"그것이 이런 난세를 살아가는 지혜요. 군인이 아무리 공을 세워도 그것은 순간일 뿐 결국 세치 혀의 아부꾼들을 당할 수가 없는 것이오."

"……."

고연의 말에 이근행은 폭발시키려고 준비 중이던 화기가 순식간에 사라지는 것을 느꼈다.

"기간 내에 필요한 것을 만들어 드릴 테니 안심하고 돌아가시오."

"……."

한동안 방안엔 어색한 침묵이 흘렀다.

"당신 나하고 다음에 술 한 잔 합시다."

문득 요즘 들어 자신의 위상에 불안감을 느끼고 있던 이근행은 어쩌면 고연이 자신의 고민거리를 들어 줄 수 있겠다는 생각이 들었다.

"좋소이다. 언제든지 불러만 주시오."

"다음에 사람을 보내겠소."

이근행은 말없이 자리를 벗어났다.

물끄러미 이들이 나누는 대화를 듣기만 하던 보장왕은 이근행과 조충원이 물러난 후 고연을 질책하듯 따져 물었다.

"당나라 이근행의 약탈만으로도 백성들이 못살겠다고 아우성인데 조해의 부탁을 들어주겠노라고 덜컥 약속하면 어떡하나?"

"우리의 계획을 눈치 채지 못하게 하기 위해서는 어쩔 수 없습니다. 일단은 저 둘을 갈라놓아야 합니다."

"어떻게?"

"병법에 멀리 있는 적과는 친하게 지내고 가까이 있는 적은 공격하라 했습니다. 둘 다를 상대하여 싸울 수 없기 때문입니다. 우리 입장에서도 마찬가지입니다. 이근행과 조해 둘 다를 상대로 싸울 수는 없습니다. 멀리 있는 조해와는 친하게 지내고 가까이 있는 이근행은 공격하는 전략을 세워야 합니다. 영주성과 친하게 지내면서 이근행과 조해를 서로 경쟁시켜야만 우리가 이근행과 싸울 때 영주성이 쉽게 나서지 않을 것입니다."

"자네의 생각이 무엇인지 알겠네. 거사 준비는 어떻게 되어가고 있는가?"

"지난해에 순나부의 백산부말갈, 속말말갈과 염주성이 협력하기로 하였고, 올 봄에는 거란족의 하다부가 협력하기로 하였습니다."[13]

"군사는 얼마나 되나?"

"속말말갈과 백산부말갈을 합하여 오천 명, 거란족 오천 명 정도입니다."

"염주성은?"

"염주성주 걸걸중상은 고구려 부흥운동에 회의적이었습니다."

"예맥족이 많이 도와줘야 되는데. 죄다 신라에 붙어버리고 아니면 중원

---

13) 「구당서」에는 보장왕이 고구려 부흥을 위해 말갈족, 거란족과 협의한 내용이 나온다. 당시 고구려 유민들은 당나라에 의해 사방으로 흩어졌기 때문에 부득이 고구려의 일원이었던 말갈족과 거란족을 규합하여 다시 고구려를 세우려 했던 것으로 판단된다. 이것이 또한 부흥운동이 실패로 돌아간 이유가 아닐까 생각한다.

으로 끌려가 버렸으니……."

보장왕은 염주성이 군사를 보내지 않기로 한 데 대해 매우 실망한 표정이었다.

"말갈이나 거란 사람도 다 고구려 사람들이었습니다. 이제는 저들을 기반으로 할 수밖에 없습니다."

"거사 날은 잡았는가?"

"아직 정확한 날짜는 정하지 않았습니다. 지금 공작을 하고 있으니 머잖아 좋은 기회가 올 것입니다. 일단은 저들 당나라 사람들을 안심시켜야 할 것입니다. 그동안 우리 백성들이 고생을 많이 하겠지만……."

고연은 보장왕의 먼 친척 동생이었다. 연개소문의 난 때 선대왕인 영류왕과 그 일가들이 많이 시해를 당하였기에 왕의 직계는 드물었다. 그나마 당나라군의 포로가 되어 중국 각지로 흩어졌기에 모든 일을 믿고 맡길 왕족은 더욱 없었다. 그런 측면에서 볼 때 고연은 든든한 동반자였다.

"자네를 믿네."

당나라 사람들의 감시를 받아 운신이 자유롭지 못한 보장왕은 고연에게 모든 것을 의존할 수밖에 없는 현실이 안타까운 듯 무거운 한숨을 내쉬었다.

무거운 짐을 홀로 진 채 집으로 향하는 고연의 발길은 백 근의 쇠뭉치를 달고 있는듯 무거웠다. 대형 어른이 돌아오셨다는 말에 아내와 딸은 벌써 마당귀에 내려서 있었다. 고구려가 망하기 전 고연의 벼슬은 대형이었다. 집안에서는 아직도 그를 대형으로 불렀다. 집에 들어온 고연은 이제 열여덟의 나이가 된 딸의 모습이 너무 안쓰러웠다. 망국민의 딸로 태어나 먼 이국땅에서 고생하다가 다시 고향땅으로 돌아왔지만 여전한 냉대 속에서 젊은 청춘을 보내야 하는 딸의 신세가 가련했기 때문이었다. 딸의 혼기가 다가오면서 더욱 걱정스러웠다. 딸을 누구에게 시집보내야 하는가? 당나라의 신하가 된 이상 당나라 사람에게 시집보내야만 한다. 하지만 이는 있을 수 없는 일이었다. 당연히 고구려 청년을 배필로 삼아야 했다. 그렇지만 고구려 사람은 이미 종적을 감춘 지 오래다. 당나라 사람들이 고구려를 멸망시키면서 고구려의 무사들을 곳곳에 끌고 가 노예로 삼아버렸기 때문이다.

더 걱정스러운 것은 아들이었다. 당나라 태학에 입학한 아들은 이곳으로 데려오지 못했다. 표면적 이유는 공부였지만 사실상 볼모가 되어 장안성에 남아 있는 것이다. 아들을 생각한다면 이곳에서 고구려의 부흥운동을 주도하는 것은 있을 수 없는 일이었다. 그러나 중요한 것은 아들이 아니었다. 지금 고구려를 다시 세우지 못한다면 고구려의 정신과 전통, 상무정신이 다시는 이 땅에서 살아나지 못할 것이기 때문이었다. 동명성왕과 태조대왕, 그리고 광개토대왕에 이르기까지 위대한 대왕들의 삶은 영원히 역사 속에서 사라지고 마는 것이다. 을지문덕과 연개소문의 영웅적 기상도 후손들은 영원히 모른 채 남의 나라 사람이 되어 살아갈 것이다. 생각만 해도 끔찍한 일이었다. 아들을 희생하는 한이 있더라도 고구려의 부흥은 반드시 이루어야 했다. 이것이 하늘이 자신에게 준 소명이라 생각했다.

"무엇을 그렇게 골똘히 생각하십니까?"

아내가 이상하다는 듯 물었다. 그때서야 고연은 정신을 차렸다.

"뭘 좀 생각하느라고."

"웬 청년이 당신을 뵙겠다고 찾아 왔습니다. 상투를 튼 차림새로 봐서는 예맥족 출신 같긴 했습니다만."

"청년이?"

"두 사람이 왔습니다만 한 사람은 수행원 같았습니다."

"어디서 왔다 하던가?"

"염주성에서 왔다고 했습니다."

"염주성!"

염주성이라면 걸걸중상이 보낸 사람임에 틀림없었다. 고연은 한걸음에 청년이 머물고 있는 사랑으로 달려갔다.

"염주성에서 사람이 왔다고?"

구척장신의 젊은이가 떡 버티고 앉아 있었다. 호랑이처럼 날카로운 눈을 한, 한눈에도 비범해 보이는 청년이었다. 그의 옆에는 그에 못지않은 체격의 청년이 앉아 있었다.

"인사 올리겠습니다. 저는 대조영이라고 합니다. 이쪽은 미발계, 제 동무이자 수행원입니다"

"대조영이라면?"

"제 부친의 존함은 걸걸중상이라 합니다."

걸걸중상의 아들이라는 말에 고연의 깡마른 입가에도 미소가 떠올랐다.

"그래 아버님께서 군사를 보내겠다고 하시던가?"

고연은 습관적으로 사방을 한 번 둘러본 후 들릴락 말락 한 목소리로 물었다.

"아닙니다. 아버님은 고구려의 부흥운동은 쉽지 않은 일이라며 신중히 대처해야 한다고 하셨습니다."

대조영은 아무렇지도 않은 듯 태연하게 말했다.

"그런데 자네는 왜 왔는가?"

웃음을 보이던 고연의 깡마른 얼굴이 심하게 일그러졌다.

"그래서 왔습니다. 어르신께서 말씀하신 고구려 부흥운동이 승산이 있는 것인지 살피러 왔단 말입니다."

"승산이 없다면?"

"우리 염주성은 일본과 무역을 하며 지내는 장사꾼들입니다. 한 사람 한 사람 소중하지 않은 사람이 없습니다. 승산 없는 싸움에 아까운 군사들을 희생시킬 수는 없습니다."

"승산 없는 싸움이네. 돌아가게."

고연의 목소리는 싸늘해졌다.

"승산이 있고 없고는 제가 판단합니다."

"당돌하구나."

"……"

두 사람 사이에는 한동안 차가운 기운만이 흘렀다.

"저는 고구려의 부흥에 제 삶을 걸었습니다. 하지만 남에게 이끌리는 삶은 싫습니다. 제가 주도하는 삶을 살 것입니다. 따라서 승산이 없는 싸움에는 나서지 않을 것입니다."

"이 싸움은 승산이 없는 싸움이라하지 않더냐!"

고연은 혹시 누가 들을지 몰라 끝까지 화를 내지 않았다. 하지만 그의 목소리는 겨울날의 찬비 같았다.

"달포 정도만 함께 지내겠습니다."

대조영은 고연의 태도에는 개의치 않고 자신의 생각을 말했다.

"자네에게 줄 양식은 없네."

"공밥은 먹지 않을 것입니다."

"뻔뻔스럽기까지 하구나."

고연의 말투는 냉랭했다. 하지만 그의 입가에 약간의 미소가 번지는 듯했다.

길 높이로 자란 옥수수는 시야를 가렸다. 하루 종일 달려도 보이는 것은 옥수수대밖에 없었다. 고연은 말에서 내려 잠깐 휴식을 취하기 위해 길가에 앉았다. 땀이 줄줄 흘렀다. 서 있기도 힘든 뙤약볕을 달려야만 하는 자신의 고달픈 신세가 애처로웠다. 내리 쬐는 태양 아래서 절로 익어가는 옥수수가 부러웠다.

'옥수수는 아무런 고뇌 없이 저렇게 잘 자라는데……'

잠깐 쉬겠노라며 길가에 앉았던 고연은 무슨 생각에 잠겼는지 때론 한숨을 내쉬기도 하며 일어설 줄을 몰랐다. 바람 한 점 없는 들판에 한줄기 시원한 바람이 옥수수 밭 사이로 불어 목덜미의 땀을 씻어 주자 고연은 다시 일어섰다.

"이랴!"

말에 채찍을 가했다. 텁텁한 먼지가 여산성(黎山城)으로 길게 이어졌다. 근래 들어 진드기처럼 자신을 좇는 대조영과 미발계가 먼지를 마시며 그림자처럼 뒤따르고 있었다. 꼬박 반나절을 달렸을 무렵 그의 앞에는 산을 의지하여 쌓은 커다란 성이 나타났다. 고연은 자신의 앞을 가로막는 커다란 석벽에 아랑곳하지 않고 계속 달렸다.

"이 성의 이름은 무엇입니까?"

"여산이라 하네. 안시성에 딸린 부속성이지."

"이곳엔 어떤 일로 오셨습니까?"

"그건 자네가 관여할 일이 아니네."

세 길은 넘어 보이는 거대한 옹성으로 둘러싸인 성문 앞에 이르자 사방에서 창을 든 당나라 병사들이 모습을 드러냈다. 머리 위로 여러 명의 당나라군이 나타나자 섬쩍지근한 느낌에 순간적으로 화극을 잡고 있던 손에 힘이 들어갔다.

"누구시오?"

수문장인 듯한 자가 옹성 위에서 고개를 빼꼼히 내밀어 고연 일행을 아래 위를 한 번 훑어보며 말했다. 그래도 제법 비단 옷이라도 챙겨 입고 있었기에 하대는 하지 않았다.

"난 안동도호부에서 나온 사람일세."

"무슨 일이오?"

수문장은 안동도호부라는 말에 시큰둥한 반응을 보였다. 안동도호가 누구인지 알고 있었기에 도호부라는 말에도 별로 놀란 기색이 아니었다.

"성주를 만나러 왔네."

"기다려 보슈."

수문장은 퉁명스럽게 말했다.

성문이 열렸다. 성안으로 들어서자 더위에 지친 듯 웃통을 벗어젖힌 문지기가 겨우 장창만을 챙긴 채 어슬렁거리며 걸어와 맞이했다.

"조금만 기다리고 계슈. 성주님에게 알릴 터이니."

문지기 하나가 성청을 향해 걸어갔다. 고연 일행은 성문 앞에 서서 꼼짝없이 기다려야 했다. 대지에서 솟아나는 뜨거운 기운이 가시지 않아 먼 길을 달려온 고연의 등골에서는 땀이 비처럼 흘러 내렸다.

"안으로 들어오시랍니다."

오래지 않아 심부름 갔던 문지기가 다시 고연 일행을 데리고 성청을 향해 걷기 시작했다. 일단의 무리들이 눈앞에 보였다. 하나같이 비쩍 마른 몸을 한 그들은 한눈에 보기에도 고단해 보였다. 헤진 옷 틈새로 드러난 속살은 곳곳이 상처였다.

"저들은 누굽니까?"

대조영은 그들의 정체가 궁금하여 고연에게 고구려말로 물었다.

"노역자들일세."

"노역자들이라면? 혹시……."

"자네 생각이 맞네. 이곳 옥 광산에서 일하는 고구려 출신의 포로들이네."

고연은 대조영의 생각을 꿰뚫어보며 한숨을 내쉬었다.

대조영은 이들이 고구려인이라는 말에 다시 한 번 행색을 살폈다. 광산에서의 힘든 오전 일을 마치고 점심을 먹으러 막사로 돌아가는 듯 기운이 하나도 없어 보였다. 터벅터벅 걷는 품이 송장이 바람에 떠밀려 내려오는 듯했다. 고연은 이들을 외면한 채 푸른 하늘만 쳐다보고 있었다.

"넌 고연이 놈 아니냐?"

갑자기 심장을 내려앉게 만드는 소리가 등 뒤에서 들렸다. 고연은 못들은 척했다.

"네 이놈 고연!"

고막을 찢을 듯 거친 소리가 연이어 터져 나왔다. 더 이상 무시할 수 없었는지 고연은 고개를 돌렸다. 정리되지 않은 수염으로 얼굴이 뒤덮여 나이를 가늠하기 힘든 한 장정이 웃옷도 걸치지 못한 채 그의 앞에 서 있었다.

"누군가? 누군데 남의 이름을 함부로 부르는가?"

"네 놈이 나를 모른단 말인가? 자세히 봐라, 나는 은성의 성주였던 나달이다."

나달이라면 건장한 몸에 힘이 장사인 중년의 고구려 무사였다. 안시성의 부속 성이었던 은성의 성주로 있으면서 안시성의 철을 출납하는 막중한 임무를 띠고 있던 장수였다. 어림잡아 보아도 이제 삼십대 초반의 나이가 분명한데 이전의 모습은 어디에서도 찾을 수 없었다. 한참동안 그를 뜯어보았다. 날카로운 눈매가 익숙했다. 십 년의 세월이 흘렀지만 그 눈매는 변함이 없었다. 다만 반쪽으로 줄어 든 몸과 허옇게 변한 수염이 쉽게 그를 알아볼 수 없게 만들었을 뿐이었다.

"자네가 이곳에 웬일인가?"

고연은 놀라움과 함께 안타까움이 묻어나는 목소리로 말했다.

"웬일이냐고?"

나달은 그의 부하였던 사람이다. 그러나 십 년 만에 만난 상관을 대하는 태도가 너무나 불손했다. 그의 차림새나 태도로 보아 그가 왜 그러는지는 알만 했다. 하지만 불손한 그의 태도는 지적하지 않을 수 없었다.

"아무리 처지가 이렇게 되었다고 너무 막말을 하는 것이 아닌가?"

"막말! 나라를 팔아먹고 원수 놈의 신하가 된 놈한테 막말은 무슨 막말이냐 이놈아. 퉤, 더러운 놈."

나달은 가래침을 뱉었다.

"이 자식이 감히 누구에게 행패란 말인가, 행패가!"

고연을 수행하고 가던 당나라 군사가 한 발 앞으로 나서며 나달에게 호통을 쳤다.

"개돼지만도 못한 놈, 전우를 이런 구렁텅이에 집어넣고 네 놈은 호강하고 사니 좋더냐? 당나라 놈들 똥구멍을 핥고 사니 좋더냐 말이다. 이놈!"

나달은 당나라군의 호통에 아랑곳하지 않고 계속 저주를 퍼부었다.

"……."

고연의 표정이 싸늘하게 변하기 시작했다.

"이 놈이 그만하라고 했지."

드디어 당나라군 하나가 나서서 강하게 발길질을 했다. 단 한방에 나달이 쓰러지고 말았다.

"루초님!"

곁에 있던 동료들이 달려들어 그를 부축했다. 나달을 부축하는 그들의 눈에서 눈물이 흘렀다. 피눈물이었다. 그들의 눈이 고연의 눈을 응시했다. 증오와 멸시에 가득 찬 눈이었다.

"가자."

고연은 저들의 눈길을 외면하며 발길을 돌렸다.

성청에서 여산의 성주가 고연을 기다리고 있었다. 고연은 이곳 안동도호부의 도호인 보장왕을 보좌하는 인물로 안동도호부가 있는 요동성의 요

성주(遼城州) 도독이었다. 옛 고구려 땅을 다스리기 위해 평양성에 안동도
호부를 설치했던 당나라는 고구려인들의 반발이 거세지자 옛 요동성이 있
던 요양으로 안동도호부를 옮기고, 고구려의 왕이었던 보장왕을 안동도호
로 앉혔다. 안동도호 아래에는 신성주도독, 요성주도독, 위락주, 사리주
등 아홉 개의 도독과 남소주, 개모주, 대나주, 창암주, 마미주, 여산주, 안시
주, 개비주 등 열네 개의 주가 소속되어 있었다.

　당나라 황제는 이곳 요동 지역에 안동도호부를 만들면서 보장왕을 안동
도호로 삼았지만 그 아래 직책인 도독과 주(州)에는 당나라 사람을 앉혔
다. 그래서 안시성과 여산성 등에는 여전히 당나라 사람이 성주로 있었다.
이들은 도호로 있는 보장왕이나 요성주 도독인 고연을 아주 무시하였다.

　여산주는 요동지역에서 옥이 가장 많이 나는 곳이었다. 옥은 중국인들
이 가장 좋아하는 보석이었기에 이곳은 주전(鑄錢)골과 다름없었다. 이런
여산주 성주가 고연 같은 사람을 후대할 리는 없었다.

　"어서 오시오."

　얼굴에 기름기가 올라 살 오른 너구리 상을 한 여산성주가 자리에 앉은
채 고연을 맞았다.

　"부탁이 있어 왔소이다."

　고연은 권하지도 않은 자리에 앉았다. 대조영과 미발계는 그 뒤에 서 있
었다. 이런 자들을 오래 만나고 싶지가 않았다. 뿐만 아니라 이 자가 고구
려 유민을 어떻게 대하는지는 나달의 홀쩍 늙어 버린 모습에서 금방 알 수
있었기에 더욱 역겨웠다. 고연은 방문 목적만 말하고 금방 일어서려 했다.

　"팔월 보름까지 제일 좋은 옥으로 호랑이 상을 두 개만 만들어 주시오.
하나는 오십 근짜리 또 하나는 백 근짜리. 그리고 팔찌와 목걸이로 스무
쌍을 만들어 주시오. 최고급으로 해야 하오."

　"하하하."

여산의 성주는 처음에는 어이없는 표정을 짓다가 결국에는 웃음을 터뜨렸다.

"그게 가능한 일이라고 생각하시오?"

"지금 나에게 필요한 것은 불가능한 일을 가능하게 만드는 일이오."

"나는 댁처럼 그렇게 농담이나 하고 있을 한가한 사람이 아니오."

"그건 나도 마찬가지오."

"그만 돌아가시오."

여산성주는 고개를 돌리고 말했다.

"측천무후 폐하의 생신날 바칠 물건이니 조금의 흠집이라도 생겨서는 안 될 것이오."

고연은 여산성주의 태도에 아랑곳하지 않고 말했다.

"측천무후 폐하!"

촌구석에 박혀 있는 말단 관료에게 무후는 감히 쳐다보지도 못할 하늘이었다.

"그렇소. 황후 폐하께 바칠 선물이니 실수가 없어야 할 것이오."

이 정도만 말했으면 여산 성주는 군말 없이 말을 들어야 했다. 하지만 아니었다. 그는 쉽게 굴복하려하지 않았다.

"재주는 누가 부리고 돈은 누가 번다고, 고생은 내가 하는데 단물은 도호가 빨아먹겠다는 의도 아니오."

제법 눈치가 있는 자였다. 고연은 슬며시 미소를 지었다.

"아, 미리 말씀을 못 드렸군요. 이는 우리 안동도호님의 부탁이 아니라 영주도독과 이근행 장군의 부탁이오."

"이근행 장군이라 말이오?"

"그렇소. 이근행 장군의 특별한 부탁이오."

"왜 내게 직접 말씀하시지 않고."

여산성주는 이근행이라는 말에 더 이상 토를 달지 않았다. 이근행은 그에게 하늘과 같은 존재였다. 이근행 휘하인 그는 이곳의 성주가 되어 많은 영화를 누리고 있었던 것이다.

"물론 대가는 없소."

"당연하지요."

"나 같으면 오십 근, 백 근은 안 되더라도 더 많은 팔찌와 목걸이를 만들어 도독과 장군에게 정기적으로 바칠 것이오. 그것이 살아남는 지혜요. 물론 안동도호님에 대한 황제 폐하의 신임이 영주도독과 이근행 장군과는 비길 수 없을 만큼 크다는 것을 아는 것이 가장 큰 지혜이긴 하지만……."

"예! 안동도호가……."

여산성주는 오동통한 얼굴을 찌푸리며 이해할 수 없다는 듯 고개를 가로저었다.

"나는 가겠소."

고연은 자리에서 일어섰다. 바보가 아닌 이상 이 정도만 말하면 말귀를 알아들을 수 있으리라 생각했다. 고연이 일어서자 벅수처럼 서 있던 대조영과 미발계도 그 뒤를 따랐다.

"당신은 완전 당나라 사람이 다 되었군요."

두 사람의 대화를 유심히 듣고 있던 대조영은 방문을 나서자마자 벌침을 쏘듯 말했다.

"당나라 사람이 되지 않고는 당나라를 이길 수가 없어."

"그렇게 되면 노역하고 있는 우리 고구려 유민들이 얼마나 부림을 당할까를 생각해 보셨습니까?"

"조그만 인정에 젖어서는 큰 일을 할 수 없는 법일세. 저들이 희생되어 고구려가 산다면 당연히 그 길을 택해야지."

"하지만 이곳 요동에는 고구려 사람이 없지 않습니까? 당나라 놈들이 고구려 사람들을 다 중국으로 끌고 가 버리고 그나마 남아 있는 사람들이 저들 아닙니까? 저들을 희생해서 무엇을 얻겠다는 것입니까?"

대조영은 다그치듯 물었다.

"염주성도 예맥족이 아닌가?"

"그렇습니다만……."

고연은 예맥족인 염주성 사람들이 고구려의 부흥에 무심한 태도를 보이자 이를 염두에 두고 한 말이었다. 따지듯 말하던 대조영의 목소리도 슬그머니 수그러들었다.

"고구려는 여러 민족이 모여서 이뤄진 나라일세. 말갈족이든 거란족이든 예맥족이든 다 고구려의 후손이야. 이 없으면 잇몸이라고……."

고연은 알듯 말듯한 말을 하며 끝내 말끝을 흐렸다.

"……."

대조영은 갑자기 말문이 막혔다. 고연은 결코 만만한 사람이 아니라는 것이 느껴졌다. 두 사람 사이에는 침묵만이 흘렀다.

"으윽!"

침묵을 깬 것은 비명소리였다. 고개를 숙인 채 생각에 잠겨 있던 대조영은 고개를 들었다. 어디선가 돌이 날아와 고연의 어깨를 맞춘 것이다. 사방을 둘러봐도 적막한 산성에 아무도 보이지 않았다. 또 다시 돌이 날아들었다. 채 몇 걸음을 옮기기 전이었다. 다행히도 이번에는 맞지 않았다.

"비겁하게 숨지 말고 나서라!"

그에게 맡겨진 일이 이것이라는 것을 알고 있는 미발계가 칼을 뽑아들고 주위를 둘러보며 큰 소리로 말했다.

"……."

당연히 아무런 반응이 없었다. 고연은 쓴웃음을 짓고는 곧바로 말에 채찍을 가해 그 자리를 벗어나려 했다.

"왜 범인을 잡지 않으십니까?"

미발계가 불만에 찬 목소리로 말했다. 염주성 수비대장 미가살의 아들인 그는 대조영보다 서너 살이 많았다. 대조영이 고집을 피우자 아버지 걸걸중상은 미발계를 호위병으로 붙였다. 배가 나오긴 했지만 곰 같은 힘을 가진 그는 창도 매우 잘 썼다. 그를 당할 장수는 순나부 내에 없었다. 아니 있긴 했다. 걸사비우라면 그의 적수가 될 수 있었다. 하지만 둘은 아직 힘을 겨뤄 볼 기회가 없었다. 이런 미발계를 아들의 안위를 염려한 아버지가 딸려 보낸 것이다.

평소에 말이 없는 미발계지만 염주성 수비대장인 아버지 미가살을 보고 자라서인지 안전에 대해선 철저했다. 특히 이곳에 오면서 대조영의 안위를 책임지라는 걸걸중상의 엄명이 있었기 때문에 더욱 그는 지금과 같은 사태를 그냥 넘길 수가 없었다.

"저들은 다 옛날의 내 전우들일세. 십 년이 지나도록 이처럼 고구려인의 자존심을 굽히지 않고 살아가는 것이 얼마나 고마운 일인가?"

"예?"

"저들의 눈으로 본다면 나는 배반자일 뿐일세. 배반자에게 던진 저들의 돌이라면 기꺼이 맞겠네."

"어르신께서는 고구려를 다시 세우기 위해 이곳 요동에 오시지 않았습니까?"

침묵을 지키던 대조영이 그 사이를 참지 못하고 다시 말하기 시작했다.

"아군을 속이지 않고는 적을 속일 수 없는 법일세. 이럇!"

고연이 말에 채찍을 가했다. 어쩌면 자신에게 가하는 채찍일지 몰랐다. 앞만 보고 달리는 그의 눈에 눈물이 고이는 것을 대조영은 보지 못했다.

중국의 그 수많은 왕 중 아무도 제압하지 못했던 돌궐족을 점령했던 불세출의 영웅 당태종, 그의 공격을 끝까지 막아낸 고구려의 혼, 안시성! 고구려가 망한 뒤에도 끝까지 성문을 열지 않고 저항했던 호국의 상징! 그러나 안시성도 결국은 고구려가 망한 지 오 년 뒤에 성문을 열고 말았다. 그후 안시성에는 낯선 이방인들로 가득 찼다. 다시는 고구려인들이 이 성의 주인이 되게 해서는 안 된다는 생각에 당나라는 정예부대를 이곳에 주둔시켰다. 물론 다른 목적이 있었다. 요동 땅 전체의 수요를 충족시킬 수 있는 철산지인 이곳을 강력한 통치하에 두어야 했기 때문이다.

현재 안시성의 성주는 이근행이었다. 그는 이곳에 주둔하면서 안동도호부의 치안을 책임졌다. 보장왕은 군사를 거느리지 못하였기 때문에 실질적인 요동의 실권자는 그였다. 그가 은밀히 고연을 부른 것이다.

서글펐다. 철옹성 안시성의 성주가 고구려 사람이 아닌 당나라 사람인 것이. 사십 년 전 이곳을 지킨 양만춘 대모달[14]의 투혼이 배어 있는 성 안은 곳곳이 파괴된 채 그대로 방치되어 있었다. 고장대로 오르는 길목에 사당이 보였다. 양만춘 대모달이 당태종과 전투를 벌이기 전 아침마다 승전을 기원하며 재를 올리던 곳이었다. 무심하게 자란 풀만이 사당을 감쌀 뿐 지붕과 서까래는 무너져 내려 더욱 신산스러웠다.

'대모달님 조금만 기다리십시오. 반드시 이 성을 다시 찾아 드리겠습니다.'

고연은 모든 것이 자신의 잘못인양 고개를 떨어뜨렸다. 고장대로 오르는 길은 여전히 험했다. 사위는 어두워 사물을 잘 분간할 수 없었지만 고장대로 오르는 길만은 훤하게 밝혀 놓았다. 천하제일의 명장이며 황제이던 이세민과 그의 장군들을 맞아 고구려 무사의 위대함을 보여줬던 안시성주 양만춘의 혼과 정신이 깃든 고장대에는 새롭게 정자가 만들어져 있

---

14) 대모달은 장군이라는 뜻의 고구려 말이다.

었다. 그리고 그곳에는 피 묻은 창칼 대신 곱게 단장한 고구려 여인들이 이민족 장수, 아니 민족을 멸망시킨 원수들의 수청을 들기 위해 앉아 있었다.

"먼 길 오시느라 수고가 많았소."

제법 취한 듯 이근행이 약간 비틀거리는 걸음으로 고연을 맞았다. 고연은 이근행을 만나는 자리에 대조영을 데려오지 않았다. 은밀히 자신을 부른 이근행의 의도가 무엇인지 알았기 때문이었다. 물론 자신의 이런 행동을 이해하지 못하는 대조영을 데려오고 싶은 마음도 없었다.

단아하고 앳된 미희 둘이 이근행을 시중들며 따랐다.

왼쪽으로 여민 저고리에 곱게 빗어 올린 머리가 한눈에 보기에도 고구려 여인이었다.

"너희들은 고구려 여인이 아닌가?"

고연은 질책하듯 고구려말로 물었다.

"대형 어르신이 이미 당나라 신하인 것처럼 저희들도 이젠 당나라의 여인이옵니다."

유난히 흰 피부에 이슬 맺힌 듯 물기어린 눈빛을 지닌 한 여인이 서슴지 않고 고연의 물음에 답을 해왔다. 그녀의 차가운 목소리엔 엷은 조소가 스며있었다.

"허허허, 그래~ 맹랑하구나."

당나라 신하. 그렇다. 그것이 자신의 모습이었다. 고연은 자신도 모르게 자조 섞인 웃음을 흘렸다.

"맹랑하다니요. 대형 어른! 힘없는 아녀자 하나 지켜주지 못하신 어른께서 나라 망해 당의 여인이 된 불쌍한 저희들을 탓하십니까?"

"……"

뜻밖에 당돌하게도 의중을 내놓는 앳된 미희의 말에 고연은 잠시 할 말을 잊었다.

'불쌍한 아녀자 하나 지켜주지 못하고……. 이 어린 여인은 가슴에 무엇을 묻고 내게 이런 말을 하는가! 나는 당나라의 남자들 품에 이리저리 안기는 이 여린 고구려 여인에게 감히 정절을 말할 수 있는 것일까?

여인에게 자신은 죄인이었던 것이다.

"자네 이름이 뭔가?"

"제 이름은 알아서 뭘 하시겠습니까. 이미 노류장화가 된 몸인데……."

"자네 이름을 묻고 있지 않는가?"

고연은 약간 화가 났다.

"노류장화가 제 이름입니다."

그녀는 차가운 목소리와 함께 고개를 돌려 고연을 외면해 버렸다.

"허허, 무슨 말이 그렇게 많소. 저 아이가 마음에 드시오? 원하신다면 오늘 밤 도독 어른께 보내 드리리다. 하하하."

"아, 아닙니다. 그런 의도가……."

고연은 애써 미희들을 외면한 채 이근행을 향해 고개를 돌렸다.

"내가 이곳 요동으로 온 이후 한 번도 그대와 이야기를 나눈 적이 없었소만, 그대는 나의 술동무가 될 듯하여 이렇게 불렀소. 먼 길 오시느라 정말 수고가 많았소."

술기운 덕분으로 어색함이 사라진 이근행은 곧바로 고연을 끌어안으며 반겼다.

"그것은 제가 드릴 말씀입니다. 좋은 술친구가 있는데 거리가 무슨 상관이 있습니까? 이렇게 불러 주셔서 감사할 뿐입니다."

고연은 화답하고 술자리에 앉았다. 그가 자리를 잡자 음식들이 새롭게 차려졌다. 꿩고기는 물론 호랑이 고기까지 내놓았다. 고연은 자신에 대한 이근행의 마음이 어떠한 지 읽었다. 사실 이곳에 오기 전에 이근행이 무엇 때문에 자신을 불렀는지를 생각해 보았다. 차려진 음식을 보며 그는 내심 자신의 예상이 빗나가지 않았음을 알 수 있었다.

"자, 시장하실 텐데 먼저 고기부터 드시면서 허기를 면하시지요. 아주 귀한 고기를 마련했소."

시장하던 차라 고연은 식사부터 했다. 자칭 노류장화라 한 미희가 이근 행의 명에 의해 고연의 곁에 앉아 시중을 들기 시작했다. 작은 술잔이 그의 앞에 놓였다. 그리고는 두 손을 곱게 모은 미희가 술병을 기울여 조심스럽게 따랐다. 좀 전 자신을 올려다보며 차갑게 쏘아붙이던 모습은 찾아볼 길이 없었다. 고연은 답답한 마음에 벌컥 들이켰다. 미희는 또 다시 잔을 채웠다. 고구려식 주법(酒法)이 아니었다. 나라를 빼앗긴지 이제 겨우 십 년이 지났는데 문화까지 다 빼앗겨 버렸다. 더 많은 시간이 지나면 과연 고구려의 이름이 남아 있을까? 고구려의 위대한 영웅들의 영웅담이 후손들에게 남아 있을까? 차오르는 울분이, 비통함이 목을 타고 들어가는 술을 멈추게 했다.

"켁!"

"괜찮으시오?"

이근행이 깜짝 놀라 물었다.

"괜찮습니다. 너무 급하게 먹어서……."

고연은 가슴 깊은 곳에서부터 치밀어 오르는 슬픔을 삼켰다. 그리고는 따르는 대로 연하여 몇 잔을 들이켰다.

"너희들은 물러가 있어라."

알싸하게 취할 무렵 이근행은 시중들던 미희들과 시종들을 물렀다.

"그대도 알겠지만……. 나는 패전지장이요. 웅진도호부의 수장으로 있다가 신라의 공격을 받고 이곳까지 쫓겨 온 사람이요. 나도 장안 소식을 들어서 알고 있소. 무후가 황족들을 내치고 있다는……. 비록 지금은 내가 이곳 안시성에 둥지를 틀고 앉아 있지만 언제 소환 당할지 모르는 처지요."

이근행의 아버지는 돌지계(突地稽)라는 말갈인이었다. 그는 수나라 때 부족원 일천 명을 거느리고 수나라에 투항하여 영주성 근처에 살았다. 당 태종 때 유흑달이 반란을 일으켰는데 이때 돌지계는 부족원을 이끌고 당 태종 이세민을 도와 큰 공을 세웠다. 이로 인해 그는 기국공이라는 책봉을 받았다. 또한 고개도가 반란을 일으켜 유주를 공격하였을 때는 이를 요격 하여 크게 무찌르자 당태종이 그에게 이씨 성을 하사하였다.

이근행은 아버지가 죽고 난 뒤 아버지의 권력을 그대로 승계하여 요서 지방에서 최고의 명문가를 이루게 되었다. 고구려와 백제의 유민이 반란 을 일으켰을 때는 설인귀와 함께 이를 진압하여 큰 공을 세웠지만 죽지랑 이 이끄는 신라군에 패한 뒤에는 다시 이곳으로 돌아와 이전의 권세를 누 리고 있었다. 이곳 요동 땅에 쫓겨 온 이후로도 점령자의 거만한 모습을 보였다. 안동도호부에 전임 고구려왕이 왔다는 소식을 듣고 마음대로 인 사권을 휘둘렀다. 옥과 철이 많이 나는 여산성과 안시성을 장악한 채 보장 왕을 안하무인으로 대했다. 그런 와중에도 속으로는 장안에서 벌어지고 있는 숙청의 물결이 자신에게 미치지 않을까 전전긍긍하고 있던 중이었 다. 요서 출신인 자신이 중앙 권력에 줄을 닿지 못한 상태에서 언제 쫓겨 날지 몰라 불안했던 것이다.

그러던 차에 고연을 발견한 것이다. 노련한 그의 모습에서 어쩌면 자신 의 고민을 해결해 줄 수 있을 것 같은 느낌을 받았던 것이다. 그는 주변 사 람들을 다 물리고 자신의 속내를 그에게 말했다. 명령만이 통하는 오랜 원 정길에서 잃어버린 소중한 동무를 다시 만난 듯 이근행은 조심스럽게 자 신의 속내를 털어 놓은 것이다.

"고맙습니다. 저를 오랜 친구처럼 대해줘서."

고연은 이근행을 향해 고개를 숙였다. 다시 한 번 술잔을 천천히 들이켰다. 그 짧은 시간에 그는 해야 할 이야기를 정리하며 한동안 술맛에 취한 듯했다. 본격적인 이야기를 시작하기 전에 취해 버리는 것이 그의 술버릇이었다.

"민심은 천심이라는 말이 있습니다. 민심을 얻어야 천하를 얻고 또 민심을 얻어야 전쟁에서 승리할 수 있다 말하였습니다."

고연의 말에 이근행의 이맛살이 일그러졌다. 그런 말을 들으려고 너를 이곳까지 부른 것이 아니었다는 표정이었다.

"공자님 말씀에는 이런 말도 있습니다."

"공자 말이나 들으려고 당신을 부른 것이 아니요."

이근행은 곧바로 화를 내고 말았다.

"나도 공자님 말씀이나 하려고 이 먼 길을 온 것이 아니요."

"……."

"상생하자는 것이오."

"상생?"

"내 말을 끝까지 들으시오."

고연은 위엄 있는 목소리로 말했다.

"공자 말에 법도가 제대로 선 나라에서는 가난하게 사는 것이 수치고, 법도가 서지 않은 나라에서는 부자로 사는 것이 수치라 했소."

"……."

"이 장군 생각에는 측천무후 같은 사람이 불세출의 영웅이신 태종 황제의 나라를 가로채려하는 지금이 법도가 제대로 선 나라라고 생각하시오?"

"글쎄요. 영주도독 조홰 같은 자가 출세하는 것으로 봐서는 아닌 것 같기도 하고……."

이근행은 대놓고 말할 수 없었다. 고연에 대한 믿음이 확실히 서지 않았기 때문이다.

"법도가 제대로 선 나라입니다. 지금은 가난한 것이 수치인 시대입니다."

"그게 무슨 말씀이오?"

도무지 앞뒤가 맞지 않는 말이었다.

"아까 제가 민심을 얻으라는 말을 했는데, 지금 이 시대는 그런 것이 통하지 않는 시대입니다. 하하하!"

도대체 종잡을 수가 없었다.

"무슨 말이오? 알아들을 수 있게 똑바로 말해보시오."

"술부터 한 잔 주십시오."

이근행은 고연의 잔에 술이 넘치도록 따랐다. 고연은 물끄러미 술잔을 바라보다 천천히 입에 넣었다. 그리고는 한동안 말을 잇지 않았다.

"내 말의 숨은 뜻은 이렇소. 지금은 공자 맹자 같은 논리가 통하지 않는 시대요. 하지만 법도는 선 시대라는 것입니다."

"공자, 맹자의 논리가 통하지 않는데 어떤 법도가 섰단 말이오?"

"뇌물의 법도."

"뇌물의 법도?"

"지금 이 시대에 중요한 것은 민심이 아니라 권심(權心)이오. 권력자의 마음을 잡아야만 출세할 수 있는 시대라는 말이오. 다행히 장군은 철산지와 옥산지를 장악하고 있소. 장사를 하시오. 장사를 해서 많은 돈을 벌고 이를 바탕으로 중앙의 권력자가 되십시오. 이런 변방에서 언제 불려갈지 몰라 불안에 떨지 말고."

듣고 싶었던 말이었다.

"나도 그리고 싶소. 하지만……."

"도와주러 제가 왔습니다."

이근행은 바싹 다가섰다. 고연의 술잔에 술을 가득 따랐다.

"지금 천하제일의 실권자는 무후입니다. 장군도 영주도독 조홰처럼 재빨리 측천무후의 일거수일투족을 관찰하시어 줄을 대야 합니다. 알량한 공신 출신이라는 인연으로는 겨우 죽음이나 면하면 다행입니다."

이근행은 속이 타는지 고연의 잔에 다시 술을 따랐다. 변방에서 이렇게 늙어가고 있는 것이 정말 안타깝다는 듯 고연을 지그시 바라보았다. 고연은 한잔 길게 들이키며 말을 이었다.

"제가 장안성에 볼모로 잡혀 생활할 때 알게 된 사람들이 많이 있습니다. 그들에게 연통을 해 놓을 테니 이번 측천무후의 생신 때는 열일을 다 제쳐 놓고 한 번 다녀오셔서 무후의 눈도장을 확실히 받는 것이 좋을 것입니다. 그래서 중앙 정계로 나가시오. 이런 산골에 묻혀 있지 말고, 선물은 제가 알아서 챙겨 놓을 테니……."

"고맙소."

이근행은 캄캄한 어둠 속에서 한 줄기 빛을 발견한 듯 고연의 손을 덥석 잡았다. 어둠 속에서 고연은 득의의 미소를 짓고 있었다.

"달맞이 있느냐?"

"예."

달맞이라 불린 여인이 조심스럽게 들어왔다. 좀 전까지 자신의 술시중을 들던 자칭 노류장화였다. 자신을 그렇게 차갑게 대하던 그녀였지만 이근행 앞에서는 고분고분했다.

"오늘밤에 네가 이 어른을 잘 모셔라!"

"도독께서 저 아이를 마음에 들어 하시는 것 같아 불렀습니다. 하하하!"

이근행은 고연을 향해 크게 웃고는 자리를 정리했다.

정신은 멀쩡했지만 몸을 쉽게 가눌 수가 없었다. 성 안의 어느 곳 하나 함부로 대할 수 없다는 것이 고연의 생각이었다. 안시성이 어떤 곳인가? 양만춘 장군과 북국(北國)의 혼이 고스란히 간직되어 있는 곳이 아닌가? 수십만 당나라군을 상대로, 천하제일이라는 당태종 이세민을 상대로 고구려 무사의 정신을 보여주었던 고장대가 아니었던가? 그런 이곳에서 항장이 되어 적장 앞에 굴신하는 자신의 모습이 부끄러워 술을 마시지 않을 수 없었다. 그러나 술을 마실수록 정신은 오히려 맑아지는 것만 같았다. 결코 취할 수 없는 현실 때문이었다.

달맞이의 보드라운 감촉을 느끼며 그는 침실로 안내되었다. 깔끔하게 정돈된 침실이었다. 변방에서는 쉽게 구할 수 없는 쪽빛 비단 휘장이 하늘하늘 드리워져 있었다. 그는 옷도 벗지 않은 채 침상에 쓰러졌다. 참았던 서러움과 울분이 북받쳐 올라 고연의 눈가에 눈물이 흘렀다.

"그냥 주무실 건가요?"

달맞이는 고름을 풀고 저고리를 벗었다. 단박에 그녀의 한껏 부풀어 오른 젖가슴이 고연의 눈에 들어왔다. 고왔다.

"옷을 다 벗으리까?"

여전히 차가운 목소리였다.

"네 이년! 고구려의 후손이 어디서 함부로 몸뚱일 놀리고 있는 것이냐!"

고연은 버럭 소리를 질렀다.

뜻밖에도 고연이 엄한 목소리로 달맞이를 몰아붙이자 그녀는 기다렸다는 듯 차갑게 고연을 바라보며 쏘아붙인다.

"벌써 잊으셨나요? 나는 당나라의 노류장화예요. 당나라의……. 어떡할까요? 옷을 벗을까요?"

그녀의 목소리는 더욱 높아졌다.

"……."

"고구려 사람……. 훗! 내 벌거벗은 몸을 보고 고구려의 지조를 내세운 사내가 한 놈이라도 있었는지 아세요?"

"뭐라고!"

"이미 망한 나라 더 이상 찾지 말고~ 홍, 잘난 고구려 타령은 이제 그만 하시고 오늘밤 나랑 흥건하게 놀아나 보시지요. 그게 인생을 즐기며 그나 마 지혜롭게 사는 길이니."

달맞이는 차갑게 말하고는 치마끈을 마저 풀었다. 어둠 속 달빛에 비치 는 달맞이의 벗은 몸, 도드라진 붉은 젖꼭지가 고연의 가슴을 서늘하게 했 다. 만지고 싶고 안고 싶은 욕망이 솟구쳤다.

"네 이년! 내 몸이 당나라에 속했다고 내 정신까지 뺏긴 줄 아느냐?"

"그런 소리 더 이상 하지 마시라니까요."

그녀는 손으로 고연의 입을 막고는 그의 몸 위에 자신의 가냘픈 나신을 밀착시켰다.

"비켜라! 나는 함부로 몸을 섞는 사람이 아니다. 더구나 당나라의 노류 장화는 더더욱 아니다."

"홍! 싫으면 그만 두라지."

달맞이는 차갑게 돌아섰다.

"제 마누라 제 딸도 지키지 못하고 당나라 놈들에게 다 바친 머저리 같 은 사내놈들……. 여자라면 별 짓을 다하는 놈들이 점잖은 척 한다 고……. 그러면 다 용서받을 수 있을 듯싶습니까? 싫다면 할 수 없겠지. 어 디 두고 봅시다. 내 몸에 손끝 하나 안 대는지……."

그녀는 실오라기 하나 걸치지 않은 채로 자리에 누웠다.

"세상 사람들이 고구려는 끝났다고 해도, 고구려의 정신은 사라질 수 없 는 것이다. 고구려 무사의 자존심은 절대 사라질 수 없다. 고구려의 정신 이 살아 있어야 고구려는 부활하는 것이다. 강탈당한 불쌍한 동포 여인에게 손을 대는 것은 고구려 무사가 할 일이 아니다."

고연은 조용히 말하고는 자리에서 일어나 두 다리를 포개 정좌했다. 두 눈을 감았다. 술로 흐트러진 몸과 마음을 다잡기 시작했다. 눈물이 흘렀다. 뜨거웠다. 너무나 뜨거워 마음이 타들어갔다. 두 주먹을 불끈 쥔 채로 펼 줄을 몰랐다. 어둠은 깊어만 갔고 솔부엉이 한 마리가 스산하고 구슬픈 울음을 길게 울었다.

어느새 잠에 빠져 들었던 달맞이가 갈증을 느끼며 눈을 떴다. 어둑새벽의 푸른빛이 방안에 스미고 있었다. 사내가 자신의 옆에 앉아 있다. 마치 돌처럼 굳게 정좌한 채. 달맞이는 놀라 돌부처 같은 사내의 뒷모습을 뚫어져라 쳐다보기만 했다. 그리고는 조용히 옷을 입기 시작했다.

4. 무너진 성

바람이 불었다. 여산성 구석진 곳까지 강한 바람이 계속 불었다. 무덥던 여름이 지나가는 듯하다 순식간에 차가운 바람이 불기 시작했다. 지난 보름동안 나달은 거의 잠도 제대로 자지 못하고 일했다. 무슨 사연인지 몰랐지만 성주(城主) 놈이 평소보다 훨씬 강도 높게 일을 시켰다. 더운 여름철에 땡볕 아래서 하루 종일 일하고 밤에도 쉬지 못하게 횃불을 밝혀 일을 시켰다.

들리는 소문에 의하면 당나라 임금의 마누라가 된 측천무후라는 여자 때문이라 했다. 측천무후가 권력을 잡으면서 그 여우같은 계집에게 잘 보이기 위해 선물을 마련하느라 밤낮 없이 일을 시킨다는 것이다.

이 모든 것이 고연이라는 배반자가 다녀간 이후로 시작된 일이었다. 제대로 먹지도 못한 동료들이, 부하들이 땡볕아래서 하루 종일 일하다 하나 둘씩 쓰러졌다. 그 중에는 좋은 세상 한 번 보지 못하고 유명을 달리 한 자가 한둘이 아니었다.

더 이상 이렇게 일을 해서는 안 된다는 생각에 나달은 감독관을 만났다. 자신들이 처한 형편을 이야기하며 일의 강도를 줄여달라고 말했지만 돌아온 것은 더 심해진 매질 뿐이었다. 너희 같은 놈들은 죽어도 눈 하나 깜짝 안 한다며, 너희 같은 고구려 놈들 때문에 집에도 못가고 이 고생한다며 발길질만 해댔다.

두세 번 계속 항의가 이어지자 마침내 감독관은 나달을 창고에 가두어 버렸다. 처음에는 아무 일도 하지 않아 좋았다. 그러다 동료들을 생각하니 미안한 마음이 들었다. 조금 지나면서부터는 배가 고파지기 시작했다. 사흘째 되던 날은 '여기서 내가 죽겠구나' 라는 생각이 들었다. 포기하기로 했다. 이렇게 구차하게 더 살아서 뭘 하겠냐며 삶에 대한 의지를 버리기로 했다. 드난살이하고 있는 가족들에게 미안했으나 어차피 희망이 없기는 마찬가지였다. 안시성이 무너지던 날 자결하지 못한 것이 한스러울 뿐이었다.

바닥이 찼다. 습기가 차올랐다. 찬바람에 거적때기 하나 없는 창고 안에서 도저히 잠을 잘 수가 없었다. 뱃가죽이 찬 바닥에 달라붙는 것 같은 고통이 밀려왔다. 눕지도 앉지도 못했다. 그냥 누웠다. 아니 쓰러졌다. 그리고는 의식이 가물거렸다. 안시성 문이 열리고 당나라군이 밀려들던 순간이 눈앞에 스쳐갔다.

얼마만큼의 시간이 지났는지도 모른다. 아주 오랜 시간이 흐른 것 같기도 하고 아닌 것 같기도 하고……. 문 열리는 소리가 들렸다. 그러나 고개를 움직일 힘도 없었다. 손가락 하나 까딱하지 못했다.

"저 자식 갖다 버려!"

제법 낯익은 놈의 목소리였다. 나달의 몸에서 지금 움직일 수 있는 것은 아무 것도 없었다. 오직 의식 하나만, 그것도 가물거리는 의식 하나만 살아 있을 뿐이었다. 어디로 가는지 알 수 없었다. 수없이 드나들었던 광산의 옆을 지나 산 속으로 가는 것만은 틀림없었다. '이 밤이 지나고 나면 승냥이의 밥이 되어 있겠구나' 라는 쓴 웃음만 나왔다. 자결을 했더라면 이런 수모는 없었을 것을……. 구차한 삶에 미련을 가져서 이런 수모를……. 그래서 선비생활을 할 때 선인들은 적에게 포로가 되느니 차라리 자결을 하라 가르쳤던가 보다. 통증이 밀려왔다. 어딘가에 버린 모양이다. 풀벌레의 요란한 울음소리가 들렸다. 까악 거리는 새소리도…….

의식만 살아 있는 삶. 손가락 하나 움직일 수 없는 몸. 들쥐 한 마리만 나타나도 꼼짝없이 눈알이 파이고 내장이 뜯겨나갈 것이라는 무력감과 공포가 밀려들었다. 몸은 점점 더 굳어졌다. 늑대들의 울음소리가 들렸다. 온 산을 뒤흔드는 늑대의 울음소리가 이렇게 무섭게 들리기는 처음이었다. 불빛이 보이는 것 같다. 한두 개가 아니었다. 점점 가까이 다가오는 느낌을 받았다. 자신을 향해 오는 것이 분명했다. 사람은 아니었다. 늑대였다. 여러 마리의 늑대가 저항 못하는 먹이를 발견하고는 여유 있게 다가왔다.

'크르렁, 크르렁…….'

목을 찢고 나오는 파열음이 온 몸을 소름끼치게 했다. 이렇게 죽는 것이 정말 억울했지만 회한은 없었다. 어차피 싸움에서 진 장수가 죽는 것은 당연한 일이었기 때문이다. 의식만 끊어지면 다음의 고통은 없을 것이라 애써 자위했다.

'크앙!'

날카로운 울부짖음이 연하여 들렸다. 이 비명 소리가 끝나면 자신의 목을 향해 날카로운 송곳니가 꽂힐 것이리라.

'크앙!'

자지러지는 듯한 비명소리가 계속 들릴 뿐 목을 자극하는 충격은 없었다. 이상했다. 또 다른 짐승이 나타나 먹이를 놓고 다투는 지도 몰랐다. 잠잠했다. 맹수의 울부짖음은 더 이상 이어지지 않았다.

"살았는지 빨리 확인해 봐!"

사람 소리였다. 어쩌면 익숙한 소리인 것 같기도 했다.

"살아 있습니다."

"어서 옮겨라. 어서!"

다급한 목소리였다. 해치려는 자들이 아님은 분명했다. 이 넓은 천하에 자신의 편이 되어줄 사람은 아무도 없을 것이라 생각했는데, '누굴까?' 그냥 체념하기로 했다. 눈을 감았다. 입안 가득히 물이 흘러 들어왔다.

눈을 떴다. 얼마만인지 알 수가 없었다. 다만 한 사람이 자신의 옆에 앉아 있었다. 자신의 두 손을 꼭 잡고. 오랜만에 보는 밝은 빛이라 잘 보이지 않았다. 차츰 사물이 보이기 시작했다. 누가 자신을 간호하고 있는지 얼굴을 살폈다.

"네 놈은……."

화들짝 놀랐다.

"정신이 좀 생기는가?"

고연이 자신의 손을 꼭 잡고 있었다. 정신이 번쩍 들었다. 얼른 고연의 손을 뿌리쳤다.

"너 같은 배반자의 도움으로 살고 싶은 생각은 없다."

나달은 힘주어 말했지만 그의 소리는 제대로 나오지 않았다. 그는 힘겹게 자리에서 일어났다. 조그만 움막 안이라 어렵지 않게 출입구를 찾을 수 있었다. 그는 비틀거리며 움막을 빠져나갔다.

"더러운 놈!"

지난 달포 동안 자신과 동료들이 당했던 고초를 생각한다면 고연의 얼굴을 후려치고 싶은 심정이었다.

"어딜 가시오!"

못 보던 장정 둘이 문 밖에 서 있었다. 도톰한 입술에 찢어지듯 날카로운 맹수의 눈매를 가진 젊은이였다. 구척은 되어 보이는 몹시 큰 키가 위압적이었다.

"누군가 자넨?"

비록 살이라고는 붙어 있지 않아 비쩍 마른 몸이었지만 나달은 쉽게 굴복하지 않는 기상이 있었다. 그의 몸은 피폐했지만 그의 목소리는 그렇지 않았다. 수 천의 고구려 전사들을 호령하던 육중한 소리였다.

"나는 염주성 출신의 대조영이오."

"염주성!"

염주성이라면 동해 바닷가에 있는 성이었다. 그런 그가 이곳에 나타날 수 있단 말인가? 물론 당나라 놈들이 고구려 사람들을 사방에 흩어 놓긴 했지만 이곳은 아니었다. 당나라 본토에 수많은 고구려 유민들을 종으로 보냈지만 고구려 땅에는 두지 않았다. 물론 자신은 저항운동을 펼치다 포로가 되었기에 이곳에서 노역에 시달리고 있지만.

나달은 젊은이를 다시 한 번 쳐다보았다. 어깨에는 전통과 강궁을 메고 있었고, 손에는 날카로운 화극을 들고 있었다. 뒤에 있는 사람도 만만치 않아 보였다. 도무지 정체를 알 수 없는 사람들이었다. 다만 하나 이들이 늑대의 밥이 될 뻔한 자신을 구해준 사람임에는 틀림없는 것 같았다.

"자네들은 무엇 하는 사람들인가?"

나달은 기세를 누그러뜨리지 않고 물었다.

"안으로 다시 들어가시죠."

거부할 수 없는 위압감이 있었다. 나달은 한동안 상대를 노려보다가 다시 움막 안으로 들어갔다.

"다시 칼을 잡아야 할 것 같네."

움막 안에 들어서자마자 다짜고짜 칼을 잡으라 한다. 나달은 고연을 노려봤다.

"난 고구려 부흥을 위해 보장왕과 함께 이곳으로 다시 왔네. 우리의 뜻을 숨기기 위해 그동안 자네들한테 못할 짓 많이 한 것 미안하게 생각하네. 하지만 이제는 때가 왔어. 여기 있는 이 젊은이뿐만 아니라 많은 고구려의 전사들이 힘을 보태기로 했네."

"예!"

고연을 대하는 나달의 태도가 갑자기 달라졌다. 자신도 모르게 높임말이 다시 나왔다. 나달은 지혜로운 사람이라 고연의 말에서 그동안의 모든 사정을 순간적으로 깨달은 것이다.

"죄송합니다. 어르신의 깊은 뜻을 모르고……."

나달은 고개 숙여 사과했다.

"지금 그런 것을 따질 때가 아니네. 우리는 오래지 않아 당나라군을 공격할 것이네."

"우리는 누구입니까?"

"그동안 나는 고구려의 부흥을 위해 멀리 순나부의 말갈족과 거란족의 사람들을 만났네. 다행히 그쪽에서는 군대를 보내 주기로 약속했네."

고연은 자신감 넘치는 목소리로 말했다.

"군사는 얼마나 됩니까?"

나달은 쉽게 동요하지 않았다.

"칠천 정도는 될 것이네."

"칠천의 군사로 어디를 공격하실 것입니까?"

"요동성을 중심으로 고구려를 다시 부활시킬 것이네."

"요동성을 중심으로 고구려를 부활시키려면 최소한 오만은 있어야 합니다. 칠천 가지고는 어림도 없습니다."

나달은 고연의 생각에 회의적 반응을 보였다.

"지금까지의 모든 고구려 부흥운동이 다 실패로 돌아갔습니다. 치밀한 계획을 세우지 않으면 또 저 같은 꼴을 당하게 됩니다."

고연의 비겁함을 질책하던 나달이 오히려 신중해졌다.

"이번에는 고구려의 대왕이 직접 나섰어. 이전과는 다른 양상이네. 보장 대왕이 고구려의 깃발을 다시 세웠다는 말만 들어도 사방에 숨어 있던 고구려 유민들이 나설 것일세. 그렇게 된다면 오만의 군대는 금방 모을 수 있을 것일세."

"지금 이곳 연나부 땅에 남아 있는 순수 고구려인들은 얼마 되지 않습니다. 싸울 수 있는 모든 장정들은 다 중원으로 끌려갔습니다. 압록강 이남의 고구려인들은 다 신라에 복속된 형편이고요. 설사 우리가 성 몇 개를 점령한다고 해도 우리를 뒤에서 엄호해 주고 적의 배후를 공격해 줄 성들이 없습니다. 저들이 포위만 한 채 버티기만 해도 우리는 결국 항복할 수밖에 없습니다. 우리 안시성이 몇 년을 버티다 항복한 것도 그런 이유입니다."

나달은 몇 년 전에 있었던 안시성 함락의 울분이 되살아나는 듯 깊게 팬 주름투성이의 얼굴을 찡그렸다.

"사십 년 전 당태종의 침입 때는 잘 버티지 않았는가?"

"그때는 대막리지께서 적의 후방을 계속 공격하여 식량 보급로를 끊어 버리셨기 때문에 가능한 일이었습니다."

"우리도 그렇게 할 생각이네. 성 밖에서 요동 땅으로 들어오는 적의 보급로를 공격하면서 버틸 생각이네."

"사십 년 전에는 조의선인들이 시도 때도 없이 밤낮으로 적을 괴롭혔기 때문에 가능했지만 이제는 조의선인 조직이 다 무너져 조직적인 저항을 할 수가 없게 되었습니다. 누가 그 역할을 해 줄 것입니까?"

"군사를 쪼개야지."

"칠천의 군사로는 안시성 하나 지키기에도 급급합니다. 아무리 대왕 폐하께서 표면에 나섰다고 해도 쉬운 일은 아닙니다."

쓰라린 실패의 경험을 안고 있는 나달은 신중에 신중을 기했다.

"그렇다고 손 놓고 있을 수는 없는 일 아닌가? 더군다나 사실상 이 지역의 실력자인 이근행은 측천무후의 생일을 축하하기 위해 안시성을 비울 것이고, 적의 후방에 해당하는 영주성 역시 성주 조화가 장안성으로 떠나는데 이런 좋은 기회를 놓칠 수 없지 않은가?'

"그들은 다시 되돌아옵니다."

나달은 쉽게 결심하지 않았다.

"그렇다면 자네는 계속 석공이나 하면서 여생을 보낼 생각인가?"

"그것은 아닙니다."

"그러면?'

"좀 더 나은 기회를 엿보는 것입니다."

"이보다 더 좋은 기회는 없어!'

마침내 고연은 버럭 화를 내고 말았다. 사실 그가 이번 전략을 짜면서 제일 고심했던 부분이 장수였다. 전투경험이 풍부한 장수가 없는 것이 가장 고민거리였다. 여산성에서 노역에 시달리는 나달을 발견한 순간 속으로 쾌재를 불렀다. 결정적인 순간 그를 빼내오기 위해 기회를 엿보고 있었는데, 다행히도 저쪽에서 먼저 나달을 버림으로 인해 천재일우의 기회를 얻었던 것이다. 가장 믿고 의지해야할 나달이 자신의 계획에 회의적인 태도를 보이자 고연은 그만 화를 내고 만 것이다.

"맞습니다. 이보다 더 좋은 기회는 없습니다. 그렇더라도 이기는 싸움을 하기 위해서는 보다 많은 세력을 끌어 들여야 합니다."

나달은 이제 이전의 고구려 장수로 되돌아 와 있었다.

"보다 많은 세력이라니?'

"사실 말갈은 이곳에서 먼 곳에 위치하여 단기전에서는 큰 도움이 되겠지만 장기전에서는 큰 도움이 되지 않습니다. 차라리 이 지역의 거란족들을 보다 많이 끌어들이는 것이 후방을 튼튼히 하는 지름길이 될 것이라 생각합니다."

"거란족의 하다부 추장 쑹마이(松漠, 송막)가 우리를 도와주기로 약속했네."

"하다부만으로는 안 됩니다. 여허부, 여허부는 물론 코르친부까지 끌어들여야 합니다. 그래야만 우리의 후방이 든든하게 되어 적들이 함부로 나서지 못 할 것입니다."

"그놈들은 안 돼!"

고연은 또 다시 화를 내고 말았다.

"그놈들은 일찌감치 당나라 편에 붙었어. 그놈들은 이름도 벌써 당나라식으로 바꾸고 말았어."

"그들을 끌어들이지 않고는 첫 기선은 제압할 수 있을지 모르지만 결국은 지는 싸움이 되고 말 것입니다."

"많은 세력을 끌어들이다가 오히려 우리들 거사계획이 탄로 나면 그것도 곤란한 일일세. 더구나 지금의 기회를 놓치면 언제 이런 기회가 올지 몰라."

"그러면 차라리 주몽대왕처럼 산 속으로 들어갑시다. 저들이 들어 올 수 없는 첩첩산중으로 들어가 다시 시작합시다. 그래서 백성들을 끌어 모으고 군대를 육성한 뒤에 다시 벌판으로 나옵시다. 산 속에서 나와 철기군을 앞세우고 요동벌판을 호령했던 광개토대왕처럼 말입니다."

"산 속에 들어가면 언제 다시 이곳으로 나올지 알 수 없는 일일세."

"이 군사로, 거란족의 지지를 받지 않고, 요동 땅에서 고구려의 부흥운동을 시작하는 것은 백전백패의 길을 걷는 것이라 생각합니다."

"나는 우리 보장대왕이 고구려의 깃발을 높이 드는 그 순간부터 많은 고구려 유민들이 몰려 들것이라 확신하네."

"저희도 그렇게 생각했습니다. 안시성에서 최소 몇 년 만 버텨주면 많은 고구려 유민들이 몰려들어 순식간에 요동 땅을 회복할 수 있을 것이라 생각했습니다. 하지만 아니었습니다. 저희는 다른 성의 지원을 받지 못하고 고립된 채 너무나 힘겨운 저항을 해야만 했습니다. 그리고 너무나 처참한 패배를 당하였습니다."

나달은 패배의 순간을 떠올리며 괴로워했다. 그의 마음속에는 고통스럽던 지난 몇 년간의 힘겨운 노역생활이 함께 살아나서 더욱 패배의 아픔이 크게 되살아나고 있었다.

"고구려가 망한 뒤 고립된 채 저항하던 자네들의 심정과 상황을 모르는 것은 아니네. 나는 이 기회를 놓치고 싶지 않아. 거란족이야 나중에 더 끌어 모으면 되고……. 정 걱정이 되면 자네는 뒤로 빠지게."

고연은 자신의 뜻을 지지해줄 줄 알았던 나달이 신중하게 나오자 섭섭해졌다.

"허허허, 언제 제가 안 한다 그랬습니까? 좀 더 신중하게 하자는 거였지."

"자네가 생각하는 그런 기회는 평생 안 올지도 몰라. 그렇게 되면 자네는 노역꾼으로 살다가 결국은 늙어 죽게 될 것일세."

고연은 마침내 나달에 대해 조소까지 했다.

"그동안 참을 수 없는 수모를 주었던 당나라 놈 몇 놈 죽인 후에 죽는다면 여한이 없습니다만 어르신은 상황이 다릅니다. 만약 이번에 실패하면 다시는 재기할 수 없습니다."

나달의 거듭된 충언에 고연은 왜 자신이 신중할 수밖에 없는지를 설명했다.

"다시 재기하지 못해도 여한은 없을 것일세."

고연도 거사 계획을 바꿀 생각이 없음을 분명히 밝혔다.

"그것이 진정 어르신의 뜻입니까?"

"그렇네. 내 삶도 얼마 남지 않았어. 더 이상 기다릴 수 없어. 실패해도 절대 후회는 않을 것이네."

고연은 두 주먹을 불끈 쥐며 말했다. 마른 몸에 비해 무척이나 커 보이는 주먹이었다.

"그렇다면 저도 이번 거사에 목숨을 걸겠습니다."

나달도 두 주먹을 굳게 쥐어 보였다.

두 사람의 대화를 말없이 지켜보던 대조영도 뭔가를 결심한 듯 여러 차례 고개를 끄덕였다. 두 고구려 무사의 뜨거운 충정이 가슴 속에 밀려들었던 것이다. 그는 곁에 있던 미발계를 불러 뭔가를 속삭였고 미발계는 곧바로 움막 밖을 벗어났다.

제법 쌀쌀한 바람이 불기 시작할 무렵 이근행은 안시성을 나섰다. 장안성을 떠난 지 너무 오래 되었기에 혹시 자신의 모습이 촌놈의 모습으로 비춰지지나 않을까 조심하며 옷차림새 하나하나에까지 신경을 썼다. 아무래도 무후를 뵙는 자리였기에 군복보다는 비단옷이 나을 것 같아 비단옷으로 갈아입었다.

또 자신의 위세를 나타내기 위해서 많은 군사를 거느리고 가기로 했다. 아직 장안성의 사정을 제대로 알지 못하는 상태에서 너무 위축된 모습을 보였다가 무후를 만나보지도 못하고 쫓겨나면 공염불이었다. 그는 안시성에 주둔하는 군사 중 정예병 일백 여명을 뽑아 장안성으로 향하는 자신의 행렬을 호위하게 했다.

장안성을 떠나 계림 땅과 요동 땅에 자리 잡은 지 십 년이 넘었다. 그 사이에 조정에서는 많은 변화가 있었다. 자신이 장안성을 떠날 때는 무왕후에 책봉되었던 측천무후의 세력이 막 확장되던 무렵이었다. 계림 땅의 백제와 고구려의 잔당들을 진압하는 과정에서 절대 권력을 누리며 마음대로 옛 백제 땅을 지배했다. 그때만 해도 중앙 정부의 일은 별로 관심이 없었다. 그러나 신라의 배반으로 죽지랑이 이끄는 신라군에 패하여 이곳 요동 땅으로 쫓겨난 후에는 상황이 달라졌다. 언제 조정에서 소환 명령이 떨어질 지 알 수 없었다. 더구나 소환 명령이 단순 파직이면 그나마 나은 편이지만 패배의 책임을 물어 죽음으로 내 몰릴 수도 있는 상황이었다.

이근행은 장안성에 사람을 보내 조정의 정세를 살펴오게 했다. 황후이던 유씨가 무후에게 쫓겨나 죽임을 당하고, 황제(고종)는 모든 정사를 그녀에게 맡겨 세상은 측천무후의 천지가 되어 있었다. 황태자도 그녀 마음대로 바꾸어 벌써 두 명의 황태자가 죽임을 당했다는 것이다. 그 중에는 무후의 몸에서 나온 아들 이현(李賢)도 섞여 있었다. 단지 어머니에게 바른 말을 잘 한다는 이유에서였다.

자신의 관점에서 본다면 일개 첩에서 출발하여 두 왕[15]을 섬긴, 그것도 아버지와 아들을 섬긴 측천무후는 패륜녀였다. 경멸의 대상이었다. 지금 상황은 달랐다. 이미 천하는 그녀의 것이었다. 그녀에게 불복하고는 살아 남을 수 없었다. 그는 처음으로 무후를 찾아가기로 결심하고, 백제 땅에서 전리품으로 얻은 수많은 보화와 이곳 요동 땅에서 만든 옥장신구들을 챙겨 안시성을 출발하는 것이었다.

이런 결심을 하는 데는 고연의 공이 컸다. 확실히 패망한 왕조의 유신으로 새로운 나라에서 살아남은 사람이라 그런지 처세술이 능했다. 살아남는 법을 알았다. 고연은 무후의 문지기에게 줄 선물까지도 챙겨주었다. 이

---

15) 측천무후는 당태종 이세민과 그의 아들 고종을 섬겼다. 사후 그녀는 고종과 함께 합장되어 서안의 외곽에 묻혀 있다.

번 일만 잘 된다면 고연을 확실한 자신의 사람으로 만들어야겠다고 생각
했다. 장차 웅진도호는 물론 안동도호 자리까지 차지하기 위해서는 그가
필요했다. 아주 유용한 사람이었다.

　이근행은 고연을 불러 자신이 떠난 뒤 안시성을 잘 관리 해 달라는 부탁
을 했다. 그는 흔쾌히 그렇게 하겠노라며 아무 걱정 없이 잘 다녀오라 했
다. 그를 생각만 해도 아주 든든했다. 어쩐지 기분 좋은 여행이 될 것 같았
다.

5. 고구려 부흥군

　잠자리를 찾아 떠나는 산새들의 요란한 울음소리가 그치자 깊고 깊은 천산(千山)은 적막감에 싸이기 시작했다. 산자락을 적시기 시작한 어둠이 온 산을 물들일 즈음 산 속에는 무거운 침묵이 흘렀다. 어둠과 침묵은 함부로 나다닐 수 없는 두려움과 공포를 자아내 살아있는 어느 것 하나도 섣부른 움직임이 없었다. 하늘은 어둠 뒤에 반드시 밝음을 준비하기 마련이다. 오래지 않아 교교한 달빛이 깊은 산 속의 정적을 일깨우면서 무언가의 움직임도 포착되기 시작했다.

　"걸걸중상이 직접 군사를 끌고 온다하지 않았소."

　고연을 향한 걸사비우의 거친 목소리가 메아리가 되어 온 산을 울리는 듯했다.

　"내가 아버지를 대신한다고 해서 안 되는 일이라도 있습니까?"

　고연을 대신하여 대조영이 날카로운 목소리로 반박했다.

　"우리는 순나부 땅을 버리고 이곳까지 왔어. 그런데 비겁하게 걸걸중상

은 그곳에 남아 있어. 그렇게 되면 순나부 땅은 자연히 걸걸중상의 땅이 되는 것 아닌가?'

어둠 속에서도 걸사비우의 감정이 어떠한지 느낄 수 있을 만큼 그의 목소리는 분노에 가득 차 있었다.

"우리 아버님은 그런 비겁한 술수를 쓰는 분이 아닙니다. 일본으로 가는 항로를 지키기 위해 남아 있을 뿐입니다."

대조영은 걸사비우에 맞서 자신의 생각을 당당하게 밝혔다.

"자네는 빠져. 나는 자네 아버지와 상대하고 싶을 뿐이야."

"아버지께서 나를 보냈으니 내가 아버지 대신이오. 나를 넘지 못하고는 내 아버지의 벽을 넘을 수 없으니 나에게 다 말하시오."

대조영은 조금도 물러서지 않았다.

천산 깊은 곳에 은신처를 마련한 고구려 부흥군의 우두머리 격인 고연과 속말말갈 가한 걸사비우, 거란족 하다부 가한 쑹마이, 그리고 염주성의 대조영과 나달이 한 자리에 모여 거사를 모의하는 중이었다. 대조영은 미발계를 아버지에게 보내 군사 보내주기를 요청하였고, 아버지 걸걸중상은 일천 명의 군사를 보내 이번 거사에 참여하게 하였다. 걸걸중상은 여전히 고구려 부흥운동에 회의적이라며 상황이 불리해지면 언제든지 군사를 이끌고 되돌아오라는 말도 미발계를 통해 전했다.

첫 만남부터 순탄하지 않았다. 회의석상에 걸걸중상의 모습이 보이지 않은 것을 확인한 걸사비우가 약속이 틀리다며 고연과 걸걸중상의 비열함을 걸고넘어진 것이다. 고연이 고구려 부흥군을 모으는 과정에서 경쟁적인 관계에 있던 걸사비우와 걸걸중상의 관계를 이용했기 때문에 걸사비우 입장에서는 당연히 따지고 넘어가야 할 문제였다.

"말갈족에게 복수는 소중한 것 아니오?"

걸사비우의 항의를 듣고만 있던 고연이 마침내 입을 열었다.

"고당 전쟁 때 말갈족 전사 수천 명이 당나라군에게 생매장 당하였소. 그 복수를 후손들이 해야 하는 것 아니냔 말이오."

"……."

복수라는 말에 놀랍게도 기세등등하던 걸사비우의 기가 꺾이는 듯했다.

"그 복수를 하지 않고는 당신은 구천에서 조상들을 만나 볼 수 없을 것이오. 그러니 조상에 대한 복수를 하는 것만으로도 이번 거사에서 얻을 것은 다 얻는 것이오. 그 외의 문제는 복수를 끝낸 다음에 말 합시다."

"좋소. 하지만 나와 약속했던 것은 반드시 지키시오."

걸사비우는 입술을 꽉 깨문 채 두 사람 사이에 있었던 밀약을 상기시켰다. 그가 이곳으로 직접 군사를 끌고 나섰던 궁극적인 이유는 바로 조상에 대한 복수였던 것이다. 걸걸중상과의 문제는 다음 문제였다. 그것을 고연이 정확히 짚어 낸 것이다.

"물론입니다. 삶의 터전을 던져두고 여기까지 나섰을 때는 그만한 대가와 노획물이 있어야하는 것은 당연한 것입니다."

고연은 확답을 했다.

"무슨 말이오? 두 사람 사이에 우리 몰래 무슨 밀약이라도 맺었단 말이오."

이번에는 동맹군과의 첫 만남에서 불쾌한 인상을 받은 거란족 출신의 가한 쑹마이가 불쾌한 얼굴로 고연과 걸사비우를 번갈아 보며 물었다.

"특별한 것은 아닙니다. 다만 말갈족은 험난한 산과 강을 건너 이곳까지 왔습니다. 그에 대한 대가는 분명히 지불해야 하는 것이 도리라고 생각하여 말씀드리는 것입니다. 그것이 거란족이 누려야할 영광과는 아무런 관계가 없는 것이니 관여치 않아도 될 것입니다."

고연은 웃는 얼굴로 쑹마이를 바라보았다.

"시작도 하기 전에 이렇게 서로의 이권싸움을 벌인다면 그 결과는 뻔한 것이 아니요. 이 문제를 해결하지 않고는 어떤 거사도 거행할 수 없을 것이오. 먼저 문제점이 무엇인지부터 말하시오."

쑹마이는 쉽게 물러서지 않았다.

고연은 첫 만남에서부터 삐걱거린다는 것을 느꼈다. 불길한 느낌이 들었다. 그렇지만 이는 이질적인 여러 집단이 함께 같은 일을 하는 과정에서 필히 생길 수밖에 없는 상황이며 반드시 극복해야 할 문제였다.

"고구려는 다양한 부족들이 다 조화롭게 잘 지냈습니다. 앞으로도 그럴 것입니다. 우리가 이번 거사에 성공하고 나면 이전의 고구려처럼 서로의 영역을 지키며 단합된 모습을 띠게 될 것입니다. 이것이 제가 말씀드릴 수 있는 답입니다."

고연은 애써 문제시 하지 않으며 상황을 무마시키려 애썼다.

"나중에 문제가 생기는 것보다 지금 그것을 해결한 후에 일을 시작하는 것이 순서라 생각하오."

쑹마이는 고연의 말을 쉽게 받아들이지 않았다.

"말갈족이 살고 있는 순나부 땅에는 당나라군이 쉽게 들어가지 못했소이다. 반면 거란족은 삶의 터전을 송두리째 당나라에 뺏겼습니다. 이런 상황에서 말갈족이 거란족의 삶의 터전을 되찾기 위해 이곳까지 달려온 것은 너무나 고마운 일일 것입니다. 일단 이곳에서 당나라군을 몰아낸 뒤에 서로의 영역에서 서로의 삶을 유지하고 살면 아무 문제가 발생하지 않을 일입니다."

고연은 쑹마이를 뚫어지게 보면서 말했다.

"……."

그는 아무 말이 없었다. 대신 그의 뒤에 서 있는 젊은 친구의 표정을 살폈다. 이제 스물을 갓 넘겼음직한 젊은 장수는 회의가 진행되는 동안 한마디 말도 하지 않은 채 이들의 대화를 듣고만 있었다. 머리를 길게 길러 뒤로 묶은 그는 몸집이 큰 것은 아니었지만 강한 인상을 풍겼다. 특히 길게 찢어진 눈이 매우 호전적으로 보였다. 그는 쑹마이가 자신을 쳐다보자 물음에 답이라도 하듯 가볍게 고개를 끄덕였다.

"좋소이다. 이런 이야기들은 나중에 싸움에서 이긴 후에 합시다."

뜻밖에도 쑹마이가 한발 물러섰다. 아무래도 젊은 장수의 태도를 고려한 듯했다.

"가한의 이름을 묻지 않은 것 같소이다."

고연은 새삼스럽게 젊은 장수의 정체가 궁금해졌다. 처음 쑹마이가 나타났을 때 그는 쑹마이의 호위무사 정도로만 여겼지만 아닌 것 같았다.

"이쪽은 리하이구(李楷固·이해고)요. 아주 유망한 청년이오."

쑹마이가 젊은 장수를 대신하여 대답했다.

"아주 든든해 보이십니다."

고연은 리하이구를 칭찬하고 나섰다. 속으로는 그의 이름이 이미 당나라 식으로 바뀌진 것에 대해 경계의 마음이 들었다. 걸사비우와 쑹마이가 이곳에 나타난 이유는 각자 해결해야할 문제가 있기 때문이다. 공동의 적인 당나라를 상대하기 위해서는 서로 힘을 합쳐야 했다. 이런 이유로 걸사비우나 쑹마이는 더 이상 문제 삼지 않았다.

대조영은 이들의 행동을 말없이 지켜보았다. 자신은 어떤 목적으로 삶의 터전을 떠나 수많은 산과 강을 건너 이곳까지 왔는가? 아무런 이권이 없었다. 오직 고구려를 되찾겠다는 일념뿐이었다. 나라 없는 민족으로서의 서러움을 다시는 당하지 않기 위해 이곳까지 온 것이었다.

이들의 다툼을 보면서 고구려의 주체가 누구였는지 새삼 깨달을 수 있었다. 아무런 대가 없이 고구려를 위해 목숨 바칠 수 있는 사람이 과연 누군가를 생각해 보았다. 마찬가지로 앞으로 부흥될 고구려의 주인은 누가 되어야 하는가도 명백해졌다. 아무나 주인이 될 수 없는 것이었다. 주인은 자기 집안을 일으키기 위해 조건을 달지 않기 때문이다.

"이제부터 구체적인 제 생각을 말하겠소이다."

고연은 쑹마이와 걸사비우가 고분고분해지자 자신의 생각을 말하기 시작했다.

"이곳 안동도호부의 실질적인 우두머리라 할 수 있는 이근행은 측천무후의 생일잔치에 참석하기 위해 내일 이곳을 떠나오. 이틈을 노려 공격한다면 아무런 저항 없이 손쉽게 이 요동 땅을 되찾을 수 있을 것이외다. 이틀 후면 무월광기에 접어듭니다. 그때 우리는 안동도호부의 주요한 성들을 동시에 공격할 것입니다."

작고 말라 왜소해 보이는 고연의 모습은 결코 작아 보이지 않았다. 그는 내뱉는 한 마디 한 마디에서 산처럼 견고한 모습을 보였다.

"쑹마이 가한은 요동성을 공격하시오. 요동성에 계시는 우리 대왕께서 성문을 열어 놓기로 약속했으니 손쉽게 점령할 수 있을 것이오. 걸사비우 가한께서는 안시성을 공격하시오. 안시성은 이근행의 군사가 주둔하고 있기 때문에 쉽지는 않을 것이지만 성 안에 있는 우리 고구려 유민들이 협조하기로 했기 때문에 난전이 되지는 않을 것이오. 그리고 여산성은 여기 있는 대조영이 공격할 것이오."

고연이 전략을 이야기하는 동안 좌중은 고개를 끄덕이며 듣고 있었다. 이들은 이런 기회가 절로 온 줄 알고 있었다. 이런 좋은 기회를 만들기 위해 고연이 얼마나 애썼는지는 알지 못했다. 고연은 이점에 대해 전혀 내색하지 않고 말했다.

"솔직히 이번 거사의 성공은 어렵지 않다고 생각하오. 너무 기회가 좋기 때문이오. 하지만 그 다음이 문제요."

쑹마이의 뒤에서 묵묵히 듣고 있던 리하이구가 불쑥 문제를 제기하고 나섰다. 그는 회의가 진행되는 동안 한 번도 발언하지 않았다.

"뭐가 문제라는 것이오?"

고연은 내심 뜨끔했지만 태연한 얼굴로 물었다.

"우리가 거사에 성공하면 당나라에서는 토벌군을 보낼 것이오. 신성에 있는 웅진도호부는 옛날 백제 왕자였던 부여살의 아들이 도호로 있기 때문에 우리를 쉽게 공격하지는 않을 것이지만 영주도독이 이끄는 당나라군은 반드시 우리를 공격할 것이오. 영주성의 공격을 제대로 막을 수 있느냐이 말이오."

"우리가 내세운 분은 보장대왕이시오. 대왕이 다시 고구려를 세웠다는 소식을 들으면 사방에서 고구려 유민이 몰려들 것이오. 그러니 그 점은 걱정하지 않아도 될 것이오."

고연은 나달에게 했던 말을 그대로 전했다.

"과연 그럴까요? 그렇게만 된다면 다행이지만."

리하이구는 고개를 가로 저으며 야릇한 웃음을 지었다. 수긍할 수 없다는 태도였다. 그는 이상하게 더 이상 문제를 제기하지 않았다.

"일단 거사에 성공하면 그곳을 점령한 채 기다리십시오. 그 사이 저는 각 고을을 돌며 고구려 유민을 모으겠습니다. 또한 인근의 거란족들을 우리 편으로 끌어들여 적 후방을 공격하게 하겠습니다. 그렇게 되면 요동성을 중심으로 고구려는 다시 부활할 것입니다. 여러분들은 당연히 성주가되어 그 인근 지역을 다스릴 것입니다. 우리 보장대왕께서 고구려를 다시 세웠다는 소문이 나면 각지에 흩어져 있던 고구려 유민들이 모여 들어 오래지 않아 옛 고구려의 영화를 되찾을 수 있을 것입니다."

고연은 고구려 부흥군의 미래에 대해 확신을 심어 주기 위해 애썼다.

"나중 일은 나중에 생각하기로 하고 일단은 이번 거사에 모든 것을 집중합시다."

이야기를 끝까지 들은 걸사비우가 뭔가 확신을 얻은 듯 결의를 다지며 나섰다.

"옳은 말이오. 안시성에는 가장 많은 당나라군이 주둔하고 있으니 걸사비우 가한께서는 조상들에 대한 좋은 복수가 될 것이오."

"고맙소이다. 복수할 기회를 주어서."

"다만 한 가지 부탁이 있소이다."

"말해보시오."

"안시성을 점령한 뒤에 무슨 행동을 해도 다 이해하겠소만 고구려 여인만은 건드리지 말아 주시오."

"고구려 여인? 고구려가 망한 지 언젠데 아직도 고구려 여인이 있단 말이오?"

"그렇소. 분명히 그곳에는 고구려 여인이 있소. 비록 그들이 당나라 놈들의 애첩이 되어 있지만 분명 고구려 여인이오. 그러니 건드리지 마시오."

"왜 그중에 대형 어른의 애첩이라도 있소?"

걸사비우가 비죽거리면서 물었다.

"좋을 대로 생각하시오."

"알겠소이다. 약속은 지키겠소."

당나라군을 공격하는 중요한 순간에 우두머리라 할 수 있는 자의 입에서 기껏 여자 하나 보호해 달라는 말이 마지막 말이라는 것에 대조영은 쓴웃음이 나왔다. 자신은 아무런 대가 없이, 목적 없이 오직 고구려를 되찾기 위해 이곳까지 왔다. 그런데 여기 모인 사람들은 아니었다. 자신과 같은 순수한 목적을 위해 목숨을 내걸고 나선 사람은 없는 것 같았다.

고연을 이해하기가 쉽지 않았다. 때로는 대의를 위해 자신을 희생하는 용의주도한 인물인 것 같고, 또 때로는 지금처럼 사소한 일에 매달려 대의를 잊어버리는 사람 같기도 했다. 그에 대한 확신이 서지 않았다. 그와 나달이 나누는 고구려에 대한 충정을 믿고 이곳까지 군사들을 불렀는데 말이다.

아버지 생각이 났다. 왜 아버지가 이 일에 나서는 것을 반대했는지 이유를 알 수 있을 것 같았다. 이젠 돌이킬 수 없는 일이었다. 일단은 자신에게 맡겨진 일에 최선을 다할 수밖에 없었다.

여름철의 태풍이 지나가듯 지난 한 달간 몰아쳤던 노역으로 여산성에 소속된 모든 성원들은 기나긴 잠에 빠져들었다. 강제 노역에 시달렸던 노역꾼은 물론 이들을 감시하던 당나라 군사, 석공, 보석공에 이르기까지 무더운 여름철에 흘린 땀을 보상받기라도 하듯 해가 지자마자 온 성은 고요 속으로 빠져들었다. 청천강 이남에서 벌어졌던 신라와의 치열한 전투도 이제는 끝이 났고 패망한 고구려의 군주였던 보장왕이 다시 요동 땅에 나타난 이후 고구려의 부흥군은 자취를 감추었기에 요즘 들어 특별히 경계할 대상도 없었다.

더구나 자신들을 강하게 몰아붙였던 우두머리가 성을 비우고 멀리 외유를 떠났기에 이제는 편안히 잘 수 있게 되었다며 자신들에게 주어진 자유를 만끽하고 있었다. 이근행을 대신한 고연은 그동안 고생했다며 별도의 말이 있을 때까지 휴식을 명했다. 당연히 그 명령은 여산성까지 전달되었다. 너구리 같은 여산성주도 이 순간만큼은 이근행을 대신한 고연의 공문을 성실히 이행했다. 자신의 성 안에 있는 노역자들이 지난여름 얼마나 고생했는지를 알고 있었기 때문이다. 노역자들은 자신의 재산이나 다름없었기 때문에 휴식을 주어야만 했다.

달빛 하나 보이지 않는 캄캄한 밤이었다. 잠자기 좋은 날이었다. 그동안 노역을 감시하느라, 혹은 노역에 시달리느라 돌보지 못했던 안식구들과의 애정 소리만이 가끔 들릴 뿐 여산성 사람들 대부분이 곯아 떨어졌다. 긴장감이 풀어진 초병들도 이미 꿈속으로 들어간 지 오래였다.

무월광기라 얼마만큼의 밤이 흘렀는지 알 수 없었다. 굳이 시간을 따질 필요조차 없었다. 내일은 해가 뜨도록 실컷 잘 수 있기 때문이었다. 밤이 더욱 깊어지자 예맥족[16] 출신의 노역자들을 수용한 집의 방문 하나가 열렸다. 어두운 밤이라 얼굴은 구분할 수 없었지만 분명한 것은 그의 손에 둔탁한 것이 들려 있다는 것이다. 이곳 지리에 익숙한 그는 망설임 없이 어둔 밤길을 걸었다. 한참을 걷던 그의 발길은 성문이 있는 곳에 이르러서야 멈추었다. 이미 어둠에 익숙해진 눈으로 초병들을 찾았다.

누각 위에 있어야 할 초병들의 모습이 보이지 않았다. 아마도 어느 구석에 아무렇게나 창을 던져두고 깊은 잠에 빠져 있음이 분명했다. 정체를 알 수 없는 괴한은 입가에 미소를 띤 후에 어둠 속을 발소리 죽여 걸은 후 굳게 잠겨 있는 성문을 열었다. 손에 들고 있는 날카로운 칼로 단박에 빗장을 내려 친 것이다. 빗장은 두 동강이 나고 말았다. 별로 커 보이지 않는 몸에 어떻게 그런 무서운 검술이 숨어 있는지 놀랄 뿐이었다.

빗장 떨어지는 둔탁한 소리가 났건만 초병들의 반응은 여전히 없었다. 괴한은 다시 한 번 조심스럽게 성문을 활짝 연 후 득의의 미소와 함께 오던 길을 되돌아갔다. 오래지 않아 그의 뒤로는 정체를 알 수 없는 수백의 무리들이 성 안으로 쏟아져 들어왔다.

침입자들은 재빠른 동작으로 부싯돌을 꺼내 수숫대로 지붕을 엮은 당나라군 초소 곳곳에 불을 붙였다. 순식간에 불길이 솟아올랐다. 고요한 성 안이 갑자기 소란스러워지기 시작했다.

"불이야!"

잠들어 있던 당나라 군사들이 집 밖으로 뛰쳐나왔다. 아직 더위가 가시

---

16) 우리 한민족을 예맥족이라 한다. 이들이 고구려의 주축세력이었다.

지 않은 상태라 웃통을 벗어젖힌 채 잠들어 있던 그들의 몸에 불꽃이 타오르고 있었다. 아비규환의 비명소리가 끊이지 않았다.

"빨리 불을 꺼!"

너구리같은 여산성주도 자다 말고 일어나 다급한 소리를 지르며 돌아다녔다. 그러다 문득 불이 난 곳이 당나라군 숙소뿐임을 알게 되었다. 혹시나 하는 생각으로 고구려 노역자들을 찾았다. 포동포동하게 살이 오른 목으로 연신 좌우를 살폈지만 불을 끄고 있는 현장에 노역자들은 하나도 볼 수 없었다.

"놈들이 반란을 일으켰다."

칼을 놓은 지 오래고 몸은 비대해졌지만 불과 몇 년 전까지만 해도 그는 전쟁터를 누비던 장수였다. 그는 재빨리 상황을 판단한 뒤 불끄기를 중단시켰다.

"무기를 들어라! 반란이다!"

다급한 소리가 비명소리 사이를 뚫었다. 그의 명령은 온 몸에 불이 붙은 채 바닥을 뒹굴고 있는 병사들에게 먹혀들지 않았다. 이때였다. 큰 혼란에 빠진 당나라군을 향해 어둠 속 곳곳에서 화살이 날아들기 시작했다. 딱히 어디라 할 것 없이 사방에서 날아들었다.

'어떻게 저놈들이 이렇게 많은 활과 화살을 숨겨놓을 수 있었단 말인가?'

여산성주는 다급해졌다. 예삿일이 아니었다. 이 정도의 반란이면 설사 반란이 진압되더라도 책임추궁을 당할 수밖에 없는 규모였다. 책임을 면할 수 있는 방법은 신속하게 이들을 제압하는 일이었다. 말에 올라 어둠 속을 돌며 병사들을 독려했다. 사방에서 화살이 날아들고 있었기에 병사들은 쉽게 움직이지 않았다.

"와~"

갑자기 큰 함성소리와 함께 어둠 속에서 무수히 많은 괴한들이 쏟아져 나왔다. 말을 타고 싸움을 지휘하는 놈이 눈에 띠었다. 보지 못했던 놈이었다. 여산성주는 본능적으로 놈을 향해 돌격해 들어갔다. 놈이 우두머리임에 틀림없다고 판단한 것이다. 무지막지하게 칼을 휘둘렀다. 지금까지 전장에서 자신의 힘을 당해 낸 놈은 없었다. 그때의 기억에 의존한다면 한번 칼을 휘두르는 것으로 싸움은 끝나야 했다.

'챙!'

날카로운 금속음과 함께 묵직한 힘이 전해졌다. 그리고는 목을 향해 날아드는 차가운 금속의 느낌과 함께 의식을 잃었다. 대조영이었다. 그는 느려 터진 비대한 놈의 칼을 막음과 동시에 재빨리 화극의 반대편 칼날을 이용하여 놈의 목을 쳐버렸다. 놈이 쓰러지자 더 이상 달려드는 놈은 없었다.

염주성에서 데려온 일천 명의 군사들과 노역에 시달리고 있던 오백여 명의 고구려인들의 기습을 받은 당나라군은 머나먼 이국땅에서 사랑하는 가족들의 얼굴도 보지 못한 채 원귀가 되어 쓰러졌다. 오늘 저녁까지만 해도 생각지 못했던 죽음이었다.

나달은 신속하게 현장을 수습했다. 시신은 매장하기도 하고 혹은 타오르는 불 속에 태우기도 하면서 현장을 지휘했다. 항복한 포로들을 부경 속에 가두고 나자 천산 너머에서 해가 떠오르기 시작했다.

나달은 어둠이 내리기 직전 성 안으로 잠입하여 노역자들 틈에 섞였다. 성 안의 사람들이 다 잠들었을 무렵 성문을 열고, 성 밖에 숨어 있던 대조영의 군사를 성 안으로 불러들였다. 그리고는 잠들어 있던 자신의 부하들을 깨워 작업도구가 보관되어 있는 창고를 급습하여 곡괭이, 도끼, 낫 등으로 무장한 후 초소에 불을 지르고 대조영의 염주성 군사들과 함께 당나라군을 공격했다.

노역에 시달리고 있는 이들은 고구려가 망한 뒤에도 항복하지 않고 삼 년간을 당나라군에 저항한 안시성의 고구려군 출신들이었다. 피 끓는 청춘을 고구려 부흥에 다 바치고도 결국은 실패한 인생이 되어, 전쟁포로가 되어 노예로 전락한 이들에게 다시 한 번 고구려 군으로 복귀할 수 있는 기회가 주어지는 것은 대단한 영광이었다. 그들은 어제까지만 해도 힘든 노역의 대명사였던 곡괭이가 오늘은 무기가 되어 자신의 손에 주어지자 죽을 힘을 다해 싸웠다. 그동안 묻혀 있던 분노가 폭발하여 자신이 가진 이상의 힘이 솟구쳤다.

현장에서 전투를 지휘했던 고연은 여산성을 나달에게 맡겼다. 이전에 은성의 성주였던 그였기에 이 정도의 성을 맡는 데는 아무 문제가 없을 것으로 판단했다.

"군사들을 잘 먹인 후 무장을 단단히 하여 기다리게."

"어디로 가실 것입니까?"

"나는 여기 있는 대조영을 데리고 가까운 안시성으로 가 걸사비우를 도울 것이네. 그런 다음 자네 말대로 거란 땅으로 들어가 여허부를 비롯한 나머지 부족들을 만날 것이네."

고연은 자신의 행선지를 밝힌 후 대조영을 이끌고 안시성으로 달렸다. 대조영이 이끄는 염주성의 군사들은 모두 기병들이었다. 그들은 동해바닷가의 염주성에서 발해만의 이곳까지 열흘 이상 말을 달려왔다. 거사 일을 기다리며 여산에 몸을 숨기고 있다가 이날 여산성을 공격했던 것이다.

염주성은 바다를 배경으로 살아가는 성이었지만 인근의 말갈족과 끊임없는 분쟁이 휘말렸기 때문에 육지에서의 싸움에도 능하였다. 염주성은 백두산 근처와 달리 넓은 평원지역이었으므로 말을 타고 싸웠다. 특히 이 지역은 과하마가 많이 나는 지역이었는데 과하마는 평야뿐 아니라 산 속에서도 날쌔게 움직였기 때문에 염주성 사람들은 산 속에서의 싸움에도 능했다.

 안시성을 공격하기로 한 걸사비우는 큰 난관에 부딪혔다. 성주인 이근행이 장안성으로 떠났음에도 불구하고 안시성의 저항이 만만치 않았다. 기습적으로 성 안에 잠입하는 데는 성공했지만 전열을 재정비한 당나라군의 저항이 거셌다.

 백제 땅에서 백제 부흥운동 세력과 치열한 전투를 치른 경험이 있는 이들은 이곳까지 자신들이 쫓겨 온 이유를 알고 있었다. 처음엔 고구려와 백제, 그리고 신라는 다른 민족인 줄 알았다. 당연히 백제와 고구려의 부흥을 꾀하는 자들과 신라는 적이라 생각했다. 오산이었다. 백제와 고구려와 신라는 결국 같은 민족이었다. 시간이 지나면서 이들은 힘을 합치기 시작했다. 결국 신라가 이들을 포섭한 후에 저들은 힘을 합쳐 자신들을 공격했던 것이었다.

 죽지랑이 이끄는 연합세력에 결국 웅진도호부를 빼앗기고 이곳 요동 땅까지 쫓겨 온 그들이었다. 이곳은 자신들이 지켜야할 최후의 방어선인 것을 알았다. 이곳에서마저 패한다면 자신들은 본국으로 돌아가더라도 죽음을 면치 못할 것이라는 것을 알고 있었다. 안시성의 군사들은 필사적이었다. 비록 이근행이 떠났지만 다음 지휘자는 있기 마련이었다. 그는 고장대 근처에 군사들을 결집시킨 후 대대적인 반격을 가하기 시작하였다.

 안시성은 네 방향 중에 세 방향이 높은 산으로 둘러싸여 있었기 때문에 북쪽의 석벽만 지키면 절대 안으로 들어갈 수 없는 천혜의 요새였다. 당대 최고의 강국이었던 돌궐은 물론 사막 너머의 고창국까지, 산소가 희박하여 숨쉬기도 곤란한 토욕혼의 땅까지 다 점령했던 불세출의 영웅 이세민도 이 안시성의 성벽은 끝내 넘지 못했다.

 그러나 고연의 부하들이 미리 성문을 열어 놓음으로 인해 피 한 방울 흘리지 않고 안시성 안으로 들어간 걸사비우는 마치 성 안에 진입한 것만으로도 승리를 얻은 것처럼 생각했다. 성 안의 당나라군을 도륙하기만 하면 되는 것으로 생각했다. 그것으로 조상들의 복수는 다 이뤄지는 것이라 생각하고 군사들을 마구 풀었다. 당나라군은 모조리 다 죽이라는 명령만 내렸다.

순나부의 머나먼 산촌에서 달려온 속말말갈 전사들은 당나라군과의 전투가 처음이었다. 고구려를 멸망시킨 것이 당나라라는 말만 들었을 뿐 실제 당나라군을 처음 보는 자들이 대부분이었다. 잔뜩 긴장한 채 첫 싸움을 벌였다. 당나라군이 맥없이 무너졌다.

이 정도의 전력으로 고구려를 이겼다는 것이 도저히 믿겨지지 않았다. 마침내 오래 버티지 못한 당나라군은 고장대를 향해 도망가기 시작했다. 그쪽은 막다른 길이었다. 기세가 오른 속말말갈족 전사들은 당나라군을 가볍게 여겼다. 언제라도 마음만 먹으면 손쉽게 제압할 수 있는 존재로 생각했다. 추격의 끈을 늦추었다. 대신 그들 앞에 펼쳐진 문명세계의 화려함에 관심을 기울이기 시작했다.

안시성은 매우 부유한 성이었다. 안시성에 딸린 부속 성 중에는 철산지인 은성도 있고, 옥산지인 여산성도 있었다. 이들만 잘 관리해도 엄청난 재화를 벌 수 있었다. 이를 바탕으로 당나라의 화려한 문화를 끌어들여 치장한 안시성은 산촌에서 자란 걸사비우의 부하들을 현혹시키는데 오랜 시간이 걸리지 않았다. 싸울 때는 몰랐는데 해가 뜨고 성 안을 둘러보니 여인 하나하나가 산촌의 여자들과 달랐다. 차려입은 비단옷만으로도 눈이 휘둥그레질 정도였다.

조상의 복수보다는 약탈에 온 관심이 쏠렸다. 보다 많은 재물을 뺏어야 했고 보다 예쁜 처자를 남보다 먼저 차지해야 했다. 성청으로 몰려들었다. 성 안에는 그동안 이근행이 약탈한 재물과 여자들이 가득했다. 이놈저놈

가릴 것이 없었다. 그 중에는 걸사비우도 섞여 있었다. 이들은 속말말갈족에 속하긴 했지만 부족은 다 달랐다. 전투 중에 통하던 명령체계가 재물과 여자 앞에서 무너졌다. 걸사비우의 명령도 이제는 통하지 않았다. 걸사비우 또한 아직 젊은이라 젊고 예쁜 여자와 진귀한 보물을 다른 놈이 차지할 새라 가한이라는 직위도 잠시 잊어버린 것이다.

말갈족들 사이에 전쟁이 벌어지는 가장 큰 이유는 조상 때부터 내려오는 서로 간에 얽힌 원한과 복수였다. 다음으로 큰 이유는 약탈이었다. 목숨을 걸고 싸워 자신에게 필요한 것을 뺏는 것이 싸움을 벌이는 중요한 이유 중 하나였기에 이들에게 약탈을 금지하는 것은 사기를 꺾는 것과 마찬가지였다.

약탈에 온 힘을 쏟고 있는 저들을 제어할 것은 아무 것도 없었다. 하지만 전투가 끝난 것이 아니었다. 서전을 승리했을 뿐이었다. 그들은 전투가 완전히 끝난 뒤에나 있을 약탈을 전투 중에 저지르고 있었다. 그 사이 고장대로 후퇴한 당나라군은 전력을 재정비하여 반격을 가할 시간을 벌 수 있었다.

당나라군이 다시 몰려들고 있다는 소식을 들은 말갈족들은 별로 동요하지 않았다. 까짓것 창 한 번 휘두르면 나자빠질 놈들이라 생각했다. 그러나 상황이 이전과 달랐다. 이들은 정규군이었다. 그것도 실전에 익숙한 백전노장들이었다. 졸지에 기습을 당해 힘 한 번 써보지 못하고 후퇴하였지만 상황을 판단한 뒤에는 무엇을 어떻게 해야 하는지 알았다.

당나라군을 가볍게 생각한 말갈전사들이 피를 토하며 쓰러지기 시작했다. 적을 우습게 알고 한 번 마음을 놓아버리면 쉽게 전력을 회복하기 힘든 법이다. '이게 아닌데' 하면서도 힘을 발휘하지 못하는 것이다. 땀이 식은 몸은 다시 땀에 젖어 들 때까지 제대로 움직이지 못한다. 이번에는 말갈전사들이 속수무책으로 당하였다.

겨우 성청에서 빠져 나온 걸사비우는 다시 전열을 정비하려 애썼다. 한 번 기세가 꺾인 말갈전사들의 머릿속에는 '고구려를 멸망시킨 당나라군'이라는 두려움이 살아나 이전과 같은 전투력을 발휘하지 못하였다.

말갈족은 점점 뒤로 물러나고 있었다. 이러다가는 성 밖으로 밀려날 것 같았다. 성 밖으로 밀려나면 다시는 성 안으로 들어올 수 없다는 것을 걸사비우는 알고 있었다. 당태종도 넘지 못한 견고한 성을 삼천도 안 되는 적은 군사로 성벽을 타고 넘는 것은 불가능한 일이었다. 그리고 안시성에서 물러나는 순간 이 거사는 실패로 돌아간다는 것을 알고 있었다. 필사적으로 싸웠다. 걸사비우의 독려가 먹혀들었는지, 아니면 식었던 땀이 다시 온 몸에 배어들었는지 말갈 전사들은 다시 도끼를 휘두르고 창을 찌르며 반격을 가하기 시작하였다. 그러나 한 번 뒤집어진 전세를 뒤엎기는 쉽지가 않았다. 한 발 한 발 다시 성 안을 향해 진군해 갔지만 싸움에 큰 진척이 없었다. 그때였다. 온 성 안을 울리는 천둥 같은 소리와 함께 수많은 기마병들이 성 안으로 쏟아져 들어왔다.

놀란 걸사비우는 이들의 정체를 알려고 애썼다. 너무나 익숙한 문양이 눈에 들어왔다. 순나부의 벌판에서 늘 세력 다툼을 벌이던 염주성의 물개 문양이었다. 맨 앞에는 걸걸중상의 아들이 화극을 휘두르며 달려오고 있었다. 그 기세가 예사롭지 않아 보였다.

"와!"

천둥 같은 고함을 지르며 염주성 군사들은 당나라군에게 달려들었다. 돌격해 들어가는 이들의 기세가 얼마나 셌는지 이미 지칠 대로 지친 당나라군은 오래지 않아 길을 열고 말았다. 그 사이로 염주성 기병대들이 쏟아져 들어갔다.

전세는 금방 뒤집어졌다. 사투를 벌이고 있던 말갈전사들도 염주성 군사들과 힘을 합쳐 이미 허물어진 당나라 진영에 뛰어들어 도끼를 휘두르며 당나라군을 공격하기 시작했다. 전의를 되찾은 말갈전사들은 또 다시 당나라군과 싸워야할 분명한 이유를 되새기며 당나라군을 무참히 살해했다.

해가 중천에 다다르기도 전에 전투가 끝이 났다. 고구려 부흥군의 대승이었다. 성을 지키던 삼천 여명의 당나라 군사들은 거의 다 살해되었다. 자신들의 조상을 생매장시킨 것에 대한 분노가 새삼 되살아나 말갈족들이 철저하게 복수하였기 때문이었다.

시체가 널브러진 사이로 말갈족들의 약탈이 다시 시작되었다. 대조영은 이들의 약탈을 방관했다. 저들의 전쟁이 이러하다는 것을 익히 알고 있었기에 특별히 제어할 방법이 없었다. 다만 염주성의 군사들에게는 절대 약탈을 하지 못하게 엄명을 내렸다. 대신 고구려인들을 찾아내어 안정시키라는 명령을 내렸다.

고연은 대조영을 데리고 성청으로 달려갔다. 전투가 진행되는 동안 대조영에 대한 그의 신뢰는 점점 커져 갔다. 어린 나이임에도 노련하게 군사를 지휘할 뿐 아니라 무예도 뛰어나 역발산의 항우가 이 시대에 살았다 하더라도 충분히 대항할 수 있을 것이라 생각했다.

염려하던 대로였다. 성청은 난장이었다. 여자들이 지르는 비명소리로 어지러웠다. 성 안의 곳간은 이미 텅 비어 있었다. 고연은 성청의 이곳저곳을 넋 나간 사람처럼 돌아다녔다.

"그 여자에게 손대지 마라."

마침내 찾아 헤매던 것을 찾은 고연은 눈앞에 벌어진 광경에 분노하며 소리를 질렀다. 말갈전사 여럿이 한 여자를 놓고 서로 다투고 있었다. 이미 여자의 옷은 찢겨져 도톰한 젖무덤이 다 드러난 상태였다. 고연의 소리가 얼마나 컸던지 말갈전사들은 주춤했다. 그도 잠시 이들은 곧바로 목소리의 주인공의 왜소한 모습을 보자 비죽거리며 다가왔다.

"이 보슈, 저 아이는 우리들이 먼저 노획한 노획물이오. 그러니 조용히 물러가시오."

한손으로 고연의 수염 난 턱을 툭툭 치면서 금방이라도 손에 쥔 도끼를 날릴 기세로 말했다.

"네 놈들은 이곳에 뭐 하러 왔나. 약탈하러 왔나? 아니면 조상의 복수를 위해 왔나? 또 아니면 고구려의 부활을 위해서 왔나? 저 여자 뿐 아니라 이곳의 여자들은 다 고구려의 여인들이다. 우리는 저들을 지켜주고 보호해 주기 위해 이곳에 왔어."

고연은 말갈병의 위협에도 전혀 굴하지 않고 소리를 질렀다. 뜻밖의 소리를 들은 말갈병은 어이가 없는 듯 잠시 고연을 노려봤다.

"고구려는 망했어! 저년들도 이제는 당나라 놈들에게 몸 바치는 당나라 년들이야. 전투에서 이기고 원수 놈들의 여자를 건드리는 것이 뭐 잘못 되었다고 네 놈이 나서나."

점점 목소리를 높이는 말갈병들은 금방이라도 고연을 한대 칠 기세였다.

"그 여자는 안 돼!"

여전히 고연은 위축되지 않은 채 자기 주장을 굽히지 않았다.

"이 영감탱이가 밝히기는……."

말갈병 하나가 주먹을 휘둘렀다. 고연은 곧바로 바닥에 나가 떨어졌다. 입 안에서 피가 흘렀다.

"누굽니까? 대형 어른의 여자입니까?"

이번에는 대조영이었다. 그의 목소리 또한 곱지 않았다.

"그렇다면?"

"그렇다면 지켜 드리겠습니다. 하지만 고구려의 여인이라는 어쭙잖은 변명을 대시면 저 또한 저 여인을 지켜 줄 수 없습니다."

대조영의 목소리는 차가웠다.

"내 여자일세."

고연은 고개를 숙였다. 더 이상 아무 말도 하고 싶지 않았다. 자신의 속마음을 내 보이고 싶지 않았다. 자신의 미래를 맡기고 싶은 대조영에게 색 밝히는 늙은이 취급 받는 것이 억울했지만 아무 말도 하지 않기로 했다. 이 순간 중요한 것은 달맞이를 말갈병의 손으로부터 지켜내는 것이기 때문이었다.

"그 여자는 우리 어르신의 여자다. 그러니 손을 떼라."

싸워야 할 분명한 이유를 발견한 대조영은 말갈병 앞으로 나섰다. 자신들의 앞에 선 무사가 염주성 사람임을 한 눈에 알아본 말갈병들은 재밌는 일이 벌어졌다는 태도로 비죽거리며 대조영 앞으로 다가섰다. 그 순간이었다. 수적 우세를 믿고 무방비한 채 다가오는 말갈병을 향해 화극을 휘둘렀다. 세 명의 말갈병이 동시에 배를 움켜쥐고 쓰러졌다.

"이 어른은 너희들이 상대할 어른이 아니다. 어르신의 말을 들어야지."

대조영은 신음소리를 내뱉고 있는 말갈병을 꾸짖은 후에 쓰러져 있는 달맞이를 부축하여 일으켜 고연에게 넘겼다. 고연은 달맞이의 손을 꼭 잡았다. 그의 눈에 눈물마저 보였다.

대조영은 싸늘한 미소와 함께 고개를 돌려 버렸다. 이때였다. 말갈병이 내지르는 비명소리를 듣고 일단의 말갈인들이 대조영 앞으로 몰려왔다. 일촉즉발의 위기상황이 벌어졌다.

"저 놈들은 맞을 짓을 한 놈들이다. 그러니 내 앞을 막지마라."

대조영은 화극을 길게 늘어뜨린 채 비굴하지 않은 태도로 말했다. 하지만 동료의 모습을 확인한 말갈인들은 분노가 가득 찬 얼굴로 점점 대조영에게 다가왔다. 긴장감이 흘렀다. 그 중 하나가 기습적으로 대조영을 향해 도끼를 휘둘렀다. 배를 움켜쥐고 쓰러진 사람과 친분이 있는 자가 분명했다.

　대조영은 물러서지 않았다. 곧바로 화극을 휘둘렀다. 시뻘건 피를 뿜으며 몸통 잃은 목 하나가 공중에 솟구쳤다. 그 순간 수십 개의 도끼날이 그를 향했다. 대조영은 고개를 숙이고 쉴 새 없이 화극을 휘둘렀다. 이 순간이 위기의 순간이라는 것을 느끼면서도 회피하고 싶지 않았다. 그러나 그의 의지와 상관없이 십수 명을 상대로 싸우기는 쉽지 않았다. 점점 수세에 몰리기 시작했다. 몸의 곳곳에서 통증이 생기기 시작했다.

　"억!"

　갑자기 목 한가운데 박힌 화살을 움켜쥐고 쓰러지는 자가 생겼다. 그러나 주인공이 누구인지를 확인할 틈이 없었다. 고개를 돌려 등 뒤를 확인할 수 없었기 때문이다. 그 사이 순식간에 수 명의 말갈병 목에 화살이 박혔다.

　"물러서라! 그러지 않으면 내 놈들의 목구멍에 전부 바람구멍을 내 줄 것이다."

　등 뒤에서 굵은 목소리가 들렸다. 미발계였다. 이제서야 그가 자신의 본연의 임무를 다하기 시작한 것이다. 대조영은 그를 한 번 쳐다보고는 미소를 흘렸다. 미발계가 자신의 곁에 있어 준다면 이들 십수 명은 언제든지 제압할 자신이 있었다.

　"저 사람들의 말을 들어라, 뒤로 물러서라!"

　이번에는 말갈병의 등 뒤에서 굵직한 목소리가 들렸다. 걸사비우였다.

　"저분의 여자는 건드리지 않기로 이미 약속했었다. 그러니 물러서라. 그리고 복수할 생각도 하지 마라."

　걸사비우는 이 모든 과정을 지켜보았다. 다만 말리지 않은 것은 대조영이라는 자의 무예를 보고 싶어서였다. 아버지 걸걸중상과는 상대를 해보았지만 결국 자신에 맞설 사람은 대조영이었다. 걸걸중상은 자신보다 열

대엿 살 위였다. 자신의 나이를 고려해볼 때 결국 자신의 맞수는 대조영이 었기에 그의 실력을 보고 싶었던 것이다. 만만한 상대가 결코 아님을 알게 된 그는 이쯤에서 싸움을 말려야겠다고 생각한 것이다.

"어르신, 제가 어르신과의 약속을 깜빡하여 이런 일이 벌어진 것 같습니다. 죄송합니다."

걸사비우는 고연에게 사과했다. 하지만 그의 목소리는 조소에 가까운 소리였다.

"……."

고연은 아무 말도 하지 않았다. 달맞이를 데리고 자리를 떴을 뿐이었다.

겁에 질린 표정으로 말갈병에게 끌려가던 달맞이는 자신의 눈앞에서 벌어진 놀라운 광경을 모두 지켜보았다. 동족이라는 것 외에는, 그것도 이제는 망해버린 고구려 사람이라는 것 외에는 아무런 인연도 피도 섞이지 않은 사람들이 자신을 위해서, 아무것도 없는 자신을 위해서, 아무것도 잃을 것이 없는 자신을 위해 목숨을 내던지는 광경을 목격했다. 무엇보다도 자기 또래 밖에 되어 보이지 않는 사람이 몇 사람의 목숨을 좌지우지할 만큼의 능력을 지니고 있다는 것을 경의의 눈으로 쳐다보았다. 자신은 아무것도 할 수 없는데…….

대조영은 자신에게 향하고 있는 한 여인의 뜨거운 눈길을 느끼지 못한 채 걸사비우에게 경계의 눈빛을 보내며 고연의 뒤를 따랐다. 미발계는 여전히 활에 화살을 잰 채 조심스럽게 뒷걸음치며 혹시 있을 지도 모르는 저들의 반격을 경계했다.

6. 패전

거사는 성공했다. 쑹마이가 이끄는 거란족도 요동성을 큰 어려움 없이 점령했다. 보장왕은 도호라는 말 대신에 대왕이라는 말을 다시 썼다. 고연 또한 막리지가 되었다. 쑹마이와 걸사비우는 욕살이라는 이름으로 성을 통치하게 했다.

벼슬을 정한다고 나라가 되는 것은 아니었다. 백성이 있어야 했다. 백성이 있어야 통치자가 있는 법이었다. 고연은 요동과 요서지역을 순회하며 흩어진 고구려 백성들을 모으기에 여념이 없었다. 쉽게 요동지역으로 이주해 오는 무리들은 없었다. 나달의 말이 맞는 것 같았다. 인근의 고구려 백성들이 거의 중원지역으로 끌려가 남아 있는 고구려 사람들이 없는 듯했다. 그렇다고 영주성[17]지역으로 나갈 수도 없었다. 그쪽은 당나라 사람들이 장악하고 있었기에 쉽게 접근할 수 없는 곳이었다. 당분간은 안시성

---

17) 오늘날 요령성 조양시.

의 철과 옥을 잘 통제하면서 큰 싸움을 준비할 수밖에 없었다.

답답한 마음의 보장왕은 고연에게 대책을 마련해 보라고 지시했다. 새롭게 막리지가 된 고연의 부름에 쏭마이와 리하이구, 걸사비우와 나달 그리고 말석에 대조영도 함께 자리를 잡았다.

"우리가 첫 거사에서는 성공했지만 인근의 백성들이 쉽게 우리에게 협조하지 않고 있소. 이는 아무래도 영주성과 신성에 있는 당나라군을 의식하기 때문이라 생각하오. 따라서 우리가 이 땅에서 고구려의 부흥군으로 인정받으려면 아무래도 영주성과의 싸움에서 이겨야만 할 것 같소. 그 싸움에서 이기기만 한다면 이 요동과 요서 땅에서 우리를 당할 세력은 없어질 것 같소. 북쪽의 신성이 있긴 하지만 저들은 백제 땅에서 쫓겨 온 자들이라 아무래도 영주성의 힘에는 미치지 못할 것이오. 여러분들께서는 영주성과의 싸움에 대한 준비를 해주셔야 할 것 같소."

고연은 여러 장수들을 부른 이유를 설명했다.

"이근행은 언제 돌아오오?"

하다부는 요하 서쪽보다는 동쪽에 가까운 부족이었다. 하다부 가한 출신인 쏭마이는 요하 서쪽의 영주성에 대한 두려움 보다는 요동지역의 이근행에 대한 경계심이 더 컸다. 쏭마이는 고연과는 달리 자연스럽게 이근행의 소식을 먼저 물었던 것이다.

"달포 기한으로 떠났으니 보름 후면 돌아 올 것입니다."

"그는 우리들에게 군사를 다 잃었습니다. 오히려 두려운 것은 영주도독 조홰요."

리하이구가 쏭마이의 말을 막으며 말했다. 순간 고연은 의아했다. 두 사람 사이가 분명 상하 관계가 아님을 알 수 있었던 것이다. 아무래도 리하이구는 하다부 출신이 아닌 것 같았다.

"이 장군은 어느 부족 출신이오? 하다부 출신이 아닌 것 같소."

고연은 직접 리하이구에게 물었다.

"나는 코르친부 출신이오."

코르친부라면 거란족의 한 부족으로 요동지역 보다는 영주성의 대릉하가 더 가까운 부족이었다. 이제야 왜 쑹마이가 리하이구의 눈치를 보는지 이해할 수 있었다.

"코르친부가 어떻게 이 먼 곳까지 오셨소?"

"나는 영주도독 조홰의 학정이 싫어서 이곳에 왔소."

"그래요!"

갑자기 고연의 입가에 미소가 흘렀다. 조홰가 영주성 휘하의 거란족들을 함부로 대한다는 소식을 이미 들어 알고 있었다. 그런데 막상 코르친부 출신인 리하이구가 이 먼 요동 땅까지 나타나 고구려 부흥군에 가담했다면 나머지 거란족도 자신의 편으로 끌어 들일 수 있을 것 같았다. 나머지 거란족만 끌어들인다면 영주성과의 전투는 해볼만 했다. 희망이 보이는 것 같았다.

"조홰는 우리 공동의 적이오. 우리 힘을 합쳐서 영주성과 한 번 멋지게 싸워 봅시다."

고연은 신이 나서 말했다.

"만약 우리가 영주성과의 전투에서 이기면 당나라 조정에서 토벌군을 보내지 않을까요?"

이번에는 걸사비우가 걱정 어린 표정으로 말했다.

"당나라도 예전 같지 않습니다. 측천무후가 온 나라를 들었다 놓았다 하고 있는 형국이라 제대로 된 신하나 무장들을 찾아보기가 힘든 상황이오. 모든 정국이 우리에게 유리하게 돌아가고 있으니 걱정하지 마시오."

고연은 웃으면서 걸사비우를 안심시켰다.

"이 회의가 끝난 뒤 나는 거란족 땅으로 들어가 거란족 최대의 세력인 여허부 등 요서 지역의 가한들을 만나 그들을 우리 편으로 끌어 들이겠소. 저들이 영주성의 배후를 공격해 준다면 승산은 우리 쪽에 있을 것이오."

고연은 갑자기 신이 났다. 거란족들이 영주성에 반감을 갖고 있다는 소식이 그를 웃을 수 있게 만들었던 것이다.

"중요한 것은 영주성의 공격을 어디서 막을 것인가 하는 것이오."

걸사비우가 새로운 문제를 제기했다.

"영주성이 쳐들어온다면 당연히 우리는 우리의 힘을 한 곳으로 결집시켜야 할 것이오. 거란족의 후원을 받으려면 그들과 자유롭게 연락을 취할 수 있는 이곳 요동성이 되어야 할 것이오. 요동성은 요하라는 큰 해자가 있기 때문에 영주성 군사들도 쉽게 공략할 수 없을 것이오."

거란족 출신의 쑹마이가 당연하다는 듯 말했다.

"아니오. 전통적으로 고구려의 성 중에서 가장 난공불락의 성은 안시성이었소. 안시성은 물이 마르지 않아 장기전을 치르기에도 좋을 뿐 아니라 철산지이기 때문에 안정적으로 무기를 공급할 수 있소."

안시성의 사정을 잘 알고 있는 나달이 쑹마이와는 다른 견해를 밝혔다.

"안시성은 농성하기는 좋아도 외부와 연락을 주고받기에는 너무 외진 곳이오."

리하이구도 쑹마이의 의견을 지지하고 나섰다.

"안시성 뒤로는 험한 산이 있어 급할 경우 산 속으로 들어가면 저들이 쉽게 추격하지 못할 것이오. 그렇게 된다면 우리는 산 속에서 다시 세력을 모아 저들에 맞설 수 있을 것이오."

이번에는 걸사비우가 나달을 지지하고 나섰다.

고연은 뭔가 좋지 않은 예감이 들었다. 지역별로 의견이 나뉘고 있었던 것이다. 더 이상의 의견 대립은 좋지 않을 것 같았다. 그는 중재안을 냈다. 요동성과 안시성 두 곳에서 적을 맞자는 것이었다. 이에 대해서도 두 진영은 동의하지 못했다. 회의가 점점 길어졌다. 결국은 고연의 중재안에 잠정적 합의를 한 채 회의의 끝을 맺었다.

회의 과정을 지켜보던 대조영은 많은 생각을 했다. 제일 먼저 깨달은 것은 고구려의 위대함이었다. 고구려라는 나라가 어떻게 서로 다른 여러 민족을 통합하면서 아무 탈 없이 칠백 년 이상 지속되었는지 참 대단하다고 생각했다. 동시에 앞으로의 고구려의 부흥운동이 어떤 방향으로 전개되어야 하는지에 대한 밑그림이 그려지기 시작했다.

대조영은 뜻이 있으면 반드시 주도 세력이 되어야 한다고 생각했다. 주도 세력이 되지 못하면 이해관계에 얽힌 세력에 의해 뜻이 꺾이고 만다. 지금 당장은 자신의 세력이 없어 주도세력이 되지 못했다. 자신의 생각과는 다른 방향으로 일이 전개되는 것을 안타까운 마음으로 지켜봐야만 했다.

고연은 잠시도 집에 머무를 시간이 없었다. 그는 회의가 끝난 후 거란족 땅으로 들어갔다. 그동안 대조영은 오랜만에 휴식을 취하게 되었다. 일천여 명의 군사를 이끌고 온 대조영은 안시성을 뺏은 후 고연을 따라 요동성으로 들어왔다. 요동성에는 안동도호부가 있었기 때문에 보장왕이 거처하는 곳이었다. 당연히 고연의 집도 요동성에 있었다.

요동성의 당나라군을 쫓아낸 뒤 요동성의 주인은 쑹마이가 이끄는 거란족이었다. 이들은 점령군이 되어 요동성 안을 휩쓸고 다녔다. 당나라 사람들을 쫓아낸 뒤 점방이며 들판을 마음대로 차지했다. 유목민 출신인 이들도 다른 부족을 약탈하는데 익숙하였기에 당연히 요동성도 약탈 대상이었다.

이 와중에 고연은 대조영이 이끄는 염주성 군사들로 하여금 보장왕을 호위하게 했다. 아무래도 예맥족 출신인 그가 대왕을 호위하는 것이 가장 안전하다는 생각을 했던 것이다. 거란족들은 전통적으로 고구려와 중국 그 어느 쪽 백성도 아니었다. 광개토대왕 때 처음으로 고구려에 예속된 거란족들은 쑹마이가 이끄는 하다부처럼 고구려에 우호적인 부족이 있는가 하면 코르친부의 경우처럼 고구려와 중국 그 어느 쪽에도 거리를 두는 부족도 있었다. 이들은 자신들의 자치권을 보장해주는 쪽에 기울어지며 자신들의 독립을 유지하려 애썼다.

쑹마이가 이끄는 하다부는 고구려에 우호적이고 고구려에 예속된 부족이었기 때문에 보장왕에 대한 예우를 잘 갖추었지만 자신들의 이익에 관한한 한 발도 양보하지 않았다. 이런 이유 때문에 고연은 대조영을 끌어들여 보장왕을 호위하게 한 것이다.

요동성에 들어 온 이후 대조영은 부하들을 안동도호부 성청에 주둔시켜 성청의 경비를 맡았다. 자신은 고연의 집에 머무르며 도호부로 출퇴근하였다.

고연의 집에 머무르면서 그의 신변에 조그만 변화가 일어났다. 이전의 그의 마음속에는 고구려를 되찾겠다는 일념이 가득 차 있었다. 고연의 집에 머무른 이후에 그 마음을 대신하는 것 하나가 자리를 잡기 시작했다. 불과 한 달 전까지만 해도 상상도 할 수 없었던 일이었다.

그의 마음 한 부분을, 아니 시간이 지나면서 마음 전체를 차지한 것은 고연의 딸 햇살이었다. 당나라 장안성에서 어린 시절을 보낸 탓인지 그녀는 이국적이면서 적극적이었다.

남성적인 화통한 성격을 가졌음에도 여성미 또한 넘쳤다. 대조영에게도 적극적이었다. 집안에 자기 또래의 사람이 없어서인지 친구처럼 대했다.

집으로 돌아오는 대조영에게 "오라버니 왔어요?"라는 약간 어눌한 고구려말로 팔짱을 끼고 방문 앞까지 배웅해 주었다. 그 사이 오늘 있었던 일들을 재잘거렸다. 그 모습이 절대 천박하지 않았다. 너무나 자연스러웠다.

어머니가 원하는 조신한 처녀와는 전혀 다른 모습의 여자였다.

그녀를 만나게 된 지 보름이 지날 무렵부터는 수시로 그녀의 모습이 눈에 어리기 시작했다. 그렇다고 집에 돌아오면 계속 그녀를 만날 수 있는 것도 아니었다. 짧은 순간의 재잘거림이 끝나고 나면 언제나 헤어져야 했다.

사랑의 마음인가 싶었다. 하루 종일 맘을 설레게 하는 여자, 그녀를 보고 있으면 천하를 얻은 것 같은 여자, 더 이상 아무 것도 필요 없게 만드는 여자, 알 수가 없었다. 지금은 매우 중요한 순간이었다. 여자에게 마음을 빼앗기는 자신이 한심했지만 자신의 감정은 제어할 수 있는 것이 아니었다. 아니 제어하고 싶지 않은지도 몰랐다.

햇살을 생각하는 대조영의 마음이 한결 깊어질 즈음 문제가 있음을 알았다. 햇살이 자신뿐만 아니라 미발계에게도 똑같이 사랑스럽게 대한다는 점이었다. 자신보다 조금 더 늦게 집으로 돌아오는 미발계가 대문을 들어설 때 역시 햇살은 환하게 웃으며 재잘거리며 그를 반겨 맞았다. 자신의 마음이 이토록 뜨거워지는지를 그녀가 알고나 있는지 궁금했다. 평정심을 잃지 말아야 한다는 마음이면서도 한편으로는 그녀의 미소를 뺏어 가는 미발계에게 질투하는 마음을 깨닫고는 스스로 놀라곤 했다.

어느 한 날, 종일을 햇살과 함께 했다.

"오라버니 취근?"

"응."

"나 심심해. 진티엔 나하고 놀자."

그녀는 철없는 아이처럼 중국어를 섞어가면서 대조영의 옷소매를 잡아 끌었다.

"안 돼! 나가야 해."

"아프다고 말하면 되잖아."

그녀가 떼를 썼다. 어이없게도 그날 대조영은 성청에 나가지 않았다. 대신 그녀로부터 장안성 이야기를 들었다. 염주성에 살 때도 천하에서 가장 화려한 성이라 알려져 있는 장안성에 가보고 싶었던 곳이었다. 성청에 좀 늦게 나가겠다는 생각으로 그녀에게 장안성 이야기나 해 달라며 잠깐 주저앉은 것이 그만 하루를 쉬고 만 것이다.

그녀는 지치지도 않고 하루 종일 장안성 이야기를 했다. 당태종이 애첩들을 데리고 목욕했다는 화청지 이야기며, 여자라 어쩔 수 없는지 여산 산옥 이야기며, 장안성 여자들의 옷차림에 대해서 말했다. 철들면서 자란 곳이라서 그런지 햇살의 마음엔 장안성에 대한 향수가 남아 있었다. 장안성에 남아 있는 오라버니에 대한 그리움을 떠올리며 고구려 유민들이 당하는 고통에 대해서도 말했다.

철부지 소녀인 줄 알았는데 웃음 속에 한과 아픔을 숨기고 있었던 것이다. 말하는 때때로 눈물이 어리기도 했다. 어쩌면 그녀는 자신의 아픔을 잊기 위해 웃고 있는지 몰랐다. 감싸주고 싶었다. 어린 아녀자의 아픔을 대신 져주고 싶었다. 그는 하루 종일 그녀의 이야기를 들으며 함께 했다. 이후로 햇살은 그의 마음속에서 잠시도 떠나질 않았다.

햇살과는 많이 다른 감정으로 대조영의 마음엔 또 하나의 여인이 자리를 잡았다. 달맞이였다. 그녀도 이곳 요동성으로 온 이후 고연의 집에 머물렀다.

이상한 것은 고연의 태도였다. 분명 자신의 애첩이라고 밝혔음에도 불구하고 그녀를 가까이 하는 모습을 볼 수가 없었다. 그렇다고 그녀 또한 고연을 찾는 것도 아니었다. 아무튼 이해할 수 없는 관계였다. 고연의 부인 또한 그녀에 대해서 질투의 감정은 물론 견제도 없었다.

달맞이는 아름다웠다. 자신 또래일 듯한 그녀의 움직임은 손동작 하나 걸음걸이 하나 모두가 곱고 여성스러웠다. 거부할 수 없는 끌림이 좋았다.

한 번씩 마주칠 때면 달맞이는 공손하게 대조영을 맞이했지만 그것으로 끝이었다. 돌아서는 그녀의 얼굴엔 우수가 서렸다. 사연이 많은 듯했으나 말을 건넬 기회도 별로 없었다. 그녀의 사정을 알고 있는 대조영의 마음속에 그녀 또한 떠나지 않았다.

'어린 나이에 얼마나 험한 일을 많이 봤으면 저렇게 말없이 살아갈까' 라는 동정심이 더 맞는 말이었다. 그녀도 고구려 출신이라 했는데 어쩌다가 이근행 같은 놈들의 수청을 드는 처지로 전락했을까 생각하니 안타깝기도 했지만 그녀에게는 다가갈 수 없었다. 아니 다가서지 않았다는 표현이 더 맞았다.

한편으로는 자신도 한 순간에 그런 처지로 전락할 수 있다는 경계의 마음도 생겼다. 영주성과의 싸움에서 진다면 자신은 물론 햇살도 달맞이와 같은 처지가 되고 마는 것이다. 새삼 자신이 하고자 하는 일이 얼마나 무섭고 두려운 일인가 깨달았다.

달맞이는 심신이 고단한 듯, 한 번씩 문 밖을 나와 정원을 거니는 것 외에는 문 밖 출입을 잘 하지 않았다. 그녀가 방안에서 무엇을 하는지는 알 수가 없었다. 그럴수록 그녀에 대한 그리움이 대조영의 마음속에서 자라고 있었다. 때로 그와 얼굴이 마주치면, 그녀의 얼굴은 수줍게 붉어지고 대조영의 마음속에선 만약 그녀를 몰락하기 전 고구려 땅에서 만났다면 어머니가 말하던 조신한 모습의 여인이었을 것이라는 안타까운 생각마저 들었다.

구름 한 점 없는 맑은 하늘 아래로 양 떼들과 물소 떼들이 한가롭게 풀을 뜯고 있었다. 인간들의 급박한 마음을 아는지 모르는지 이들은 여유롭고 평화로워 보였다. 왜 인간으로 태어나 조상들의 일까지 생각하고 살아야 하는지, 왜 이렇게 급박한 삶을 살아야 하는지 고연은 순간적으로 회의가 들었다.

하얀 먼지를 일으키며 다가오는 낯선 이방인을 본 어린아이 하나가 긴 버드나무 회초리를 들어 황소 한 마리의 볼기짝을 세차게 내려쳤다. 그러자 황소는 움직이기 시작했고 그 뒤를 수많은 물소 떼와 양 떼가 뒤따랐다. 고연은 신기한 듯 어린아이의 모습을 한참동안 바라보았다. 언덕너머로 사라지는 소 떼와 양 떼를 바라보며 이들에게 자신은 어떤 존재인가 생각해 보았다. 괜히 평화롭게 살고 있는 마을에 분란을 일으키는 존재가 아닌지 몰랐다.

언덕을 하나 넘어서자 영(營)[18]이 나타났다. 제법 큰 마을이었다. 넓은 목초지 한 가운데 요하의 한 갈래인 시라무렌강이 흐르고 있었다. 강가에는 햇빛을 받아 순백으로 빛나는 이물질들이 길게 이어져 있었다.

"저게 무엇이오?"

고연은 뒤따르는 리하이구에게 물었다. 고연이 후원군을 청하러 거란 땅에 들어간다는 소식을 접하게 된 그가 어쩐 일인지 본인이 수행하겠노라며 따라 나섰다. 그곳은 자신의 고향인 코르친부 근처라 지리에 능하다는 이유에서였다. 고연은 그의 의도가 무엇인지 몰랐지만 이 지역을 잘 아는 리하이구가 자신을 수행해주는 것은 고마운 일이라 생각했다.

"소금입니다. 저 강을 이곳에서는 소금강, 염수(鹽水, 거란말로 시라무렌)라 부릅니다. 이곳에 우리 거란족[19]의 주축 세력이 살고 있습니다."

리하이구는 친절하게 고연의 물음에 답했다. 이곳까지 오는 동안 그는 고연을 깍듯이 공대했다. 그는 예의를 아는 사람이었으며 함부로 자신의 말을 하지도 않았다. 고연의 입장에서는 호감이 가는 인물이었지만 속내를 한 번도 말하지 않아 그가 무슨 생각을 하고 있는 지는 정확히 알지 못

18) 거란족의 마을 단위를 영이라 한다.

했다.

영내로 들어서자 장창을 든 일단의 사람들이 고연의 앞을 가로막았다.

"뉘시오?"

"나는 코르친부 가한 리하이구다. 러진추(李盡忠·이진충) 가한을 만나러 왔다."

리하이구는 거란말로 방문 목적을 말하였다. 당당한 모습이었다.

"기다리시오."

오래지 않아 고연과 리하이구는 러진추 앞으로 안내되었다. 머리를 완전히 밀어버린 거한이 고연 앞에 앉아 있었다. 짙은 눈썹과 얼굴의 절반을 덮은 그의 수염은 아주 후덕한 인상을 주었다.

"어쩐 일이시오?"

목소리 또한 굵은 것이 주변을 제압하였다. 러진추는 리하이구에게는 별 관심을 두지 않고 고연에게만 눈길을 주었다.

"소문은 들으셨는지요?"

---

19) 거란족은 몽골족의 한 갈래로 본다. 이들은 요하 상류에 자리 잡고 있던 선비족이 5호 16국 시대 때 중국으로 편입되어 중원으로 진출하자 그 공간으로 이동한 부족이다. 초기에는 고구려를 침공하여 세력을 넓히다 결국은 광개토대왕에게 점령당하여 고구려에 편입 당한다. 그들 중에는 고구려에 편입되지 않고 중국과 고구려 사이를 오가며 생존한 부족도 있었다. 「고려사」 서희전에 나오는 고려를 침공한 소손녕과 서희의 대화를 읽어보면 이들 거란족은 자신들이 고구려의 후손이라 생각하고 있음을 알 수 있다. 이들은 나중에 대조영이 발해를 세운 후(699년) 발해에 복속하여 살다가 916년 야율라보기가 반란을 일으켜 요나라를 세우고 발해를 멸망시킨 후 중국으로 진출한다. 이들은 다시 말갈족이 세운 금나라에게 멸망하는데 그 이후 이들의 행적은 모호해진다. 일설에 의하면 몽골이 세계를 정복할 때 선봉이 되어 나섰다가 세계 곳곳에 정착되어 흩어졌다고 한다. 이들의 후손으로는 내몽골지역의 다얼족 자치구에 있는 다얼족이라고 추정한다. 이 다얼족은 중국 남쪽의 운남성에도 있는데 이는 아마도 몽골 때 진출하였거나 아니면, 나중에 청나라의 팔기군이 운남성 쪽에 자리를 잡고 있던 오삼계 난을 진압할 때 진압군으로 들어가 정착하지 않았나 추정한다. 팔기군에는 만주부와 몽골부, 그리고 한족부가 있었는데 거란족은 이중 몽골부에 소속되어 청나라가 오늘날 중국의 영토를 개척하는데 앞장섰을 것이라 생각한다.

고연은 자리가 정돈되자 자신의 방문목적을 말하기 시작했다.

"소문이라뇨?"

"고구려의 보장대왕께서 요동성에 고구려를 다시 세웠다는 소문이오."

"그게 무슨 말이오?"

"이레 전에 우리는 안동도호부에 있던 당나라군을 몰아내고 다시 고구려를 세웠습니다."

고연을 대신하여 리하이구가 그동안 있었던 일을 설명하기 시작했다. 러진추는 놀란 표정으로 가만히 듣고 있었다. 시간이 지날수록 그의 표정이 점점 굳어졌다.

"이곳을 찾은 이유가 무엇이오?"

"그동안 거란족은 광개토대왕께서 이곳을 점령한 이후 고구려의 백성으로 살아왔습니다.[20] 고구려의 대왕이셨던 보장대왕께서 다시 고구려를 세웠으니 이전처럼 고구려의 백성이 되어 당나라를 이 땅에서 몰아내고 고구려를 강한 나라로 만드는데 힘을 보태 달라는 것입니다."

고연을 이곳을 찾은 이유를 말했다.

"현재의 고구려가 이전의 고구려는 아니지 않소."

"가한께서 도와주신다면 가능한 일입니다. 앞으로 고구려가 다시 부활한다면 거란족은 옛날 고구려의 계루부나 연나부와 같은 위치에서 미래의 고구려를 이끌어 갈 것입니다."

---

20) 요하의 한 갈래인 시라무렌강 유역에 살던 거란족의 야율아보기가 발해를 멸망시키고 요나라를 세운 후 고려를 침공했을 때 서희와 거란장수 소손녕은 외교적 담판을 벌이게 된다. 이때 이들 사이에서 논의된 가장 주된 내용 중 하나가 누가 고구려의 후계자냐를 놓고 논쟁을 벌인다. 「고려사」 서희편에 보면 거란족은 자신들이 고구려의 계승자다. 원래 고구려 땅은 자신들의 영토이니 돌려달라는 것이고 서희는 고구려의 계승자는 고려이니 강동 6주는 오히려 고려 땅이라 주장한다. 이로 미루어 당시 여진은 물론이고 거란족마저도 자신들이 고구려의 계승자임을 강하게 내세웠다는 것을 알 수 있다.

수나라, 당나라와 싸워 이겼던 고구려의 위상을 알고 있는 러진추는 고연의 제안이 매우 매력적이라 생각했다. 문제는 과연 자신들의 힘으로 이곳에서 당나라군을 몰아낼 수 있느냐에 있었다. 뿐만 아니라 설사 당장 당나라군을 몰아낸다 하더라도 당나라에서 대대적인 토벌군을 보냈을 때 그들을 감당할 수 있는지도 생각해야 했다.

"쉽게 판단할 간단한 문제가 아닌 것 같소."

러진추는 쉽게 동조하지 않았다.

"이번 거사에는 말갈족도 함께 하고 있소."

"말갈족이!"

말갈족이 함께 한다면 상황이 달라진다. 저들의 용맹성은 이미 고당 전쟁 때 다 밝혀졌다. 당나라가 자랑하던 돌궐기병대를 섬멸한 것이 말갈기병대였다. 당시 돌궐기병대의 패배에 화가 난 이세민이 포로로 잡은 말갈기병대를 생매장한 사건[21]은 사십 년이 지난 지금도 세인들의 입에 오르내리고 있다. 말갈족이 고구려 부흥에 앞장서고 있다면 이야기는 또 달라질 수밖에 없었다.

말갈족이 새로운 고구려의 주력이 된다면 이는 매우 피곤한 일이었다. 백두산 근처에 뿌리를 둔 말갈족이 자신들의 영역까지 들어온다면 이는 자신들의 존립까지도 위협할 수 있는 무서운 일이었다. 러진추는 한동안 생각에 잠겨 있었다.

"영주도독 조홰의 폭정이 심각해지고 있습니다. 그를 견제하기 위해서

---

21) 「구당서」나 「신당서」 등 중국 측 자료에 의하면 고구려로 향한 출정군을 세 부대로 나눈다. 그중 북로군은 이세적이 이끌었는데 이들 중에는 아사나사나와 집실력 등 돌궐족 장수 이름이 나온다. 당시 돌궐족은 동북아에서 최강의 기병대였다. 이들의 이름은 이세적의 부대가 요동성에 도착한 이후에 더 이상 기록되지않는다. 그리고 요동성 전투가 끝난 뒤 이세민이 포로로 잡은 말갈 포로를 생매장한 것으로 미뤄 보아 이들돌궐 기병대는 요동성 전투가 벌어질 무렵을 전후하여 말갈기병대에 의해 전멸된 것으로 추정할 수 있다.

라도 새로운 고구려에 가담해야 할 것입니다."

곁에서 묵묵히 두 사람의 대화를 듣고 있던 리하이구가 고연의 편을 들었다.

"막리지께서 내게 원하는 것이 무엇이오?"

리하이구는 러진추에게 고연을 소개할 때 고구려의 막리지[22]라고 소개했다. 그런다고 그를 막리지라고 쉽게 부를 수 있는 것은 아니었다. 러진추의 마음속에 남아 있는 고구려와 보장왕의 위상이 워낙 컸기에 그를 막리지라 부른 것이다.

"영주도독 조홰가 우리를 공격할 때 그 후방을 공격해 달라는 것입니다. 그렇게만 된다면 우리는 쉽게 저들을 제압할 수 있을 것입니다. 영주성만 공략하고 나면 더 이상 우리를 공격할 세력은 없습니다. 당연히 고구려는 부흥되고 말입니다."

"……."

러진추는 묵묵히 듣고만 있었다. 짙은 눈썹 아래의 눈은 감겨 있어 그의 생각이 어떠한 지 쉽게 짐작할 수 없었다.

"쉽게 결정할 문제가 아닌 것 같소. 오늘은 먼 길을 오셨으니 이곳에서 머무시고 내일 장로회의를 열어 답을 해 드리리다."

고연은 더 이상 다그칠 수 없다는 것을 알고 저들이 안내해준 처소에 가 하룻밤을 보내야만 했다. 파오[23] 한 가운데는 난로가 놓여 있었다. 마을의 처녀 하나가 말린 소똥 한 아름을 가져와 불을 피웠다. 이제 처서를 막 지

---

22) 막리지라는 말은 순수 우리말의 한역으로 우두머리 지도자라는 의미를 지닌 '무리' 라는 말과 고귀한 사람임을 나타내는 '치' 라는 말의 결합으로 봐야한다. 을지문덕도 성이 '을지' 이름이 '문덕' 이 아니라 '올치' 직에 있는 문덕이라는 의미이다. 이 때 '을지' 는 '우리' 라는 말과 '치' 라는 말의 결합으로 '우리치' 직이라는 의미가 아닐까 추정한다.
23) 몽골식 주거양식인 천막. 게르라고도 부른다.

냈는데 웬 난방이냐며 의아해 했지만 그녀는 웃으면서 이곳의 밤은 매우 춥다고 말했다. 난로 없이는 추워서 잠을 이루지 못한다 말했다. 웃는 모습이 매력적이었다.

고연은 고단함을 핑계로 일찌감치 자리에 누웠다. 쉽게 잠이 들지 않았다. 이런 저런 걱정으로 잠을 이룰 수 없었던 것이다. 얼핏 잠이 들었을 무렵이었다. 인기척이 났다. 고연은 누군가가 천막 안으로 들어서는 것을 느꼈다. 조심스런 발자국 소리가 들렸다. 고연은 베갯머리에 숨겨 둔 비수에 손이 갔다. 그는 언제 어디를 가든 잠자리에 들 무렵이면 베개 밑에 단도를 숨겼다. 괴한은 점점 가까이 다가왔다. 그때까지 고연은 잠을 자는 척하며 숨소리조차 크게 내지 않았다.

"네 이놈!"

대갈성과 함께 고연은 비수를 뽑아 들었다. 그리고는 순식간에 괴한의 목에 칼을 들이댔다.

"악!"

괴한은 비명을 질렀다. 뜻밖의 일이었다. 괴한은 여자였다. 가냘프고 곱게 단장한 여자였다. 순간적으로 고연은 어떻게 된 영문인지 몰라 주변 상황만 살폈다. 난롯불에 비친 그녀의 손에는 아무것도 들려 있지 않았다.

"넌 누구냐?"

여전히 한 손에는 비수를 든 채 물었다.

"카, 칼부터 내려놓으시지요."

여자는 떨리는 목소리로 말했다.

자객이 아님을 판단한 고연은 조심스럽게 칼을 내려놓았다.

"왜 이 야심한 밤에 남의 막사에 침입했느냐?"

고연은 여전히 경계를 풀지 않고 물었다.

"아버지께서 보내셨어요."

다소 수줍어하는 목소리였다.

"아버지가 누구냐?"

"저희 아버지는 이곳의 가한인 러진추예요."

여자의 목소리는 여전히 떨려 나왔다.

"뭐라고? 너희 아버지가 왜?"

"저희 풍습에는 귀한 손님이 오면 손님에게 딸을 내줍니다."

"뭐냐? 그래서 네가 오늘 밤 나의 수청을 들기 위해 들어왔단 말이냐?"

"……."

"전에도 이런 일이 있었느냐?"

여인은 고개를 가로저었다.

"나는 필요 없으니 돌아가라."

"이대로 물러가면 아버지에게 혼납니다. 귀한 손님이니 특별히 잘 모셔야 한다고 신신당부하셨습니다."

"이것은 좋지 않은 풍습이야. 이곳의 풍습이 어떠하든 내가 관여할 문제는 아니지만 없어져야할 풍습임에는 틀림없어. 내가 내일 잘 말해 줄 터이니 그만 돌아가라."

"……."

여인은 말이 없었다. 고연은 무척 난감했다. 자신의 고집만을 피울 수 있는 상황이 아닌 것 같았다.

"그렇다면 이리 와서 자라."

고연은 자리에서 일어났다. 그리고는 그녀에게 자신의 자리를 양보했다.

"어르신은?"

"나는 여기서 자런다."

고연은 난로 옆에 몸을 눕혔다. 바닥은 풀밭이었다. 그런대로 잘만했다.

여자는 어찌할 줄 몰라 안절부절못하는 것 같았다.

"내 염려는 하지 말고 잘 자라."

고연은 눈을 감았다.

고연의 막사에서 벌어지고 있는 일을 엿보는 자가 있었다. 여인이 지르는 비명소리를 듣고 달려온 리하이구였다. 고연의 옆 막사에서 막 잠이 들었던 그는 여자의 비명소리를 듣고 곧바로 달려 나와 고연의 막사 안으로 들어가려 했다. 그러나 여인과 고연이 주고받는 말소리가 들리자 안에 들어가는 대신 막사 안의 대화를 엿듣고만 있었다. 한동안 꼼짝 않고 듣고 있던 그는 마침내 고개를 돌려 다시 자신의 막사로 돌아갔다. 얼굴 가득 분노와 수심을 안고.

리하이구, 그가 이곳까지 고연을 따라 나선 데는 여러 이유가 있었지만 그 중 하나가 어릴 때부터 보아 온 이웃 여허부 가한의 딸 초원 때문이었다. 자신의 마음속에 그녀가 자리 잡은 지 오래였다. 그는 여허부 가한 러진추에게 자신의 마음을 털어 놓고 초원을 자기에게 달라 말했다. 러진추는 무슨 이유인지 가타부타 말을 하지 않았다. 리하이구는 코르친부 같은 작은 부족의 가한에게 딸을 넘기는 것이 못 마땅하여 그런다고 생각하고 있었다. 그럼에도 그녀에 대한 그의 마음은 식을 줄 몰랐기에 먼발치에서라도 보기 위해 이곳까지 따라 온 것이었다.

자신의 막사로 돌아온 뒤에도 그는 잠을 이룰 수 없었다. 옆 막사에서 들려오는 숨소리 하나도 놓치지 않으려 애썼다. 막사에서는 더 이상 아무 소리도 들려오지 않았다. 그는 한숨도 잘 수 없어 이날 밤을 뜬 눈으로 새우고 말았다.

"지난밤은 잘 주무셨소?"

해가 중천에 다다랐을 무렵이 되어서야 아침 식사자리가 마련되었다.

또 다시 고연과 얼굴을 마주한 러진추는 흐뭇한 미소로 고연을 맞이했다.

"덕분에 잘 잤습니다."

고연은 그의 웃음이 무엇을 의미하는지 알고 있었기에 웃음으로 대답했다.

"결론이 좋게 낫소. 오늘 아침 장로회의를 열어, 고구려 부흥운동에 함께 하기로 했소."

"고맙습니다."

고연은 자리에서 벌떡 일어나 절을 했다. 러진추는 아침 식사로 내 놓은 양고기와 함께 마유주를 가득 따라 고연에게 권했다. 고연은 마유주를 단숨에 들이키며 환하게 웃었다.

"전투가 벌어지면 여기 있는 리하이구를 보내겠습니다. 여허부만 나서 준다면 아무 염려할 것이 없으리라 생각합니다. 고구려가 다시 일어난다면 가한께서는 일등 공신이 되실 것입니다."

고연은 기분 좋게 거란족 마을을 떠나왔다. 지난밤에 있었던 거란족 여인 초원이의 일이 이상하게 마음에 걸리긴 했지만 더 없이 좋은 결과를 얻었기에 돌아오는 그의 발걸음은 매우 가벼웠다. 이상한 것은 리하이구의 태도였다. 그는 여허부족의 마을로 갈 때와 달리 아무 말도 하지 않았다.

"이 장군 뭔가 불만이 있소?"

"아닙니다. 그런 것 없습니다."

리하이구는 무뚝뚝하게 말하고는 굳게 입을 다물었다.

의미 있는 여행이었다. 그동안 변방에만 있다 보니 조정이 돌아가는 일을 까맣게 모르고 있었다. 황제에게만 충성하면 모든 일은 다 잘 해결되리라 생각하고 산 것이 어리석었다. 공신이라 자만하고 살았더라면 목숨보존하기도 어려울 지경으로 세상이 변했는데 그것을 모르고 있었다. 측천무후가 이렇게까지 권력을 장악하고 있을 줄은 정말 몰랐다. 다행히 고연의 충고로 이번 여행에 나섰던 것이 천만 다행이었다.

　무후는 자신이 내민 선물을 받아 들고는 어린아이처럼 기뻐했다. 태종 황제의 공신인 자신이 그녀의 앞에 굴복하자 더욱 좋아하는 것 같았다. 먼 길에 얼마나 고생이 많으냐며 자신을 위로하기도 했다. 다행히 준비해간 선물이 마음에 들었는지 무후는 필요한 것이 없냐고 물었다. 고구려 보장 왕이 안동도호가 되어 자신의 상관으로 있다고 말하자 '그러면 안 되지'라는 말과 함께 기다려 보라고 말하기도 했다. 사실 실권자 입장에서는 자신의 권력을 넘보지만 않는다면 장수들이 자신을 옹호해주고 지지해주는 것은 고마운 일인 것이다.

　이근행은 아주 가벼운 마음으로 장안성을 떠났다. 이제 돌아가면 머잖아 안동도호부는 자신의 휘하에 들어오게 될 것이라 생각했다. 안동도호 만 되어도 얼마든지 부귀와 영화를 누릴 수 있었다.

　장안성에 있는 동안 조회와는 한 번도 만난 적이 없었다. 이전에도 그와는 잘 모르는 사이였다. 그는 후방의 병참을 맡고 있었기에 전선에서 직접 전투를 벌이는 자신과는 격이 같을 수가 없었다. 이번 여행길은 이웃에 함께 있다는 이유로 그와 함께 동행을 했었다. 이번 동행으로 조회의 진면목을 본 이근행은 실망스러웠다. 너무 탐욕스러웠다. 다시는 그와 함께 여행하고 싶지가 않았다. 장안성에 머무르는 동안 조회를 찾지도 않았을 뿐만 아니라 함께 돌아가자는 말도 하지 않았다.

　산해관에 도착했다. 이제 만리장성을 넘으면 요서 땅에 들어서게 되었다. 여기까지가 사실 상 중국이었다. 이 너머는 오랑캐 땅이었다. 지금은 당나라 땅이 되었지만 사실 상 이 너머에까지 조정에서 군사를 보내 다스리는 것은 무리였다. 자신처럼 지방관으로 임명된 사람이 사실상의 왕처럼 행동하며 그곳을 통치했다. 이제 돌아가면 머잖아 요동 땅의 주인이 된다는 생각에 하루빨리 요하를 건너고 싶었다. 고연을 자신의 휘하에 두고 그에게 행정을 맡긴다면 편하게 살 수 있을 것 같았다. 그는 지혜로운 사람일 뿐 아니라 고구려에서 관직 생활을 오래 하였기에 경험이 많아 모든 일을 지혜롭게 잘 처리 할 것 같았다. 꿈에 부풀어 있던 이근행은 산해관에서 뜻밖의 소식을 들었다. 영빈관에 도착하자 안시성에서 사람이 와 있었다. 상처투성이의 몰골로 자신을 맞이했다.

"반란이 일어났습니다."

안시성에 머물던 당나라 군사라고 밝힌 그는 고연과 보장왕이 음모를 꾸며 요동성과 안시성에 주둔하던 당나라군을 다 도륙하고 두 성을 완전히 장악했다고 보고했다.

'속았다.'

어쩐지 고연이 자신에게 너무 잘 해주었다는 생각이 뒤미쳤다. 갑자기 세상이 끝난 듯한 느낌이 들었다. 당장 달려가 놈들을 몰아내고 싶지만 군사가 없었다. 군사를 빌릴 데가 없었다. 조홰 같은 놈에게 신세를 지고 싶지는 않았다. 그렇다고 옛날 자신이 관할하던 웅진도호부로 갈 수도 없었다. 웅진도호부는 이미 옛날 백제 사람들이 다스리고 있었기 때문이다.

"남아 있는 군사는 아예 없는가?"

"이천여 명 정도가 영주성에 피신해 있습니다."

"알았다. 얼른 가보자"

영주성으로 달려갔다. 아무리 생각해봐도 군사를 빌릴 데는 영주성 밖에 없었다. 싫어도 조홰에게 부탁해야 했다. 이근행이 영주성에 도착한 후 닷새가 지나서야 조홰는 영주성으로 돌아왔다. 이근행은 조홰를 만나 그간의 안부를 묻는 등 그의 마음을 사려 노력했다. 조홰는 이근행이 왜 자신에게 친절을 베푸는지 그 이유를 알고 있었다. 그렇지만 내색하지 않았다. 그가 사정할 때까지 기다리기로 했다.

보장왕이 반란을 일으켰다는 소식은 사실 조회에게도 충격이었다. 분명히 장계를 접한 조정에서는 자신에게 이들을 진압하라는 명령을 내릴 것이다. 그렇게 되면 자신이 출정해야 한다. 그러나 고구려가 다시 일어나 자신을 위협한다면 솔직히 막을 자신이 없었다. 자신은 군 출신이 아니었기 때문이다. 고구려와 백제의 멸망에 앞장섰던 설인귀나 방효태는 더 이상 자신의 곁에 없었다. 보장왕이 오면서 설인귀는 토욕혼 반란 진압에 실패한 뒤 고구려 땅에서도 반란군에게 쫓겨 이제는 옛날의 그가 아니었다. 평로절도사가 되어 산해관 너머로 물러나 있을 뿐이었다. 방효태는 신라와의 전투에서 전사했다. 이제 요하 지역에 남아 있는 경험 있는 장수는 이근행 밖에 없었다.

자신이 먼저 이근행에게 고개를 숙이면 이후에 벌어질 기세 싸움에서 밀릴 수가 있었다. 그는 이근행이 고개를 숙일 때까지 기다리기로 했다. 다만 조정에서 장수를 파견하는 것은 막아야 했기에 그 전에 적당한 때를 봐서 이근행에게 군사를 빌려 줄 생각이었다. 조정에는 천천히 장계를 올리고.

결국 이근행이 먼저 군사 얘기를 꺼냈다.

"나에게 삼만 명의 군사를 빌려주시오. 그러면 후사하겠소."

"글쎄요. 지금은 수확기라 삼만의 군사를 빼내기가 쉽지 않을 것 같은데……."

"도독께서 군사를 잘 모르시는 것 같은데 이렇게 머뭇거리면 저들만 유리할 뿐이오. 어차피 저들과 맞붙을 상대는 영주성 밖에 없는데 이렇게 시간만 끌면 저들은 인근의 고구려 유민을 끌어들여 군사를 늘릴 뿐 아니라 심지어는 이곳을 선제공격할 수도 있소. 그렇게 되면 도독께서는 고립될 것이고 조정에서는 당연히 군사를 보낼 것이오. 중앙의 군사가 오면 도독은 지휘권을 잃어 아무것도 마음대로 할 수 없을 것이오."

군사적인 지식이 부족한 조홰는 이근행의 말에 당황했다. 괜히 거들먹거리다가 이근행의 말대로 때를 놓치면 자신의 자리마저 위협받을 수 있다고 생각했다. 그렇다고 그에게 쉽게 군사를 내주고 싶지는 않았다.

"수확기라 군사를 빼내기가 쉽지 않은 것을 어떡하오."

"좋소이다. 그럼 알아서 하시오. 이번 여행에서 나는 측천무후 폐하의 신임을 얻었소. 요동지방에서 나만큼 경험 있는 장수는 없을 것이오. 당연히 토벌대장은 내 몫이 될 것이 뻔하오. 반란을 진압하고 나면 나에게 안동도호 내지는 평로절도사 자리 하나는 내주지 않겠소. 아마도 영주도독은 당연히 내 휘하에 들어 올 것이고……."

이근행은 정말로 자리를 박차고 일어섰다. 맞는 말이었다. 조홰는 자신의 행동을 후회했다. 사태를 수습해야했다. 자신에게 유리하게.

"좋습니다. 군사를 빌려 주겠습니다. 대신 조건이 있소이다."

결국 조홰가 굴복했다.

"조건?"

"반란을 진압한 후에 포로들은 나에게 넘겨주시오."

포로를 자신의 포수(捕囚)로 삼아 부를 누리겠다는 의도였다. 자신의 공 갈이 조홰에게 먹혀든 이상 웬만한 것은 양보하는 것이 좋을 것 같았다.

"좋소이다."

조홰는 오만의 군사를 이근행에게 내주었다. 이근행이 요청한 군사보다 이만이나 더 많았다. 영주성 휘하의 요서지역에 있는 군사를 다 동원한 것이었다. 그 중에는 고구려 출신의 유민도 있었고 거란족 군사도 있었다.

이근행은 신성을 거쳐 건안성에 있는 웅진도호부에 들러 다시 일만의 군사를 더 충원 받았다. 백제왕자 출신인 웅진도독은 사실상 실권이 없는 자였기에 손쉽게 휘하에 있는 일만의 당나라군을 빌릴 수 있었다. 회원진에서 북쪽의 신성으로 향하는 길을 따라 내려왔기 때문에 요하를 건널 필요가 없었다. 그는 요동성에 도착하자마자 곧바로 성을 포위했다.

이근행은 고구려 부흥군을 상대로 싸우고 싶지가 않았다. 백제, 신라, 고구려가 뒤엉킨 곳에서 지겹게 싸우다 결국 쫓겨 왔기에 예맥족이라면 이제 지긋지긋했다. 성을 포위한 채 항복만을 종용했다. 성 안에는 기껏해야 오천 명 정도의 군사밖에 없다고 판단되었기에 서두르지 않아도 적은 항복할 것이라 생각했다.

이근행이 당나라군을 이끌고 공격해 온다는 소식을 들은 고연은 여산성에 남아 있던 나달과 안시성에 있는 걸사비우를 요동성으로 불렀다. 아무래도 소수의 군사가 힘을 분산시키는 것이 옳지 않다는 판단에서였다. 나달은 곧바로 고구려 유민과 양식을 싣고 요동성으로 달려왔다. 약 일천의 군사였다. 이 정도면 큰 힘이 될 것이라 생각했다. 하지만 걸사비우는 거란인과 함께 싸우기 싫다며 끝내 오지 않았다.

고연은 강요하지 않았다. 대신 안시성에만 있지 말고 수시로 적 후방을 공격해주길 당부했다. 또한 리하이구를 러진추에게 보내 후원을 부탁했다. 요동성에서 진압군을 묶어두는 동안 러진추와 리하이구가 이끄는 거란족이 적의 보급로를 끊고 걸사비우가 후방에서 저들을 괴롭힌다면 충분히 승산이 있다고 생각했다.

고연은 보장왕에게 자신의 전략을 설명했다. 그동안 드러내놓고 나서지 못했던 보장왕은 이제 모든 것이 다 밝혀진 이상 이제는 숨어 있지 않겠노라며 자신이 직접 전투를 지휘하겠다고 했다. 대왕이 전투를 지휘한다면 군사들의 사기는 매우 높아질 것이 틀림없었다. 고연은 흔쾌히 보장왕의 뜻을 받들겠노라고 했다. 쑹마이도 고연이 전투를 지휘하는 것보다는 보장왕이 지휘하는 것이 혹시 발생할지도 모르는 지휘 상의 분란을 막을 수 있어 더 낫다고 생각했다.

이근행은 쉽게 공격하지 않았다. 대치 상태가 열흘이 지나도록 꼼짝없이 성만 포위하고 있었다. 저들의 전략이 무엇인지 간파한 고연은 내심 쾌재를 불렀다. 저들은 분명 요동성을 고립시켜 항복을 받아낼 심사가 분명했다. 거란족이 적의 보급로만 끊어 준다면 시간을 끌수록 유리한 것은 자신들이었다. 때문에 대치 상태를 반길 수밖에 없었다. 당나라군이 성을 포위하자 긴장했던 성 안의 군사들도 대치 상태가 지속되자 긴장감이 풀어지는 듯했다.

한 달이 지났다. 이 정도의 시간이면 적진에서 분명 동요가 있어야 했다. 지금쯤 거란족이 적의 보급로를 끊고 적 후방을 괴롭혀야할 시간이었던 것이다. 그러나 적진은 평온했다. 고연은 약간 초조해졌다. 혹시 일이 잘못 되었는지, 아니면 자신이 생각하지 못한 변수가 발생했는지 걱정되었다. 걸사비우라도 적 후방을 공격해주어야 하는데 이도 감감 무소식이었다.

초조해지기는 보장왕도 마찬가지였다. 적의 반응이 전혀 없자 첩자를 파견하여 바깥소식을 살피라 지시했다. 고연은 말갈 진영과 거란 진영에 사람을 보내 빨리 적 후방을 공격하기를 종용했다.

또 다시 열흘이 지날 무렵, 고요하기만 하던 전쟁터에 변화가 일어났다. 느슨해진 당나라의 후방에 흙먼지를 일으키며 일단의 기병대가 나타난 것이다. 긴장감이 풀어진 당나라군은 갑자기 들이닥친 세력의 정체를 알지 못해 주춤했다. 그 틈을 노려 수천 명의 기병대가 당나라군 한 복판을 휩쓸고 지나갔다. 걸사비우가 이끄는 말갈기병대였다.

망루에서 이 장면을 지켜보던 보장왕은 출격을 명령했다. 이런 기회를 놓칠 수 없다는 생각이었다. 쑹마이와 나달이 이끄는 기병대가 곧바로 성문을 열고 걸사비우의 기습에 호응했다. 오랫동안 숨죽이며 싸울 기회를 엿보고 있던 고구려 부흥군은 맹수처럼 이근행의 당나라군을 공격했다.

앞뒤에서 적을 맞은 당나라군은 당황한 기색이 역력했다. 너무 오랫동안 전투를 벌이지 않아 싸움의 전술마저 잊은 모양이었다.

하지만 중과부적이었다. 싸움을 오래 끌 수는 없었다. 적이 전열을 재정비하는 모습을 보이자 보장왕은 북을 울려 군사들을 불러 들였다. 걸사비우도 한바탕 적을 몰아친 후에 오던 길을 되돌아갔다. 고연은 깃발을 크게 흔들어 고마움을 표시했다.

첫 싸움에서는 고구려군의 승리로 마감되었다. 적은 최소한 일천여 명 이상의 사상자를 낸 것 같았다. 첫 싸움의 승리로 고구려 부흥군은 사기가 높아졌다. 고연이 예상한 대로 싸움이 전개되었다. 이제 거란족 여허부의 러진추만 도와준다면 이번 싸움은 충분히 이길 자신이 있었다. 그렇게 되면 요동에서는 적이 없었다. 그 사이 힘을 기르면 고구려의 부흥은 가능한 일이었다.

기습을 받은 이근행은 적의 전술이 무엇인지 생각해 보았다. 요동성에 근거지를 두고 외곽에서 자신들을 공격하는 양면 작전을 전개하는 것이라 판단했다. 적의 외곽 세력이 누구인가 생각해 보았다. 말갈족과 거란족밖에 없었다. 말갈족은 수적으로 우세하였기에 언제든지 제압할 자신이 있었다. 문제는 거란족이었다. 저들의 움직임을 알 수 없었다. 저들을 막아야만 했다. 그는 조홰에게 급히 전령을 보내 거란족의 움직임을 막아 달라고 협조 요청을 했다. 막기 힘들면 최소한 적의 움직임이라도 알려 달라 했다.

그날 밤 이근행은 자신의 부장인 방진을 불렀다.

"너는 오늘 밤 일만의 군사를 이끌고 안시성 쪽으로 떠나라. 안시성과 이곳에 이르는 길목의 매복하기 좋은 장소를 골라 며칠이고 매복해 있어라. 그러면 분명 안시성의 말갈족은 우리를 공격하기 위해 나올 것이다."

명령을 받은 방진은 군사들을 이끌고 매복지를 찾아 떠났다. 이들의 움직임을 아는 자는 아무도 없었다. 사흘이 지난 후 또 다시 이근행을 공격하기 위해 길을 나섰던 걸사비우는 매복해 있던 당나라군의 기습을 받아 완패하고 말았다. 오백여 명의 군사들이 목숨을 잃었고 걸사비우를 비롯한 삼천여 명은 포로로 잡혀 끌려왔다.

고요하던 벌판에 갑자기 큰 웅성거림이 일었다. 보장왕과 함께 망루에서 적진을 관찰하던 고연은 깜짝 놀라고 말았다. 걸사비우가 이끄는 말갈 기병대가 포로가 되어 요동성 앞의 적진에 끌려왔던 것이다.

'어떻게 이런 일이⋯⋯.'

할 말을 잃었다. 안시성만 잘 지키고 있으면 쉽게 당하지 않는데 어쩌다 이런 일이 벌어졌는지 쉽게 납득이 되지 않았다. 오래지 않아 적진에 숨겨 두었던 첩자들의 보고를 받고서야 사건의 전말을 알 수 있었다. 이근행을 우습게 본 것이 실수였다. 신라군에게 쫓겨 이곳으로 온 것을 가볍게 생각한 것이다. 이근행에게 그런 지략이 숨어 있을 줄을 미처 생각지 못했던 자신의 잘못이었다.

"거란족도 저들에게 당한 것이 아닐까?"

보장왕은 걱정이 되어 물었다. 어떻게 된 영문인지 고연도 알 수가 없어 답답했다.

"러진추나 리하이구는 믿을만한 사람들이 못 되오이다. 요서를 건너 사는 거란족들은 신뢰가 없소. 저들은 항상 힘센 자가 누구인가를 따지는 사람들이오."

하다부 가한 쑹마이가 불만에 가득 찬 목소리로 말했다.

"같은 종족이라 말을 안 하려 했지만 우리들은 저들을 믿지 않소. 저들에게는 더 이상 기대하지 않는 것이 좋을 것이오."

"러진추와 리하이구는 우리를 도와주기로 약속했소."

"리하이구가 떠난 지 달포하고도 보름이 지났소. 아직까지 아무런 소식이 없을 리가 없소."

쑹마이는 같은 종족이면서도 요하 서쪽에 사는 거란족들에 대한 불신감이 가득 찬 목소리로 말했다. 내심 저들이 배반하지 않았나 염려하던 고연은 쑹마이의 말을 듣자 저들이 배반했을 가능성이 크다고 생각을 했지만 아직 속단하고 싶지는 않았다.

"좀 더 기다려 봅시다. 어차피 저들이 합세해야만 싸울 수가 있으니."

기다리기로 했지만 불안하기는 쑹마이와 매한가지였다.

또 다시 열흘이 지났다. 여전히 거란족 쪽에서는 연락이 없었다. 성 안의 동요가 심해지기 시작했다. 물은 얼마든지 구할 수 있었지만 식량은 한계가 있었기 때문이었다. 요동성에서 동요가 생겼음을 아는지 모르는지 이근행은 좀처럼 싸움을 걸지 않았다. 대신 포로로 잡은 말갈족을 조홰가 있는 영주성으로 압송했다.

적의 전략이 무엇인지 확인 된 마당에 전략회의를 열어도 뾰족한 수가 떠오르지 않았다. 리하이구를 너무 믿은 것이 잘못이었다는 결론을 내렸지만 이것이 문제를 해결해 주지는 못했다. 이 상태가 지속되면 성 안의 사람들은 보름을 채 넘기지 못하고 굶어 죽을 것이다.

"나는 또 다시 적의 포로가 되고 싶지는 않습니다. 싸우다 죽겠습니다. 나와 뜻을 같이하는 자는 함께 하십시오. 내일부터 나는 매일 성문을 열고 나가 싸울 것입니다. 목숨이 붙어 있는 한."

나달은 지난 몇 년간의 괴로웠던 포로생활을 떠올리며 비장감 넘치는 목소리로 말했다. 아무도 그를 막을 자가 없었다. 다음날 아침 나달은 성문을 나섰다. 그의 뒤에는 안시성에서부터 그와 생사고락을 함께한 일천여 명의 예맥족 출신 고구려 군이 뒤따랐다. 또 한 사람 대조영이 염주성 군사들을 이끌고 나섰다.

대조영은 그간의 싸움 전개 양상을 지켜보았다. 이 싸움에서만 이기면 고구려는 부활하는데 수적 열세를 핑계로 제대로 싸우지 않는 것이 불만이었지만, 경험이 부족한 그로서는 경험이 풍부한 다른 장수들의 싸우는 모습을 지켜는 것도 큰 배움의 기회라 생각했다. 그러나 전세가 불리해지고 성 안에 패배의 기운이 깃들자 생각이 달라졌다. 반전의 기회를 만들어야 했다. 싸우러 나서는 나달과 함께 전투에 참가해 활로를 모색하고 싶었다.

성문이 열렸다. 대조영은 아침 해가 대지를 붉게 물들일 무렵 갈색으로 물들고 있는 벌판을 향해 내달리기 시작했다. 과하마로 무장한 염주성의 일천여 기병대는 보병출신인 고구려 유민들보다 앞장서서 적진을 향해 돌격전을 펼쳤다. 화극에 부딪히는 살의 감촉이 나쁘지 않았다.

느긋하게 아침을 먹고 평소처럼 지루한 하루를 준비하던 당나라군은 갑작스런 고구려 부흥군의 기습을 받고 어쩔 줄 몰라 했다. 그 틈을 대조영은 놓치지 않았다. 가급적 빨리 적진으로 들어가 순식간에 활을 쏘고, 칼을 휘두르고, 창을 찌르며 적진을 누볐다.

유리하게 전개되던 싸움의 양상이 밀리기 시작할 무렵 대조영은 후퇴 명령을 내렸다. 어차피 이 싸움은 이기기 위한 싸움이 아니었다. 전세를 뒤집을 전기를 마련하기 위한 것이었다. 이 싸움에서 전사자가 많이 나면 그것은 실패한 전투였다. 염주성 군사의 호위를 받으며 나달은 성 안으로 무사히 되돌아 왔다. 피로 얼룩진 갑옷을 한 나달은 웃고 있었다.

"이것이 우리 고구려 사람들의 본모습이다. 돌을 쪼개고, 짐을 나르는 것은 우리 고구려 사람이 할 일이 아니다. 나는 더 이상 비굴하게 살지 않을 것이다. 싸우다 죽는다."

그는 부하들을 향해 소리쳐 말했다. 그것은 절규였다. 다시는 종노릇하지 않겠다는 절규였다.

"고마웠소. 나에게 칼이 주어지고 나를 억압한 세력과 싸울 수 있다는 것만으로도 너무 행복하오."

나달은 대조영에게도 감사의 말을 잊지 않았다. 패배의 기운이 넘쳐 있던 성 안에 다시 활기가 돌기 시작했다. 비록 작은 전투였지만 성 안의 사람들에게 이길 수 있다는 자신감을 심어주었다. 다음날도, 그 다음날도 나달과 대조영의 전투는 계속되었다. 정해진 시간이 없었다. 어떤 때는 한밤중에, 또 어떤 때는 한 낮에, 한 번은 적의 외곽을 치고, 한 번은 적의 식량창고를 치는 등 이들의 공격은 매우 다양하고 시기를 타지 않아 당나라군은 점점 피로해지기 시작했다. 제 때 잠을 이룰 수 없었던 것이다.

화가 난 이근행은 드디어 농성을 풀고 성에 대한 공격 명령을 내렸다. 충차와 운제와 같은 공성무기가 다 동원되었다. 굉음을 울리며 다가온 충차는 강하게 요동성을 때렸고, 충차 위에서는 성 안을 향해 화살을 날렸다. 요동성에서는 모든 사람들을 다 동원 하였다. 남녀노소가 없었다. 햇살도 머리를 질끈 동여 매고 들메끈을 조인 후 대조영을 따라나섰다.

"오라버니 나 좀 잘 가르쳐 주셔. 나 활 쏘는 법도 가르쳐 주고, 칼 쓰는 법도 가르쳐 주셔."

햇살은 대조영에 바싹 붙어 성첩 위로 올라왔다.

"간단해. 쏘라는 명령이 떨어지면 머리를 처박고 손은 성첩 위로 올리고 무조건 화살을 당겨. 놈들의 쪽수가 많아 아무렇게나 쏴도 한 번에 한 놈씩은 죽일 수 있어."

대조영은 그녀의 불안감을 씻어주기 위해서 가볍게 농담을 던졌다. 제대로 먹지도 못한 채 생사가 갈리고, 살이 찢겨지고, 팔다리가 잘리는 전쟁터에 그녀가 서 있다는 것이 안쓰러웠다. 그러나 이렇게라도 하지 않으면 아무도 망국민을 지켜주지 않는다는 것을 알고 있었기에 그는 감상에 빠지지 않기로 했다. 대신 차근차근 활 쏘는 법을 가르쳤다.

달맞이도 적극적이었다. 치마를 벗고 바지를 입은 채 부지런히 성첩으로 화살을 날랐다. 돌보는 사람이 없었지만 혼자서 잘도 버텨 냈다. 대조영은 가끔씩 그녀의 모습을 멀찍이서 바라보았다. 그녀에게 고구려는 어떤 존재일까도 생각해 보았다. 그녀의 행복을 송두리째 앗아간 고구려. 싸울 명분이, 의욕이 과연 그녀에게 남아 있을까? 원망의 대상이어야 할 고구려일까? 아니면 되찾아야 할 고국일까?

당나라군이 수적 우위에 있었지만 요동성은 워낙 견고한 성이라 쉽게 공략하지 못했다. 요동성은 치와 옹성이 발달한 성이라 성문 근처에 어렵게 접근했어도 사방에서 날아드는 고구려군의 화살을 피할 수가 없었다. 더구나 성문 근처에 뿌려놓은 마름쇠는 기병은 물론 보병의 접근도 쉽게 용납하지 않았다.

치열한 공방전이 며칠째 이어졌다. 이근행은 내심 시간이 흐를수록 유리한 것은 자신이라는 생각을 갖고 있었기에 적극적으로 싸움에 임하지 않았다. 이쪽의 숫자를 절반으로까지 희생을 하면 성을 함락할 자신이 있었지만 적의 식량이 다 떨어져 가기 때문에 굳이 그렇게 할 필요가 없었다. 이 날도 싸울 준비를 하고 있었다. 막 공격을 개시하려 할 때였다. 신성쪽 방향에서 누런 구름을 만들며 수천의 군사들이 달려오고 있었다. 순간적으로 이근행은 긴장했다.

"누군가? 저들은."

"거란 기병대 같습니다."

"거란족! 아군인가 적군인가?"

"잘 모르겠습니다. 아무래도 적인 것 같습니다."

얼마 전 전투에서 사로잡은 걸사비우가 이끄는 말갈족은 영주성으로 이송했다. 따라서 이 근처에서는 요동성을 후원할 군사는 없었다. 그러나 거란족이 나타났다면 이는 큰일이었다. 거란족은 이 지역을 근거로 살아가는 부족이기 때문에 지형지물을 이용하여 수시로 아군의 외곽을 공격할 수 있었다.

"어떤 놈들인지 빨리 알아봐!"

이근행은 신경질적인 반응을 보였다.

같은 시간 요동성 망루 위에서는 보장왕과 쑹마이, 그리고 고연이 다 자란 수수밭 사이를 가르며 나타난 일단의 군사들을 보고 있었다. 입은 옷과 모양새, 행동거지까지 모든 것을 확인한 순간 고연이 입에서 환호성이 올랐다.

"리하이구다! 원병이 왔다."

가뭄에 타들어 가는 논을 보며 올 해 농사는 끝났다는 심정으로 체념하였을 때 시원한 단비를 맞이한 사람의 심정이었다. 원병이 도착했다는 소식이 성 안에 급속히 번졌다.

"저게 뭐지?"

리하이구에 대해 불신을 갖고 있던 쑹마이가 갑자기 그들이 들고 있는 기치를 가리키며 물었다.

"펴~엉 로 저~얼 도 사, 평로절도사."

고연은 어렵게 기치의 내용을 읽었다. 평로절도사라면 영주성을 포함하여 요서지방을 다스리는 최고 관리였다.

'이게 어떻게 된 것인가?'

고연은 혼란에 빠졌다.

'리하이구가 배반한 것일까?'

온갖 불순한 마음이 다 들었다.

"평로절도사가 뭡니까?"

고연의 굳어지는 표정을 바라보던 대조영이 기치의 내용을 읽고는 불안하게 물었다.

"……."

고연은 말이 없었다.

"자넨 누군가?"

"소인은 평로절도사 설인귀의 명을 받아 이 도독을 도우러 온 거란인 리하이구입니다."

"잘 왔네. 잘 왔어."

이근행은 한때는 자신의 전우였고 상관이었던 설인귀가 군대를 보내 준 것에 매우 고마움을 표했다.

"고마워만 하실 일이 아닙니다. 황제의 칙서를 가지고 왔습니다."

"뭐라고 칙서!"

이근행은 그 자리에서 무릎을 꿇었다. 그리고는 황제의 칙서 내용을 읽었다.

'신속히 반란을 진압하여 안동도호 보장을 장안성으로 이송하고 반란의 책임자는 참수할 것이며, 반란에 가담했던 자들은 영주성으로 이송하여 요서 지역에 분산 이주시키라. 그리고 안동도호부는 신성으로 이동하고 신임 안동도호에는 이근행을 임명한다. 이근행은 요동지역에서 일어나는 고구려 부흥운동을 철저히 감시하라.'

"망극하옵니다."

이근행은 장안성을 향해 큰 절을 올렸다. 지난번 장안성 여행이 곧바로 효험을 나타내는 것 같았다. 요동성을 빠져 나가 원군을 청하러 갔던 리하이구는 영주성 근처에서 설인귀가 이끄는 평로절도군의 기습을 받아 포로가 되었다. 설인귀는 이미 노쇠하여 전투를 벌일 만큼은 안 되었지만 전쟁을 읽는 눈만큼은 여전히 살아 있었다. 그는 이근행이 요동성을 공격하는 사이 혹시 거란족이 반란을 일으키지 않을까 염려하여 평로절도군을 이끌고 대릉하쪽으로 진출하여 거란족을 경계하고 있던 터였다. 리하이구의 명성을 듣고 있던 설인귀는 그를 설득했다. 망한 고구려의 장수가 되려 하지 말고 당나라군의 장수가 되라고. 앞으로 거란족 전체의 가한으로 삼겠다는 말도 함께 했다. 한 달 만에 그는 설인귀에 설득 당했다. 그리고 평로절도군의 장수가 되어 어제까지의 동료를 공격하기 위해 출정했다. 마음속에서 어쩌면 이루어지지 않을 것 같은 사랑이 이루어질지 모른다는 기대감과 함께.

리하이구가 배반했다는 소식은 힘겹게 피웠던 불꽃이 소나기에 꺼져버린 꼴이었다. 전의를 완전히 상실했다. 리하이구가 데려온 군사는 이만이 넘었다. 지금까지 상대한 이근행의 육만 대군과 싸우기도 힘겨웠는데 식량이 다 떨어진 상태에서 또 다시 이만의 적을 맞이한다는 것은 절망이었다. 결단을 내려야 했다. 고연은 보장왕을 개인적으로 만났다.

"더 이상 싸우는 것은 무리인 것 같습니다."

"이렇게 고구려가 무너져야 한단 말인가……."

이미 전세를 파악하고 있는 보장왕은 회한에 싸인 채 움직일 줄 몰랐다.

"제가 한 번 협상을 해 보겠습니다."

"협상?"

"여기 있는 백성들은 살려야지요. 저들을 살려야 고구려의 씨앗이 언젠가 이 동토와 같은 땅을 뚫고 자라날 것입니다."

"……."

보장왕은 굳게 입을 다물었다. 협상이 무엇을 말하는지 알고 있었다. 두 번째 항복이다. 항복이 어떤 의미인지 장안성에서 겪어 보았다. 그는 답할 수밖에 없었다.

"어떤 일이 있어도 대왕 폐하께서는 살아 남으셔야 합니다. 그래야만 고구려의 부흥이 가능할 것입니다. 대왕 폐하는 천손이십니다. 주몽대왕 이

후 하늘이 낸 사람입니다. 아무나 고구려의 왕이 될 수 있다면 고구려는 벌써 오래 전에 없어졌습니다. 천손이 다스리는 나라였기에 지금까지 버틴 것입니다."

고연은 보장왕의 마음을 헤아리고 있었다.

"고구려 왕으로서 두 번의 수모를 당하기는 싫어."

"그래도 버티셔야 합니다. 대왕 폐하께서 살아계셔야만 고구려를 떠올리고 고구려를 다시 일으켜야 한다는 소망을 갖게 됩니다."

"……."

"아무튼 제가 협상을 잘 이끌겠습니다."

고연은 굳은 마음으로 성첩에 올랐다. 적진을 살펴보면서 동시에 자신의 마음을 정리하기 위해서였다.

그때였다. 일단의 무리가 성을 빠져나가는 모습이 보였다. 선두에는 붉은 갑옷으로 무장한 대조영이었다. 그는 화극을 휘두르며 적진으로 돌격해 들어갔다. 그의 뒤로는 거의 매일이다시피 적진을 해 집고 들어오는 염주성의 군사들과 나달이 이끄는 고구려 군이 따랐다. 고연의 얼굴에 미소가 떠올랐다.

'저들이 있다면 안심하고……'

대조영은 '평로절도사'라는 글귀가 뚜렷이 새겨진 기치 아래로 군사를 몰았다. 이번에는 기습이 아니었다. 그냥 적의 정면을 짓쳐 들어갔다. 마치 죽기를 각오한 사람들처럼.

"배반자 리하이구는 나서라."

대조영은 닥치는 대로 화극을 휘둘렀다. 순식간에 수 명의 거란군의 목이 달아났다.

"애송이 같은 놈이 여기가 어디라고 감히"

리하이구가 나섰다. 그의 무술을 한 번도 본적이 없다. 매같이 날카로운 눈매가 사람을 제압하는 힘이 있었지만 그의 실상은 보지 못했다. 대조영은 리하이구의 모습이 보이자 곧바로 화극을 휘둘렀다. 인정사정보지 않고 온 힘을 실어 놈의 머리통을 내리쳤다. 이 정도의 힘이면 웬만한 사람은 칼로 막더라도 그 힘에 의해 머리가 박살나야 한다.

'챙!'

묵직한 힘으로 화극을 받아냈다. 전해지는 힘이 만만치 않음을 느꼈다.

"제법이군!"

리하이구는 가볍게 웃음을 보인 후 칼을 휘두르기 시작했다. 검세가 만만치 않았다. 대조영은 어린 시절부터 염주성 성주가 익혀야 할 무술을 다 익혔다. 순나부 최고의 명문집안인 그의 집안에서는 조상 대대로 내려오는 무술과 함께 병법서가 있었다. 이를 익히며 자란 대조영의 무술실력은 어디에 내 놓아도 지지 않을 높은 경지였다. 리하이구의 검술도 만만치 않았다. 유목민족인 거란족의 커다란 칼을 휘두르는 그의 검술은 빠르고 정확했다. 눈이 빠른 대조영이었기에 그의 검술을 당해 낼 정도였다.

두 사람은 서로의 무술에 감탄하며 접전을 벌였다. 대조영과 함께 적진에 돌진했던 나달을 비롯한 수많은 고구려 부흥군은 순간적으로 이곳이 적진임을 망각한 채 두 사람의 용호상박의 승부를 구경했다. 이들 뿐만 아니었다. 당나라 진영의 이근행도, 요동성의 고연과 쑹마이도 다 이들의 싸움을 넋을 놓고 바라보고 있었다.

쑹마이는 내심 감탄을 금할 수 없었다. 리하이구라는 이름을 거란 땅에서 모르는 사람이 없었다. 그의 힘과 무예를 당할 자는 거란 땅에 없었다. 이런 이유로 비록 코르친부가 세력이 미약하긴 했지만 아무도 무시하지 못했다. 그도 리하이구의 눈치를 봐야 했다. 이런 그를 상대로 젊은 아니 어린 대조영이라는 고려의 무사가 접전을 벌이는 것은 대단한 일이었다.

오기가 생겼다. 아니 승부를 보고 싶었다. 호적수를 만난 것이 대조영의 승부욕을 자극한 것이다. 흐르는 땀 사이로 그의 호랑이 같은 눈빛은 더욱 빛이 났다. 그의 입가에는 꼭 상대를 제압하고 말겠다는 잔인한 미소가 흘렀다. 리하이구는 매같이 날카로운 눈으로 대조영을 쪼아보며 빈틈을 노리고 칼을 휘둘렀다. 힘으로 싸우는 듯했지만 자세히 보면 아니었다. 정해진 춤사위를 추듯 들고 나고 들이쉬고 내뿜으며 몇 시진을 싸웠다.

'둥~ 둥~ 둥~'

칼과 칼이 부딪히는 금속성만이 가득할 뿐 풀벌레마저 크게 숨 쉬지 않던 넓디넓은 요동 벌판에 갑자기 북이 울렸다. 고연이 싸움을 말린 것이다. 북소리에 두 사람은 싸움을 멈췄다. 상대에 대한 적의와 함께 경의의 눈빛이었다.

"내일은 승부를 보자!"

아쉬움을 뒤로한 채 대조영은 성 안으로 군사를 물렸다. 당나라 진영에서는 진정한 전사의 참 모습을 보여준 상대에 대한 배려 때문인지 성으로 돌아가는 군사들을 공격하지 않았다. 아니 차마 공격할 엄두를 내지 못하였다.

"왜 불렀습니까? 저런 배반자는 지금 죽여야지 나중으로 미루면 그동안 얼마나 많은 우리 고구려 유민들이 희생을 당할지 모릅니다."

대조영은 한 바가지의 물을 벌컥 들이킨 후 불만이 가득한 눈빛으로 물었다.

"저 놈을 죽인다고 우리가 이기는 것이 아니야."

"놈을 죽이면 우리의 사기가 높아집니다. 사기가 높으면 몇 십 배의 적과도 싸울 수 있습니다."

"사기만 먹고 싸울 수는 없어! 당장 자네와 함께 싸우고 온 지치고 배고픈 전사들을 먹일 양식이 이제 우리에겐 없네."

고연은 냉정했다. 대조영도 마찬가지였다. 그는 어제 한 끼 식사를 한 이후에 지금까지 아무 것도 먹질 못하였다. 하루 한 끼로 버틴 지가 벌써 몇 일째인지 몰랐다.

"이제는 결단을 내려야 해. 저녁 때 나달과 함께 만나세."

대조영도 지금의 상황을 알고 있었다. 이 싸움의 결과가 어떻게 날지 궁금했다. 중요한 것은 자신의 거취였다. 과연 이 상황에서 어떻게 해야 할지 몰랐다. 적에게 항복할 수는 없었다. 염주성 군사들만 데리고 이 성을 빠져나갈 자신은 얼마든지 있었다. 그러나 자신이 도망가면 남아 있는 사람들은 어떻게 될 것인가를 생각해 보았다. 햇살이가 제일 걱정되었다. 그리고 진정한 고구려 무사인 나달과 그의 부하들, 무엇보다도 고연의 장래를 장담할 수 없었다. 그렇다고 이렇게 죽을 수도 없었다. 죽기에는 아직할 일이 너무 많았다. 미발계를 만나 자신의 고민을 이야기했다.

"냉정해야 합니다. 제일 중요한 것은 몸이 사는 것입니다. 제가 아버지에게 배운 것이 있습니다. 사소한 일에 목숨을 걸어서는 안 된다. 주인의 죽음을 막을 수 있는 그 자리에 목숨을 걸어야 한다고 배웠습니다. 공자님은 이곳이 죽을 자리가 아닙니다. 어떻게 해서든 이곳을 빠져 나가야 합니다."

가을 햇살이 제법 따사롭게 느껴지는 오후 고연은 흰 깃발을 높이 든 채당나라 진영으로 걸어갔다. 이근행이 그를 맞았다.

"협상하러 왔소."

고연은 당당하게 말했다.

"처결은 우리가 한다."

"협상이 되지 않으면 모두 다 죽을 각오로 싸울 것이다. 우리 대왕께서 당나라군과 싸우다 전사하셨다는 소문이 당나라 전역에 퍼지게 되면 곳곳에 있는 우리 고구려 유민들이 가만있지 않을 것이다. 그렇게 되면 이곳 요동뿐 아니라 당나라 전역에서 고구려의 부흥을 위한 반란이 일어날 것이다."

고구려 사람들이 두려워 당나라 사람들은 항복한 고구려 유민을 고구려 땅에 내버려 두지 않고 곳곳에 이주시켰다. 그들이 반란을 일으킨다면 걷잡을 수 없는 상황으로 발전할 수 있었다. 이근행이나 당나라 조정은 그것을 가장 두려워했다.

"원하는 것이 무엇인지 말해 봐라."

"모든 책임은 내가 진다. 우리 대왕님을 비롯한 성 안의 모든 사람들의 목숨을 보장하라."

"네가 어떻게 책임지겠다는 것인가?"

"내 목숨을 내 놓겠다."

이근행은 고연이 고구려 사람이 아니었으면, 자신의 참모로 남아 있었으면 참 좋겠다는 생각을 했다. 그렇게 되면 자신의 삶은 날개를 다는 격이 될 수 있었다. 그가 비록 자신을 속이고 궁지로 몰아넣었지만 그것은 자기 나라를 위한 행동이었다. 또한 자신도 결론적으로는 잘 되었다. 이런 그가 자신의 목숨을 담보로 부하들의 목숨을 구명하는 것이다.

"당신은 안 된다. 당신은 살아남아서 나의 사람이 되어야 한다. 책임은 쑹마이가 진다."

"그것은 안 될 말이다. 고구려 사람들이 끌려간 뒤 이 지역은 이제 거란족들의 땅이 되었다. 요서 지역은 물론 요동 지역에 거란족이 살고 있는데 쑹마이를 죽인다면 이 지역 사람들이 가만있지 않을 것이다. 그러니 그를 죽일 생각은 하지마라."

"누군가는 책임을 져야만 한다."

"책임은 내가 진다. 나는 고구려 사람이다. 고구려의 부흥을 위해 내 삶을 다 바쳤다. 더 이상 굴욕적인 삶은 살고 싶지 않다."

고연은 의연한 모습을 보였다. 이근행은 이런 그의 모습이 더욱 마음에 들었지만 그의 결심이 어떠한지를 알았기에 묵묵히 듣고만 있었다.

"나는 당태종을 알고 있다. 그 분이 얼마나 위대한 무사인지를. 당신은 그분의 장수다. 그분의 명예를 걸고 묻겠다. 성 안의 사람을 어떻게 할 것인가?"

"당신 정도의 사람이 책임을 지겠다면 살려주겠다."

"노예로 넘길 것인가?"

"그것은 장담할 수 없다."

"그렇다면 우리는 끝까지 싸운다."

고연은 자리에서 일어섰다.

고구려인들이 끝까지 싸우겠다면 그 결과는 묻지 않아도 알 수 있었다. 얼마나 많은 군사들이 피해를 입을 지는 뻔한 일이었다. 지금 이근행에게 필요한 것은 사람이었다. 자신을 보필해 줄 사람……

"당신 말대로 하겠다."

이근행은 고연의 등 뒤에 대고 약간은 다급한 목소리로 말했다.

"당신 말대로 성 안의 사람들을 노예로 넘기지 않겠다."

"잘 결심하셨소. 그것이 앞으로의 반란을 막을 수 있는 가장 좋은 방법이오. 또 한 가지 부탁이 있소."

"말 해보시오."

"내 부하들 중 쓸 만한 사람들이 많소. 그자들을 당신이 거두어 주시오."

"당신 정도의 사람이라면 얼마든지……"

"나달이라는 장수요. 매일 당신들을 괴롭혔던……. 잘 구슬리면 큰 도움이 될 것이오."

이근행은 매일 아군 진영으로 공격해 들어오던 두 장수를 기억해냈다. 그들이라면, 그들이 자신의 부하가 돼 주기만 한다면 더 바랄 것이 없었다. 문제는 그들이 과연 자신에게 충성하겠느냐는 점이었다. 그는 고연을 향해 조심스럽게 고개를 끄덕였다.

"고맙소. 내일 아침 성문을 열고 백성들을 내 보내겠소. 그 다음에 성 안으로 들어오시오."

고연은 유유히 당나라 진영을 빠져 나갔다.

그날 밤 고연은 쑹마이를 불러 낮에 있었던 일을 말하며 당나라군과 약속이 다 되어 있으니 내일 날이 밝으면 성을 빠져나가라 말했다. 쑹마이는 묵묵히 듣고만 있었다. 그도 이제는 무슨 결정을 내려야 할 때라고 생각하고 있던 중이었다. 괜한 욕심으로 이 싸움에 끼어들었다가 목숨까지 잃을 지경이 되었다며 지난 행동에 대해 후회하고 있던 중이었다.

나달과 대조영도 만났다. 내일 항복한다는 말과 함께 낮에 있었던 말을 전해들은 나달은 절대 당나라에 굴복하지 않겠노라며, 다시는 굴욕적인 삶을 살지 않겠노라며 자신은 싸우다 죽겠노라 했다.

"자네 나이가 올해 몇인가?"

"서른다섯입니다."

"아직 인생을 단정할 나이가 아닐세. 좀 더 수모와 수치를 당해도 되는 나일세. 나는 자네를 이근행에게 추천했네."

"예! 저더러 당나라군이 되라는 것입니까? 왜 이러 십니까? 전 못합니다."

"자네 나를 처음 만났을 때 나를 매국노라며, 배신자라며 돌을 던졌지?"

"……"

"이 정도의 싸움판을 만든 것은 당나라의 신하가 된 나였지, 끝까지 굴복하지 않은 자네가 아니었네. 호랑이를 잡으려면 호랑이 굴로 들어가야 해. 호랑이 굴로 가지 않고는 절대 호랑이를 만날 수 없는 것일세. 내 말 뜻 알겠는가?"

나달은 대답대신 고개만 숙였다. 이제는 그의 말이 무엇을 의미하는지 알고 있었다.

"이근행의 부하가 되어 기회를 노리게. 뜻이 있으면 반드시 길이 생길 것이네. 죽을 각오를 했다면 못할 일이 없어."

"하지만 전 못합니다."

"이게 내 마지막……."

고연은 끝내 말을 잇지 못했다. 대신 격한 감정을 이기지 못하여 한 움큼의 눈물이 떨어졌다. 그 순간 나달은 고연의 말이 무엇을 의미하는지 깨달았다.

"함께 싸우다 죽읍시다. 내가 살고 대형 어르신을 죽일 수는 없습니다."

"자네는 아직 죽을 때가 아니야. 살아야 돼! 나는 이제 더 살아도 의미 없는 삶을 살 뿐이야. 하지만 자네는 달라!"

고연은 나무라듯 말하고는 한동안 말을 잇지 않았다.

"그리고 자네!"

이번에는 대조영을 보고 말했다.

"자네는 조해가 있는 영주성 쪽으로 가게. 그곳에서 때를 기다렸다가 궐기하게. 나중에 요동과 요서에서 두 사람이 만난다면 또 다시 고구려 부흥의 기회가 올 것이네."

"예?"

"그리고 또 하나 내 딸과 아내를 자네에게 맡기겠네."

"예! 그, 그게 무슨 말씀이십니까?"

대조영은 두 사람의 대화를 들으면서 지금이 어떤 상황인지를 알고 있었다. 고연, 이분이야 말로 진정한 고구려의 무사이며 동시에 지략가임을 새삼 느꼈다. 그런 그가 지금 죽음을 결심하고 자신에게 마지막 말을 남긴다는 것을 알고 있었다.

"약속하게."

"약속하겠습니다."

"고맙네. 이제 이 일을 대신할 자는 자네일세. 자네가 있기 때문에 내가 자신 있게 이 일을 추진하는 것이네. 여기 있는 나달과 힘을 합쳐 나를 대신해서 꼭 고구려를 부활시켜 주게."

"명심하겠습니다."

"두 사람은 나중에 힘을 합쳐야 해. 한 사람은 영주도독부에서 한 사람은 안동도호부에서 일어나 반드시 고구려를 부활시켜야 하네."

"명심하겠습니다."

둘 다 동시에 대답했다.

"고맙네. 나도 저승에서 돕겠네."

"저승이라뇨?"

"이 싸움은 내가 책임져야 할 싸움이네."

"……."

무거운 침묵이 흘렀다. 지금이 어떤 상황인지 말은 하지 않았지만 다들 알고 있었다. 그래서 아무도 쉽게 말을 꺼내지 못했다.

"자네, 달맞이도 잘 돌봐주게."

"예! 달맞이……."

무거운 침묵이 싫었는지 고연이 웃으면서 가볍게 말을 건넸다.

"도대체 두 사람은 어떤 사이입니까?"

대조영도 애써 무거운 분위기를 잊기 위해 가볍게 질문했다.

"나와 달맞이는 아무런 관계도 아니네. 다만 고구려의 사내들이 못나서 짓밟히고 찢긴 불쌍한 고구려의 여인이야. 고구려 여인의 상징이지. 그 아이가 뭐라 그래도 고구려의 사내로서 지켜 주고 싶네. 고구려의 사내가 다 못난 것이 아니라는 것을 보여 주고 싶었네. 더 이상 그녀가 상처받지 않고 좋은 배필 만나서 살 수 있도록 도와주게."

자세히는 모르지만 고연의 마음을 대충은 이해할 수 있을 것 같았다.

"자네들이 꼭 고구려를 다시 부활시켜 주게. 이것이 내 마지막 말일세. 다만 서두르지 말게. 자라나는 벼를 기다리지 못하고 인위적으로 모를 뽑는다고 쌀이 열리는 것은 아니네. 때가 무르익을 때까지, 이길 수 있을 때까지 참고 기다려야 할 것이네. 나는 십 년을 기다렸어. 그 정도면 충분한 줄 알았어. 더 기다려야 해. 이길 수 있을 때까지."

"명심하겠습니다."

"수모를 견뎌내야 해. 수모를 이기지 못하면 이룰 수 있는 것이 아무것도 없어."

"……."

다음날 요동성 성문이 열렸다. 성문이 열리기 무섭게 쑹마이는 자신의 부하들을 이끌고 성을 빠져나갔다. 비록 지금은 목숨을 부지하여 성을 빠져나가지만 그들의 앞길이 순탄하지만은 않을 것이라는 것은 보지 않아도 알 수 있는 일이었다. 거란족이 빠져나간 뒤에 당나라군은 성 안으로 들어왔다. 염주성의 군사들과 나달의 군사는 무장해제 되었다. 동시에 무수히 많은 발길질이 이어졌다.

보장왕은 수레에 태워졌다. 고연은 전신을 포박 당하였다. 햇살이가 아버지를 애타게 불렀지만 창대를 맞고 쓰러지고 말았다. 대조영은 뛰어가 그녀를 부축했다. 그의 몸 위에도 발길질이 이어졌지만 그는 개의치 않고 그녀를 꼭 껴안았다.

황혼이 벌판을 붉게 물들일 무렵 요동 성문에는 몸통 없는 목이 피를 대지에 떨어뜨리며 매달려 있었고, 벌판에는 손이 묶인 수많은 지친 그림자들이 끝없이 길게 길게 이어졌다.

책성(훈춘)의 팔련성의 토성 성곽 흔적.
근처에 온특혁부성이라 이름하여 중국인들이 관리하고 있는 곳이 있으나 내부관람은 금지되어 있다.

2부 대조영

1. 영주성

"아버지, 다녀오셨어요."

무예는 고단함에 지쳐 집에 들어온 아버지를 맞이했다.

"얼굴이 왜 그래?"

"싸웠어요."

아내가 무예를 대신해서 말했다. 오랜 포수(捕囚) 생활에 지친 아내 햇살은 뽀얗던 얼굴이 새까맣게 바뀌었다. 곱던 손도 마디마디가 굵고 거칠었다.

"왜?"

"애들이 고려 놈이라고 놀리잖아요."

"무예야! 참아야 한다. 아직은 참아야 한다."

"저는 고려에 대해서 잘 모르지만 고려를 욕하면 참질 못하겠어요."

"언제까지나 이렇게 살진 않을 것이다. 때가 이를 때까지는 참아야 한다. 무예 수련에 게을리 하지 말고 엄마한테 한자 배우는 것도 멈추어서는 안 된다. 기다리던 때가 왔는데 아무것도 준비가 되어 있지 않다면 그것처럼 한심한 인간이 없다."

"아버지, 우리 할아버지가 있는 곳으로 가요."

"왜 갑자기 할아버지냐?"

"할아버지가 보고 싶어요. 아버지 고향도 보고 싶고."

"조금만 기다려라. 할아버지가 있는 곳으로 데려 갈테니……. 할아버지도 너를 무척 보고 싶어 하실 것이다."

대조영은 아들 대무예의 머리를 쓰다듬으며 아들을 위로했다.

"아이들한테 이룰 수 없는 약속은 하지 마세요."

햇살이었다. 그녀의 말 속에는 가시가 박혀 있었다.

"왜 이룰 수 없는 약속이오?"

대조영은 방으로 들어가다 말고 아내를 보며 말했다. 점점 생활이 더 힘들어지면서 아내는 결혼 초기와는 달리 남편의 무능함을 탓하는 듯했다.

"이룰 수 없는 약속이 아니면, 무슨 수라도 있단 말이에요?"

"당연한 말이지만 아직 때가 아니오."

"세상 사람들이 다 조회와 그의 첩 고씨의 학정을 욕하고 우리 같은 포수들은 일 년 내내 힘들게 일해도 수확물은 다 뺏기고 마는데도 때가 되지 않았다면 도대체 언제가 때란 말이에요?"

이제는 익숙해진 고구려말로 햇살은 따지듯 말했다.

"천시(天時)와 지리(地理)와 인화(人和), 이 셋이 다 갖춰지기 전에 일을 실행하면 실패하기 마련이오. 내가 바라보는 세상은 당신과 다르오. 극한의 추위가 지속되면 봄이 가까이 온 것을 알듯이 학정의 끝은 해방이오. 다만 해방의 때에 주체가 되지 못하면 또 다시 노예의 삶을 살아야하는 것이오."

대조영은 속에 있는 말을 마침내 내뱉고 말았다.

"그 소리 벌써 몇 번째인지 아세요? 씻고 들어가 밥이나 드십시오."

아내는 대조영의 말을 무시했다. 이런 일이 한두 번이 아닌 듯 대조영은 무심히 아내를 한 번 쳐다볼 뿐 아무 말도 하지 않고 방안으로 들어갔다.

영주 땅에 들어와 포로 생활을 한 지 십 년이 훌쩍 지났다. 무장해제를 당한 대조영은 염주성의 군사들과 함께 이곳 요서 땅으로 끌려왔다. 당나라는 이 넓은 땅 곳곳에 고려촌을 만들어 이곳에 정착하게 했다. 물론 감시의 눈길은 삼엄하였다. 다만 고구려가 망한 뒤 십 년이 지나도록 끊임없이 이어지는 고구려 부흥운동에 진력이 난 당나라는 고려인 포로들을 노예처럼 막 대하지는 않았다. 초기의 강압정책 대신 유화정책을 취하여 화하족 사이에 살게 하면서 당나라 사람으로 동화될 수 있도록 애썼다. 잘못 건드렸다가 진압하려면 많은 힘과 노력, 그리고 비용이 필요했기 때문이었다. 그럼에도 감시와 감독은 철저하여 이들 중 조금이라도 반란의 싹이 보이면 책임자는 곧바로 참수해 버렸다.

나달은 이근행 휘하의 안동도호부 군사로 편입되었다. 들리는 소문에 의하면 그는 이근행의 신임을 받아 안동도호부의 실력자로 알려져 있었다. 걸사비우도 이곳 영주성 근처의 고려촌에 정착하여 지내고 있었다. 이곳은 그들의 고향인 순나부 땅과 환경이 비슷하여 예맥족인 염주성 사람보다 쉽게 뿌리를 내리고 살았다. 인근의 거란족 마을들과는 충돌이 잦았지만 시간이 지나면서 이도 큰 문제가 되지 않았다.

십여 년의 시간이 흐르고 포수 생활을 하던 고구려 사람들이 새로운 환경에 적응하면서 더 이상 반란의 낌새가 보이지 않자 영주도독은 이전처럼 이들을 철저히 감시하지 않았다. 인근의 거란족처럼 자신의 속민으로만 생각했다. 어느 정도의 자유도 주어졌고 멀리는 아니더라도 가까운 곳은 마음대로 다닐 수도 있게 되었다. 물론 영주도독에 소속된 속민 신분이었기에 노동력이 필요할 때는 이들을 데려다 노역을 시키기도 하고 또 심할 경우는 여자도 뺏어갔다. 땅을 경작하고 목축을 하였지만 소산물의 대부분은 도독부에 바쳐야만 했다.

대조영은 모두는 아니었지만 염주성 사람들과 함께 부락을 이루며 살았다. 그렇다고 특별대우를 받는 것은 아니었다. 다른 고려인들처럼 힘든 노역에 종사해야 했다. 햇살과는 결혼식을 올리진 않았지만 함께 살았다. 고연의 유언도 있었지만 서로 의지하지 않고는 도저히 낯선 곳에서 살 수가 없기 때문이었다. 언제 영주성 사람들이 나타나 데려갈지 알 수 없는 일이었기에 처음부터 부부행세를 하며 지내다 정말 부부가 된 것이다.

그녀가 있어 힘든 포수 생활을 견딜 수 있었다. 늘 마음속에 그리던 햇살과 함께 살게 된 대조영은 몸은 힘들었지만 그녀와의 운우지락에 빠져 행복한 시간을 보냈다. 아이가 태어나면서 두 사람은 더욱 공고해졌다. 하지만 현실의 삶에 쫓긴 대조영의 삶 속에서 고구려는 사라진 듯했다. 그의 말이나 행동에서 고구려를 떠올려지지 않았다. 아버지의 비참한 죽음을 목도한 햇살이 대조영의 이 점이 불만이었지만 그는 어쩐 일인지 애써 그녀의 바람을 외면했다.

"모든 것은 때가 있는 법이오. 아직 때가 이르지 않았소."

늘상 이런 식이었다. 이런 그의 태도가 그녀를 화나게 만들었는지 시간이 지나면서 대조영에 대한 햇살의 태도는 점점 싸늘해졌다.

염주성 사람들도 마찬가지다. 영주도독부에서는 고구려 유민들에게 당나라 선비, 돌궐, 거란계통의 여자들과 결혼시켰다. 이들을 빨리 당나라 사람으로 동화시키려는 의도였다. 이로 인해 이들의 마음속에도 고구려가 잊혀져가는 듯했다.

이들이 현실 속에 정착할수록 영주도독부의 횡포는 심해졌다. 정착하여 정붙일 만하면 다른 곳으로 이주시켜 고향 생각할 틈도, 고구려를 생각할 틈도 주지 않았다. 농사를 지어 수확을 하면 소산물의 대부분을 세금으로 많은 것을 뺏어갔다. 여유 있는 삶을 허락하지 않은 것이다. 마을에는 당나라 군인들이 감시인을 겸하여 고구려 유민과 뒤섞여 살았는데 이들이 마을의 주인 노릇을 했다. 어른들은 그래도 참았지만 아이들이 놀림당하고 구박받으면서 자라는 것은 참을 수 없는 고통이었다.

대조영과 햇살 사이에는 대무예와 대문에 두 명의 사내아이가 있었다. 이들은 자라나면서 자신의 정체성에 대해 묻기 시작했다. 이럴 때마다 햇살은 속상해 하며 대조영을 바라보았다. 대조영은 아이들을 가르쳐야겠다는 생각에 시간을 내어 무예를 가르쳤다. 아내도 아이들에게 한자를 가르쳤다. 그 외에는 달리 할 일이 없었다.

"이걸로 영주성에 나가서 아이들이 읽을 책을 좀 바꿔오세요."

어느 날 아내는 조금씩 모아두었던 밀 한 말을 내밀며 말했다. 틈틈이 무예는 가르쳤지만 아이들에게 글을 가르치고 책을 읽혀야만 한다는 것을 느끼고 있던 대조영은 아내의 말이 너무 고마웠다. 삶이 너무나 빡빡하여 여유가 생기지 않아 책 한 권 사주지 못했는데 아내가 먼저 행동에 옮긴 것이다. 자신은 언젠가는 염주성으로 돌아가 성주가 되어야 한다. 물론 지금은 자신의 마음속에 있는 대의를 위해 이곳에서 숨죽이며 살고 있지만 그것은 거부할 수 없는 운명이었다. 자신의 아이들도 마찬가지다. 자신의 할아버지가 아버지에게 그랬듯이 자신도 아들에게 염주성을 물려주어야 한다. 그러기 위해서는 가르쳐야 한다. 이것이 지금 그가 할 수 있는 일이었다.

대조영은 책과 종이를 구하기 위해 영주성 나들이에 나섰다. 처음 이곳으로 왔을 때는 마을 밖을 마음대로 벗어날 수 없었지만 이곳에 끌려 온지 십여 년이 지난 지금은 가까운 영주성 나들이 정도는 허락되었다.

영주성은 이전부터 중원과 고구려를 잇는 교역의 중심지였다. 북쪽의 돌궐도 이곳에 와서 필요한 물건을 사 갔으며, 고구려는 이곳을 거쳐 산서

성과 섬서성을 지나 실크로드 저쪽의 고창국과 사마르칸드까지 무역로를 넓혔었다. 따라서 이곳은 천하의 모든 물건들이 다 모이는, 없는 것이 없는 풍요로운 성이었다.

영주성은 화려했다. 온갖 물건이 다 있었다. 돈이 없어 사지 못할 뿐, 없는 것이 없었다. 대조영은 그 규모에 깜짝 놀랐다. 어릴 때 가본 책성이나 염주성과는 비교가 되지 않을 정도로 컸다. 시장이 얼마나 큰지 길을 잃을 정도였다. 포수인 마을에 정착하면서 너무나 많은 세월을 까먹은 것 같았다.

아들 대무예는 아버지의 손을 잡고 길을 걸으면서도 좌우로 고개를 바쁘게 돌리며 어디에 눈을 고정시켜야 할 줄을 몰랐다. 이런 아들의 모습을 보고 있는 대조영은 매우 안쓰러웠다. 보다 넓은 세계를 보여주고, 보다 많은 견문을 넓혀 줘야 하는데 포수의 세상에 갇혀서 아무것도 하지 못한다는 것이 정말 안타까웠다.

"길을 비켜라!"

좁은 시장길 안으로 마차 한 대 지나가면서 벽제(지위가 높은 사람이 지나갈때 소리를 질러 잡인의 통행을 막는 일) 소리를 했다. 벽제가 무슨 의미인지 알지 못하는 대무예는 말이 자신의 앞으로 다가오는 것을 보고도 느긋하게 피했다. 말의 속도가 느려졌다. 그 순간 갑자기 마부의 채찍이 대무예의 머리 위로 날아들었다. 생각지도 못한 일이었다. 그러나 다음 순간 더 놀라운 일이 벌어졌다. 이제 갓 열 살을 넘긴 어린 대무예가 맨손으로 자신을 향해 날아오는 채찍을 잡아낸 것이다.

"아니, 이놈이!"

마부는 채찍을 거둬들이기 위해 힘을 줬다. 채찍이 꼼짝도 하지 않았다. 그 틈에 말이 멈춰서고 말았다. 마부는 마차에서 내려섰다. 그리고는 다짜고짜 대무예를 향해 주먹질을 했지만 마부는 손을 더 이상 뻗을 수가 없었다. 호랑이 앞발 같은 힘에 꽉 잡혀 꼼짝할 수 없었던 것이다.

"아이한테 너무하는 것 아닌가?"

"뭐……."

마부는 말을 잇지 못했다. 점점 죄어 오는 힘 앞에 그의 얼굴은 백짓장처럼 창백해졌다.

"한 대 맞아 주지. 그 힘을 그래 그깟 마부 놈한테 쓰고 있소."

마차의 주인이 뜻밖의 말을 했다. 삼십대 중반은 되어 보이는 농익은 여자의 목소리였다. 문이 열렸다. 목소리의 주인공이 내려섰다. 대조영은 그만 할 말을 잊어 버렸다. 낯익은, 너무나 낯익은 사람이었다.

"나는 역발산의 우리 장수께서 지금쯤은 평로절도사의 한자리를 차지하고 있을 줄 알았는데 이렇게 허름한 옷차림으로 시장바닥을 돌아다닐 줄 몰랐어요."

부채질을 하면서 약간은 조소하는 듯한 목소리의 주인공은 달맞이였다. 그녀가 어떻게 이곳에 있는지 알 수 없었다. 달맞이를 잘 대해주라는 고연의 부탁을 기억하고 있었지만 성이 함락되는 위급한 상황이었고, 햇살마저 위험한 상황에 놓였기에 그녀의 안위에 대해서는 전혀 신경을 쓰지 못했다. 가끔씩 그녀가 어떻게 되었을까 생각했지만 크게 괘념치 않고 지냈다.

"내가 애 옷이라도 한 벌 사다 줄 테니까 나하고 같이 가시죠."

달맞이는 대조영의 반응은 전혀 살피지 않고 대무예의 손을 잡고 마차에 올랐다. 대무예는 어떻게 해야 할지 몰라 아버지의 눈치를 살폈다. 대조영은 당장 대무예를 그녀에게서 뺏어 뒤돌아가고 싶었는데 재밌는 구경거리를 발견한 양 몰려든 많은 사람들의 시선을 피하고 싶은 생각이 먼저였다. 그는 민망스러워 도피하는 심정으로 그녀의 마차에 올랐다.

"고연 어르신께서 그대를 꼭 챙기라는 말씀을 하셨는데, 워낙 다급한 상황이라 그대의 행방을 놓쳐버려 안타까웠는데 언뜻 보기에 잘 살고 있는 것 같아 다행이오."

대조영은 그녀의 안부를 넌지시 물었다.

"햇살아가씨 챙기기에 더 급했겠지요."

"흠!"

달맞이는 툭툭 쏘는 투로 가볍게 인사말을 넘겨받았다.

"어떻게 지냈소?"

대조영은 할 수 없이 직설적으로 물었다.

"잘 지내고 있어요."

"낭군은 누구……."

"나 같은 몰락한 고구려 여자가 낭군은 무슨 낭군이겠어요. 어느 돈 많은 놈팡이의 애첩이 되어 지내고 있지……. 돈쓰는 재미로 살고 있어요."

그녀의 가슴에는 칼날이 박혀 있는 것 같았다. 대조영은 더 이상 그녀와 말하고 싶지 않아 입을 다물었다.

"아이가 무슨 죄가 있다고……."

그녀는 대신 대무예에게 시선을 돌렸다.

"너 참 힘이 세더구나. 아버지를 닮았다면 당연히 그렇겠지만……. 네 아버지는 닮지 마라. 하느님이 힘을 주셨는데 기껏 마부에게나 힘을 쓰고 있으니……."

그녀의 마음을 도저히 알 수 없었다.

"다 왔습니다. 마님!"

대조영은 그녀와 함께 내렸다. 그리고는 대무예의 손을 잡고 그냥 그녀 곁을 지나왔다.

"사내가 못나기는……. 아들이 무슨 죄가 있다고 누더기를 입혀요."

그녀는 뒤도 보지 않고 떠나가는 대조영을 향해 한 마디 획 뱉고는 그의 손에서 대무예를 뺏어 점방 안으로 들어갔다. 대조영은 어쩔 수 없이 몸을 돌이킬 수밖에 없었다.

'현주(顯州)포물상' 이라는 간판이 붙어 있었다. 순간 대조영의 몸은 뻣뻣이 굳어 꼼짝할 수 없었다. 현주는 그의 고향 순나부 땅에 있는 곳이었다. '백두산의 토끼, 솔빈의 말, 책성의 북과 사슴, 현주의 포목⋯⋯.' 순상들이 다루는 품목으로 그가 염주성에서 일본을 오갈 때 배에 싣고 가던 상품이었다. 순나부 상인들을 순상이라 불렀다. 책성과 염주성을 중심으로 형성된 순상들은 결속력이 무척 강하였다. 고구려가 망한 뒤에는 염주성의 성주였던 걸걸중상이 순상의 도령이었다. 갑자기 고향땅 염주와 아버지 걸걸중상의 모습이 눈앞에 겹쳤다. 햇살을 받아 백옥처럼 빛나던 염주성의 소금밭⋯⋯. 눈물이 났다.

"뭐해, 빨리 들어오지 않고."

달맞이는 주춤 거리며 아버지의 눈치를 보는 대무예를 끌고 점포 안으로 들어갔다. 점방 주인이 그녀를 향해 깊숙이 고개를 숙여 절을 했다.

"어서 오십시오. 마님!"

"옷감 좀 주시오. 이 아이가 입을 만한 것하고, 또 내가 입을 만한 것 좀 골라 주시오."

점방 주인은 유심히 대무예를 쳐다봤다. 누더기를 걸친 품이 도무지 어울리지 않는 관계였다.

"내 먼 조카요."

달맞이는 점방 주인이 궁금해 하는 것을 시원스럽게 말했다.

"좋은 비단도 몇 필 주시오."

"알겠습니다."

점방 주인은 다시 한 번 깊숙이 고개를 숙였다. 그러다 아이의 등 뒤에 서 있는 대조영을 힐끔 쳐다보았다. 그 짧은 순간 그의 표정이 순간적으로 바뀌었다. 물론 눈치 챈 사람은 아무도 없었다. 아니 있긴 했다.

점방 주인은 달맞이가 고른 비단을 한 아름 안고 나왔다.

"이것 다 저 사람 집으로 배달 해주시오."

"마님이 입으실 것 아니었습니까?"

"아니오. 내 동생 줄 거요."

"아, 예."

점방주는 이상한 듯 고개를 갸웃거리고는 대조영의 집이 어딘 지를 물었다.

"이거 가져가서 아이들 옷 만들어 주고, 아이 엄마에게도 비단 옷 좀 만들어 주세요. 남는 것이 있으면 못난 사내놈 옷도 한 벌 해 입고."

달맞이는 명령하듯 말하고는 점방 밖으로 나갔다. 대조영은 넋 나간 사람마냥 그녀의 뒷모습을 쳐다보았다.

"아참, 아이들 공부도 시켜야 되지 않겠소. 못난 애비 때문에 아이를 까막눈으로 만들 수는 없지 않겠소. 내일 비단을 보낼 때 아이들 가르칠 훈장도 함께 보낼 테니 그리 알아요."

"필요 없소. 더 이상 남의 일에 관여하지 마소."

"당신이 예뻐서 이러는 줄 아세요. 못난 애비들 둔 애들이 불쌍해서 그렇지."

"허허, 이 친구가 정말 보자보자 하니 못하는 말이 없구먼."

대조영은 마침내 화를 내기 시작했다.

"호호호, 화를 내면 어쩔 건가요. 한 대 칠거예요. 내가 누군 줄 아직 모르시는 것 같아 말씀드리는데 내 몸에 먼지 자국 하나만 나도 당신의 목은 남아 있지 못해요."

"……."

"당신 때문이 아니라 아이의 엄마 때문이에요. 고연 어르신의 따님……."

달맞이의 환한 얼굴에 순간적으로 어두운 미소가 비쳤다. 그녀는 이런 모습을 아무에게도 보이지 않았다 곧바로 고개를 돌려 마차에 올라 문을 닫아 버렸다. 그녀의 눈에 눈물이 맺히는 것을 본 사람은 아무도 없었다.

대조영은 그녀의 의도가 무엇인지 생각해 보았다. 고개만 갸웃거릴 뿐이었다.

영주성에서 말로 반나절을 달리면 대조영이 살고 있는 마을이 있었다. 대릉하의 지류인 냇물이 흐르는 벌판에 허름한 수수집이 여러 채 있는 마을이었다. 이들과 조금 떨어진 곳에는 벽돌로 만든 당나라 사람들의 집도 여러 채 보였다. 이 조용한 마을에 마차가 나타났다. 잘 치장된 마차가 나타나자 동네사람들이 모여들었다. 동네사람이라야 쉰 명도 채 안 되는 작은 마을이었지만. 마차에서 고운 비단과 함께 한 사람이 내렸다. 처음에는 짐꾼인 줄 알았지만 짐을 다 부리고 마차가 떠나갈 때도 돌아가지 않았다. 마른 몸매에 선한 웃음을 짓는 이십대 중반으로 보이는 그는 아예 이곳에 살러온 사람처럼 짐꾸러미를 들고 있었다.

"자네는 왜 돌아가지 않는가?"

"나는 이곳에서 아드님을 가르치라는 명을 받았소이다."

"누구의 명?"

"마님의 명을 받았습니다."

"마님이 누군가?"

"그것은 비밀로 하라 하셨습니다."

짐작하던 바였다.

"그 행낭 속에는 뭐가 들었나?"

"책입니다."

어제 영주성에 책을 구하러 갔다가 황당한 일을 당하여 아무 것도 구하지 못하고 돌아와서 난감해 하던 중이었다. 책이라는 말에 귀가 번쩍 틔었다.

"무슨 책인가?"

"논어, 맹자와 서경과 손자, 오자, 관자 등입니다."

대조영은 고개를 끄덕였다. 그렇지만 그를 받아들이고 싶은 생각이 없었다.

"참 좋은 것 같네. 하지만 필요 없으니 돌아가게."

"마님의 명령입니다. 전 돌아갈 수 없습니다."

선한 얼굴의 깡마른 청년에게서 어디에 이런 강단이 숨어 있나 싶을 정도로 구척장신의 거한인 대조영 앞에서도 전혀 주눅 들지 않고 말했다.

"내버려 두세요. 지금 우리한테 무슨 자존심이 남았다고……. 애들을 가르쳐야지."

햇살이었다. 두 사람이 실랑이를 벌이자 지켜보고 있던 햇살이 둘 사이에 끼어들었다. 평소 적극적이고 활달하던 그녀는 이곳에 온 이후 곧바로 어머니마저 잃었다. 아버지의 죽음에 대한 충격을 이지지 못하고 돌아가신 것이다. 아버지의 충격적인 죽음을 본 이후 의지할 어머니마저 돌아가시자 그녀는 달라졌다. 말 수가 확 줄어들었다. 매사에 신중했다. 고통을 인내했다. 그렇다고 자신의 아픔을 밖으로 표출하지는 않았다. 대신 대조영과 함께 말을 타고 들판으로 나가 양과 말 젖을 짜고 양털을 깎아 옷을 만들며 온갖 잡일을 마다하지 않았다. 아이들과 남편에게는 늘 밝고 웃는 얼굴로 대했다. 하지만 식구들이 잠든 깊은 밤이면 오랫동안 소리 없이 오열하곤 했다. 시련이 그녀를 더욱 강하게 하였는지 그녀는 웬만한 일에는 화를 내지 않았다. 다만 지금처럼 아이들을 가르치는 데는 조금의 양보도 없었다.

"우리가 남에게 덕을 베풀진 않았지만 내 부모의 공덕은 만만치 않았습니다. 뵙진 못하였지만 당신 부모도 마찬가지 일 것입니다. 그러니 그분들이 음덕을 베푸는 것이라 생각하고 더 이상 사양하지 마세요."

햇살의 당찬 말에 대조영은 더 이상 할 말을 잊었다. 이전의 삶이 어떠하였든지 두 사람이 결합한 이후 십여 년 넘게 살아오는 동안 대조영은 그녀에게 해준 것이 아무것도 없었다. 고통만 안겼다. 더구나 그녀가 집요하게 고구려를 이야기했지만 자신은 아무 대답도 할 수 없었다. 이로 인해 자신에 대한 그녀의 믿음이 사라진 지도 몰랐다. 그래서 그녀가 아이들에게 집착할 수도 있었다. 대조영에게는 그동안 쌓였던 아픔에 또 하나의 아픔을 주었다. 언젠간 폭발할 분노의 깊이를 더하는 것이었지만.

마차가 다녀간 뒤 햇살은 달맞이가 보내준 비단을 풀었다. 두루마리에 잘 감은 비단의 끝 부분에 잘 밀봉된 편지가 보였다.

'순상 이달국 문안 올립니다.'

이해할 수 없는 말이었다. 대조영에게 보낸 글귀 같았다. 대조영에게 편지를 건넸다. 대조영의 얼굴에서 알 수 없는 미소가 퍼져 나왔다.

"왜 그렇게 좋아하세요?"

"드디어 때가 왔소. 이제부터 큰 용트림이 시작될 것이오."

"예?"

햇살은 영문을 몰라 남편의 얼굴만 쳐다보았다.

"보장왕과 장인어른의 고구려 부흥운동이 실패한 원인이 무엇인지 아시오?"

"예? 그게 무슨……."

햇살은 그동안 '고구려' 라는 말을 입 밖에 꺼내지 않던 남편이 왜 갑자기 이런 말을 하는지 이유를 몰랐다.

"세 싸움에서 졌소. 고구려 부흥에 대한 뜻은 어느 누구보다 컸지만 세력이 없었소. 자신의 군대를 가지지 못했기 때문에 결국 배반을 당하고 실패의 길을 걸었던 것이오. 나는 그런 실패를 되풀이 하지 않을 것이오. 이제는 할 만하오. 조화의 학정에 대한 주민들의 불만은 극에 달했고 조상님들이 때를 맞춰 나를 돕기 시작했으니 충분하오."

대조영은 오른 주먹을 불끈 쥐었다.

"내일 미발계를 만나고 오겠소."

미발계를 보지 못한지 꽤 오래 되었다. 이제는 횟수를 세는 것도 쉽지 않을 정도였다. 포로의 몸이 된 뒤에도 미발계는 대조영을 그림자처럼 따라 다녔다. 당나라 사람들이 이런 이들을 고운 시선으로 봐줄리 만무했다. 그들은 이 둘을 떼어 놓았다. 메인 몸이라 왕래가 자유롭지 못한 상황에서도 미발계는 대조영을 찾았다. 대조영은 저들의 의심을 사서 유리한 것이 없다고 판단했다. 자기가 찾기 전까지는 절대 찾아오지 말라는 말을 한 이후 그를 내쫓았다. 그것이 벌써 십 년이 지난 일이었다. 최근 들어 당나라 사람들의 감시가 소홀해지고 약간의 자유가 주어지자 미발계는 또 다시 대조영을 찾았지만 대조영은 아직도 만날 때가 아니라며 그를 돌려보냈다. 다만 이전과 달리 염주성 사람들을 결속시키라는 말만은 잊지 않았다.

마차가 몇 필의 비단을 남기고 갔다는 소식은 온 마을에 퍼졌다. 마을은 하나의 큰 장원이었다. 대조영 일가는 당나라 사람이 주인인 큰 장원에서 소작농처럼 수수농사도 짓고 말과 양을 돌보는 대신 일정량의 수확물을 받아 생활하고 있었다. 처음에는 감시가 심하였지만 십 년이 지난 지금은 거의 자유롭게 생활하고 있었다. 여전히 도독부에서 노동력을 필요로 하는 일이 발생하거나 성을 쌓아야하는 일이 생길 때면 불려나가 노동력을 제공하는 신세이긴 했지만.

이 마을 장원의 우두머리는 당나라군 오십장이었다. 영주도독부에 소속된 군인인 그는 이곳 장원을 하사 받아 생활했다. 이 마을에는 그의 부하들도 같이 정착하여 고구려인들의 상전 노릇을 하고 살았다. 집안에 힘든 일이 있으면 불려가 일을 해 주어야 했다. 저녁 무렵이 되자 소식을 들은 당나라 군인들이 몰려왔다.

"어쩐 일이십니까?"

대조영은 마을의 촌장인 오십장을 정중히 맞았다.

"이 집에 비단이 생겼다고 그러던데. 돈이 어디서 났어?"

"돈이라뇨?"

"돈이 있어야 비단을 살 것 아닌가? 더구나 한두 필이 아니라던데……. 그 돈 어디서 났느냐 말이야. 자네가 그만한 돈이 있을 리 없지 않느냐 말이다."

촌장은 대조영을 다그쳤다.

"돈 주고 산 것이 아닙니다."

"그럼 도둑질 했어? 분명히 그 돈은 내 재산을 빼돌려 모은 것일 것 아냐?"

촌장은 화를 냄과 동시에 그를 향해 손찌검을 시작했다. 이전에도 이런 적이 있었다. 대조영의 무예와 힘이 대단하다는 소식을 들은 촌장은 자신의 장원에 배당된 그의 기를 꺾기 위해서 심하게 매질한 적이 있었다. 그것이 이유인지는 몰랐지만 그 이후 대조영이 고분고분해 진 것이 사실이었다. 대조영은 아이들이 지켜보는 앞에서 손찌검 당하는 것이 정말 싫었다. 그러나 이제 뭔가 대의를 펼칠 때가 가까워 옴을 느끼는 이때 일을 그르치고 싶지는 않았다. 그는 참았다.

"억!"

뜻밖에도 촌장이 비명을 질렀다. 대무예였다. 그는 아버지를 향한 촌장의 행동을 용서할 수 없었다. 이제 열두 살이 된 그는 이미 신체적으로 어른만큼 성장했다. 아직 덜 여물긴 했지만 그의 아귀힘은 웬만한 어른을 능

가했다. 그는 촌장보다 더 빠른 동작으로 그의 정강이를 걷어 찬 것이다. 비명과 함께 촌장은 대조영을 향하던 손을 대무예에게로 옮겼다.

"억!"

또 한 번의 비명소리가 났다. 이번에는 아버지였다. 대조영은 촌장의 손목을 잡았다. 대조영이 힘을 가하자 촌장의 얼굴은 점점 창백해졌다. 그가 장사인 것은 이미 소문을 들어 알고 있었지만 직접 접해본 적은 없었다. 그의 얼굴에서 핏기가 걷힐 때 쯤 해서 대조영은 그의 손을 풀어 주었다.

"아이에겐 손대지 마라. 할 말이 있으면 나에게 해라."

대조영은 호랑이 같은 날카로운 눈으로 촌장을 노려보며 말했다. 수모를 당한 촌장은 칼을 뽑았다. 이것만이 그가 우위를 확보할 수 있는 유일한 수단이라 생각했다. 대조영은 긴장하지 않았다. 토끼 한 마리를 잡는 데도 공력을 기울이는 호랑이의 심정으로 그는 모든 감각을 동원하여 그를 경계했다.

"칼을 거두시오."

등 뒤에서 낯선 목소리가 들렸다. 낮에 마차와 함께 온 서생이었다.

"비단은 우리 마님께서 보내셨소이다."

훈장의 목소리는 아주 굵고 힘이 있었다. 쉽게 무시할 수 없는 위엄 있는 목소리였다. 그때서야 촌장은 대조영의 등 뒤에 서 있는 사내를 쳐다보았다. 유심히 그의 얼굴을 쳐다보던 촌장의 입에서 짧은 탄식이 나왔다.

"당신이 어떻게 여기에……."

"이분은 당신이 상대할 사람이 아니오. 마음만 먹으면 지금 당장이라도 안동도호부나 평로절도사 혹은 영주도독부의 대장군이 될 수 있는 사람이오. 함부로 나서지 마시오."

훈장의 정체가 무엇인지 알 수 없었다. 촌장이 쥐라면 그는 분명히 고양이였다. 촌장은 다시 한 번 서생을 쳐다본 후에 고개를 숙이고 돌아섰다.

처음 대조영을 자신의 영지로 보낼 때 영주도독부에서 하던 말이 떠올랐다.

'대조영에게 위해를 가하지 마라. 그 자를 잘 후대해라. 안동도호 이근행 장군의 부탁이다.'

촌장은 눈치가 빠른 사람이었다. 자신이 떠올린 말에서 지금 무슨 일이 벌어지고 있는 지를 눈치 챈 것이다. 안동도호가 십 년 공력을 기울인 상품에 자신이 손을 대었다가 어떤 일을 당할지는 뻔한 것이었다.

"고맙소. 도와줘서."

대조영은 서생에게 고마움을 표했지만 이자가 왜 이곳에 나타났는지, 그의 정체가 무엇인지 도무지 알 수 없었다. 또한 달맞이가 왜 자신에게 호의를 베푸는지……. 촌장이 피하는 사람인 것으로 보아 그는 분명 자신을 감시하기 위해서, 혹은 설득하여 당나라군에 편입시키기 위해서 보낸 자가 분명했다. 그를 보낸 사람이 누구인지는 몰랐다. 문득 내일 미발계를 찾아 떠나기로 한 것에 대해서도 조심해야겠다는 생각을 갖게 되었다.

햇살은 이 모든 상황에 대해 개의치 않았다. 다만 그가 내일부터 아이들을 가르칠 수 있게 된 것에 대해 기뻐할 뿐이었다. 더군다나 이제는 촌장의 눈치를 보지 않아도 될 수 있게 된 것에 대해 안도했다.

"그를 조심하시오. 나를 감시하기 위해서, 혹은 나를 당나라군에 편입시키기 위해서 보낸 첩자가 분명하오."

대조영은 이부자리 속에서 햇살에게 주의를 당부했다.

"나는 개의치 않아요. 내 아이만 제대로 가르쳐 준다면."

안사람에게 신뢰를 주지 못하는 것이 씁쓸했다.

새벽같이 일어난 대조영은 말을 돌본다는 핑계를 대고 미발계를 찾아 길을 떠났다. 전에 그가 어디에 사는지를 대충 들었기 때문에 어렵지 않게 찾을 수 있었다. 미발계는 걸사비우가 이끄는 속말말갈족들이 정착한 마을에서 그들과 뒤섞여 살고 있었다. 당나라군은 말갈족이나 염주성 출신의 예맥족을 구분하지 않았다. 다 같은 순나부 사람으로 보고 섞여 살게 했다.

걸사비우는 십여 년 전의 고구려 부흥군에 가담했다 포로로 잡혀 부족원들과 함께 영주성으로 끌려 온 후 이곳에 정착해 살고 있었다. 이들도 많은 고통을 당했다. 대릉하 근처의 넓은 땅에 이주하여 순나부에서처럼 말과 양을 치며 살았지만 삶은 궁핍하였다. 거주이전의 자유는 없었고 당나라 사람들이 정한 곳에 살면서 일 년에 오십 필의 말과 삼백 두의 양을 바쳐야 했다 가혹한 세금을 물려 경제적으로 어려움을 겪게 하여 다시는 반란을 꿈꿀 수 없게 만들려는 의도였다. 오랜 세월 동안 순종적인 모습을 보이면서 이들에 대한 감시는 줄었지만 세금은 점점 늘어만 갈뿐 힘들고 어려운 삶은 여전하였다.

"반갑네."

걸사비우는 십여 년 만에 만나는 대조영을 확 껴안으며 반갑게 맞았다. 고향 땅에서는 숙적 관계였지만 고구려 부흥운동에 같이 참여하여 생사를 함께 나누었고, 또 머나먼 이국땅에서 고통당하는 외로운 삶을 영위하는 동안 대조영에 대한 걸사비우의 생각은 완전히 달라져 있었다. 이제는 너무나 그리운 고향 사람이었던 것이다. 같은 말을 쓰고 약간은 다르긴 하지만 같은 문화를 가진 친인척이나 다름없었던 것이다.

"잘 지내는가?"

"포수들의 신세가 다 같지 않겠습니까?"

대조영도 웃는 얼굴로 걸사비우를 만났다.

"어쩐 일인가?"

"동무를 찾아왔습니다."

미발계는 대조영이 찾아 왔다는 소식에 한달음에 달려왔다. 그는 대조영의 야윈 모습을 보고 눈물을 흘리며 안타까워했다. 이십대의 건장한 청년이었던 미발계도 새까맣게 탄 얼굴과 이마에 주름이 잡히는 중년의 모습으로 변해 있었다.

세 사람은 한동안 고통스러웠던 지난 삶에 대해 이야기를 나누었다. 걸사비우는 식전이었지만 술을 내왔다. 황주였다. 이곳의 거란족들이 마시는 마두주와는 다른 말갈식 술이었다. 대조영도 염주성에 있을 때 이 술을 많이 마셔보았다. 술만 봐도 고향에 온 듯한 느낌이 들었다.

문득 부모님 생각이 났다. 아버지, 어머니는 잘 계시는지, 병고에 시달리지 않고 건강하게 잘 계시는지, 그동안 가끔씩 생각은 하였지만 이처럼 고향 사람들을 대하면 사무치게 그리웠다.

"언제까지 이곳에 살 작정인가?"

고향 생각에 젖어 있는 대조영에게 걸사비우가 갑자기 질문을 던졌다.

"무슨 말씀이신지?"

"고향으로 돌아가야 하지 않겠는가 말일세."

대조영은 그가 무슨 생각을 하고 있는지 정확하게 알 수 없었다.

"나는 고향으로 돌아 갈 것이네. 머잖아 기회가 오면 반드시 돌아 갈 것이야."

황주는 술잔이 조그마한 했다. 도수가 높지도 않아 물마시듯 수시로 마셨다. 술을 거르는 과정에서 석회를 사용하기 때문에 많이 마시면 머리가 아팠다. 걸사비우는 쉴 새 없이 술잔을 들이키며 다짐하듯 말했다.

"자네는 어떻게 할 요량인가?"

걸사비우는 다그치듯 물었다.

"글쎄요. 가고는 싶지만. 여건이……."

대조영은 얼버무렸다. 지금 당장이야 마음을 합칠 수 있지만 고향으로 돌아가면 숙적이 될 수 있는 그였기에 쉽게 자신의 마음을 내보이지 않았다. 그는 이곳에 오는 동안 자신이 이 일의 주도자가 되어야 한다는 다짐을 수십 번 하면서 자신의 행동하나, 말투하나 다 생각해 두었다.

"자네도 함께 가세. 자네들 염주성 사람들이 함께 해준다면 가능할 것이네."

호탕한 성격의 걸사비우는 할 말을 마음속에 묻어 두질 못했다. 직설적으로 대놓고 말했다. 저쪽에서 바란다면 이쪽에서 얻는 것이 더욱 많을 수 있었다.

"천천히 생각해 보겠습니다."

대조영은 확답을 하지 않았다.

"천천히 생각하면 늙어죽어. 벌써 내 나이 마흔하고도 중반을 넘었어. 더 늙기 전에 결행해야해."

걸사비우는 이 자리에서 확답을 얻으려는 듯 대조영을 몰아붙였다.

"돌아갈 말은 충분합니까?"

"충분하지는 않지만 부족하지도 않아."

"식량은요?"

"식량은 구하면 되지."

당나라 사람들은 이들이 겨우 굶지 않을 정도만 남기고 다 뺏어갔기 때문에 식량 사정이 좋지 못하였다.

"무기는 있습니까?"

"무기! 구해야지."

"준비가 다 되면 그때 다시 물어 주십시오. 의지만 있다고 될 일이 아닌 것 같습니다."

"……."

대조영이 냉정하게 현실적 여건을 따지자 걸사비우는 조금 기죽은 모습을 보였다.

"저도 준비하겠습니다."

대조영은 여운을 남기는 것도 잊지 않았다.

"미발계의 집에 잠깐 들렀다 가겠습니다."

대조영은 걸사비우의 타탕[24]에서 나왔다. 그리고는 미발계의 집에 들렀다. 미발계도 이곳에서 말갈족 여자를 만나 결혼하여 세 아이를 두고 있었다. 미발계의 말에 그의 아내는 식사를 준비하기 시작했다. 그 사이 미발계와 대조영은 마주 앉아 이야기할 기회가 생겼다.

"어쩐 일로 이곳까지 납셨습니까?"

"드디어 기다리던 때가 왔네. 자네가 해 주어야 할 것이 있어 이렇게 찾아왔네."

대조영은 영주성에서 있었던 일을 말했다.

"아무래도 내 집에 온 그 서생이 걸려서 내가 직접 나설 수가 없네. 자네가 내 대신 영주성에 있는 그 순상을 만나고 오게. 그리고 염주성에 연락하여 지원을 요청하게. 이곳에 흩어져 있는 우리 염주성 사람들도 모으고⋯⋯. 걸사비우와도 힘을 합칠 것이네. 다만 아직은 말하지 말게"

"무슨 말씀이신지 알겠습니다. 일단 순상을 만난 뒤 제가 한 번 들르겠습니다."

"그래주게. 하지만 우리 집에는 감시자가 있으니 말조심하게."

"염려 마십시오."

대조영은 미발계의 아내가 정성스럽게 차려준 식사를 먹은 후에 다시 집으로 돌아왔다.

---

24) 말갈 식 천막.

대릉하 변의 상업도시 영주성에 땅거미가 내려앉기 시작했다. 현주포물상 주인 이달국은 철시하기 위해 점방의 문을 닫기 시작했다. 그의 점방은 규모가 커 많은 하인들이 점방 일을 도왔다. 그는 하인들을 다그치는 한편 오늘 하루의 매상을 정리하고 있었다.

"비단 좀 살 수 있겠소?"

위엄이 서려있는 당당한 목소리였다. 이달국은 고개를 들었다. 상투를 튼 맥족의 거한이 그의 앞에 떡 서있었다. 새까맣고 깡마른 얼굴과 이마에 난 세 갈래 주름이 거친 일을 하는 하층민의 모습을 하고 있었지만 상투를 튼 모습에서 뭔가 이상한 예감을 느꼈다. 장사꾼의 직감이라는 것이 있는 것이다.

"어떤 비단을 찾으시오?"

이달국은 그에게 공대했다. 아마 평소 이런 차림으로 자신의 점방을 찾는 자가 있었다면 분명 쫓아내고 말았을 것이다.

"현주 비단이 좋다고 소문이 났던데."

"안쪽으로 들어오시죠."

이달국은 그를 비단들이 쌓여 있는 안쪽으로 안내했다. 지금 이 시간에는 하인들이 드나들지 않는 곳이었다.

"무엇을 찾으시는지 구경해보시죠."

"내 이름은 미발계, 영주성 수비대장 미가살의 아들이오. 공자님을 모시고 있소."

"기다리고 있었습니다."

이달국은 놀라지 않았다. 마치 미발계의 정체를 알고 있기라도 한 듯 태연하게 말했다.

"부탁이 있소."

"말씀하십시오."

"공자님이 이곳에 안전하게 잘 계시다는 것을 염주성에 전해 주시오."

미발계는 너무나 사무적으로 사람을 대하는 이달국에 대해 잠깐 의심을 가졌다. 순상은 쉽게 의리를 저버리는 사람이 아니었다. 그에게 자신의 속마음을 털어 놓으려 했지만 그 사이 이들이 어떻게 변했는지 알 수가 없다는 생각이 들었다. 그는 처음 의도와는 달리 지극히 사무적인 이야기만 했다.

"그것뿐입니까?"

"달리 더 할 말이 있겠소?"

"욕살님께서는 제게 공자님을 찾아서 안전하게 모셔오라고 특명을 내리셨습니다."

미발계가 머뭇거리는 사이 뜻밖에도 이달국 편에서 오히려 자신이 성주에게 부여 받은 임무를 먼저 말했다. 미발계에게 믿음을 심어 주려는 의도였다.

"공자님께서는 쉽게 돌아가시지 않을 것이오."

"욕살님께서는 요동에서 다시 고구려를 일으켜 세우는 것은 이제 불가능한 일이라 말씀하셨습니다. 그만큼 했으면 해볼 만큼 했으니 이제 돌아오라 하셨습니다."

"공자님은 그냥 돌아가시지 않을 것이오. 무기를 좀 구해 주시오."

미발계는 이달국에 대한 믿음이 섰는지 자신이 찾아온 목적을 말했다.

"욕살님께서는 반드시 공자님을 찾아내어 안전하게 데려와야 한다는 말씀을 거듭 강조 하셨소이다. 나는 이 일을 위하여 이미 돈을 받았소이다."

"그러면 나를 좀 데려다 주시오. 내가 직접 욕살님을 만나 말씀드리겠습니다."

2. 초원에서 부는 바람

690년 8월, 그동안 섭정을 일삼으며 친아들까지 내쫓은 측천무후는 드디어 스스로 황제의 자리에 올랐다. 나라 이름도 당(唐)나라에서 주(周)나라로 바꾸었다는 소문이 들렸다. 이때 그녀의 나이는 67세였다. 이제 그녀도 집중력이 떨어질 나이가 되었다. 그동안 숨죽이며 지내던 사람들이 서서히 기지개를 켜며 자신의 색깔을 내기 시작했다.

대릉하를 중심으로 형성된 영주성 근처를 다스리는 영주도독 조홰는 철마다 때마다 측천무후를 찾아가 인사를 했다. 그 덕분인지 조정에서는 영주도독부의 일에 대해서는 거의 간섭이 없었다. 일 년, 이 년 세월이 흐르면서 그의 권력은 더욱 공고해져 이곳에서 왕처럼 행동했다. 당나라 사람들은 물론 이곳의 원래 주인이던 선비족이나 거란족들을 자신의 하인 부리듯 했다. 그의 횡포에 대해 항의할 수 있는 사람은 아무도 없었다. 하소연할 데도 없었다. 평로절도사는 산해관 쪽으로 물러나 있어 영주성과는 너무 멀었다. 설사 말을 한다 해도 조정과 끈끈한 연을 맺고 있는 영주도독을 제재할 사람은 아무도 없었다. 이로 인해 그의 횡포는 점점 더 늘어만 갔다.

따가운 가을 햇살이 영글어가는 곡식들의 알갱이를 더욱 여물게 하는 날들이 지속되었다. 시라무렌 강가에서 소금밭을 일구며 살고 있는 거란족 여허부 부족원들의 손길은 바빴다. 겨울이 되기 전에 겨우살이 준비를 해야 했다. 겨울이 되면 소금밭에서 더 이상 일할 수 없기 때문에 그 전에 부지런히 소금을 채취하여 팔아야 한다. 뿐만 아니라 겨울을 따뜻하게 보내기 위해서는 보다 많은 마른 소똥을 확보해야 하고, 또 목초도 비축하여 가축들의 식량도 준비해야 했다.

아침부터 쉬지 않고 일하던 영의 언덕너머에서 여러 필의 말이 이끄는 수레 한 대가 나타났다. 화려하게 채색한 마차의 앞뒤로는 말을 탄 여러 명의 당나라 군사들이 호위를 하고 있었다. 웃통을 벗고 소금밭을 일구고 있던 러진추의 눈이 마차에 달린 깃발을 확인하는 순간 이맛살이 절로 찌푸려졌다. 영주도독부에서 사람이 나온 것이다. 철마다 나타나 세금을 걷어가는 아귀 같은 놈들이었다. 이번에는 또 얼마나 걷어 갈지 알 수 없다.

마차에서는 예의 조충원이 내렸다. 이제 그의 얼굴만 봐도 밥맛이 없을 정도였다. 그는 소금광산부터 확인했다. 창고와 그동안의 매출을 적은 장부를 일일이 확인한 뒤에 자신들이 감당해야 할 세금을 말했다. 생산량의 육 할이 넘는 금액이었다.

"우리도 살아야할 것 아닙니까? 이것은 너무 심한 것이 아닙니까?"

러진추는 점점 더 심해지는 횡포에 따지듯이 항의했다.

"이곳의 주인이 자기 물건을 가져가겠다는데 뭐가 그리 원통하다는 것인가?"

얼굴에 살이 올라 양 볼이 축 처진 조충원은 두 눈을 부릅뜨고 어이없다는 듯 말했다.

"그게 무슨 말이오. 이곳의 주인은 우리 여허부요. 대대손손 우리 부족이 이곳에 살면서 이 소금밭을 경작하여 왔소."

"허허, 이런 어리석은 놈들이 있나. 이곳은 황제 폐하의 땅이다. 또 지금은 황제 폐하를 대신하는 우리 도독님의 땅이고. 그런데 너희들 땅이라니 이런 어불성설이 어디 있는가?"

조충원은 두 볼을 실룩이며 화를 냈다.

"그게 무슨 소리요. 이 땅은 조상 대대로 물려온 우리 여허부의 땅이오."

"이런 불손한 놈들."

조충원은 살이 오른 팔을 들어 러진추를 후려쳤다.

러진추는 꼼짝없이 얻어맞고 말았다. 너무나 황당한 일이었다. 모든 부족원들이 지켜보는 가운데 가한인 자신에게 가하는 이 수모는 모든 여허부가 당하는 수모였다. 그의 표정은 싸늘하게 굳어졌다.

"세금을 못 내겠다면 떠나라."

조충원은 기세등등하여 소리쳤다.

"우린 못 떠나오. 여긴 우리 땅이오."

러진추는 얼얼해진 두 뺨을 어루만지면서도 자신의 주장을 굽히지 않았다.

"그래! 떠나지 못하겠으면 일꾼으로 남아라. 굶어 죽진 않을 만큼 임금은 지불하겠으니."

"그게 무슨 말이오. 남의 집에 들어와서 집주인에게 내가 주인이니 너희들은 하인이나 하라는 꼴이 아니오."

러진추는 전혀 주눅 들지 않고 도독부에서 나온 조충원에게 대들었다.

"적반하장이라더니 당신 말 한 번 잘했어. 당신 말 그대로야. 원래 주인이 하인에게 집을 맡기고 잠깐 다른 볼일을 보고 돌아오니 하인 놈이 자기가 주인이니 원래주인더러 나가라는 꼴 아니냐?"

조충원이 오히려 화를 냈다.

"아무튼 우리는 못 나가니 알아서들 하시오."

"지금 싸우자는 것인가?"

"……."

"네 놈들은 십여 년 전 보장의 고구려 부흥운동 때도 반란을 생각했던 놈들이지. 다행히 리하이구 장군께서 그 의도를 알아채고 미리 차단하긴 했지만."

"지금 무슨 말을 하는 것이오?"

"마음만 먹으면 네 놈들을 얼마든지 쫓아낼 수 있다는 말이다. 반란 죄목을 씌워서."

"……."

러진추의 표정은 굳어졌다.

"그러니 세금 내는 것을 억울하게 생각하지 마라."

러진추는 할 말이 없었다. 십여 년 전 고구려 부흥군 고연이 이곳을 찾아온 적이 있었다. 그때 그는 고구려 부흥군을 돕기로 약속했었다. 그들이 이미 안동도호부를 장악한 상태기 때문에 영주도독부의 당나라군만 축출한다면 사실 고구려의 옛 땅이었던 요동 땅은 다시 고구려의 손으로 들어가는 것이었다. 전통적으로 자신들은 고구려에 복속하여 살았기에 고구려가 부활된다면 이전보다 더 나은 삶을 살 수가 있었다.

참전의 날을 기다리고 있었으나, 리하이구를 보내 도움을 청하겠다는 고구려군 고연 장군은 끝내 원병을 청하지 않았다. 대신 고구려 부흥군이 진압되었다는 소식만 들었다. 나중에 소문을 통해 리하이구가 배반하여 자신들은 참전하지도 못한 상태에서 고구려 부흥군이 싸움에서 패하였다는 것이었다. 리하이구가 왜 배반했는지는 알 수 없었다.

리하이구는 고구려 부흥군을 진압한 후 측천무후로부터 우옥검위대장군(右玉鈐衛大將軍)이라는 칭호와 함께 연국공이라는 작위도 받았다. 이런 이유로 여전히 거란 땅에 살고 있는 그는 거의 독자적 세력을 형성하고 있었다. 마찬가지의 이유로 여허부와 쑹마이의 하다부를 제외한 대부분의 거란족들은 그의 휘하로 편입되었다. 영주도독도 그에게는 함부로 하지 못했다.

언젠가 리하이구가 찾아온 적이 있었다. 그는 자신의 첫째 딸 초원을 원했다. 러진추는 이전에 그의 부탁을 들어주지 않았다. 보다 강한 세력과 사돈 관계를 맺고 싶었기 때문이었다. 그러나 이제 위상이 달라진 그를 무시할 수 없어 초원이를 내주었다. 그 이후 초원이는 한 번도 친정에 다니러 오지 않았다. 들리는 말에 의하면 리하이구는 초원이 말고도 여럿의 아내를 거느리고 있다고 했다. 초원이의 결혼 생활이 결코 행복하지 않다는 말과 함께.

리하이구는 어쩔 수 없이 조충원이 원하는 것을 다 내어 주고 말았다. 겨우살이 준비를 하며 준비해 둔 것을 다 뺏기자 이번 겨울을 어떻게 날까 하는 걱정이 앞섰다. 더욱 심각한 것은 앞으로였다. 이들의 수탈은 점점 심해질 것이고, 그렇게 되면 버틸 수 없어 결국은 이 땅에서 쫓겨날 수밖에 없었다. 소금광산을 뺏기게 되면 갈 곳이 없었다. 살만한 곳은 어디나 사람들이 살고 있었다. 그렇다고 다른 부족과 싸울 수도 없는 일이었다. 러진추의 고심은 점점 깊어만 갔다.

시라무렌강가의 러진추가 고심하는 그 시간 쑹마이가 살고 있는 곳에도 조충원이 어김없이 나타났다. 쑹마이가 이끄는 거란족 하다부는 대릉하 동쪽에 살면서 유목생활을 하였다. 십여 년 전의 전과(前過)로 인해 이들은 감시를 받았다. 거주 이전의 자유도 없었다. 넓은 목초지를 갖지 못하고 제한된 곳에 살다보니 이들의 살림은 넉넉하지 못하였다. 그뿐만이 아니었다. 이들에게는 과중한 세금이 해마다 부과되었다. 한 해에 말 일백 필과 양 오백 두를 조홰에게 바쳐야 했다. 또한 그들의 관심을 끌만한 과년한 처녀가 보이면 이들도 데려갔다. 이로 인하여 이들의 원망은 해가 지날수록 깊어만 갔다.

해마다 가을철이 되면 나타나는 조충원을 대할 때마다 쑹마이는 적개심이 생겼지만 이전에 자신이 저지른 일이 있기 때문에 함부로 나서지는 못하였다. 그러나 요즘 들어 인내의 한계가 왔다. 점점 더해가는 그들의 횡포에 분노가 가라앉지 않았던 것이다.

"올 해부터는 세금을 올린다. 이제 너희들도 이 땅에 정착하여 산지 오래되어 인구도 늘어났으니 당연히 세금을 더 내야 할 것이다. 말은 일 년에 백 오십 필, 양은 칠백 두로 늘린다."

"인근에 흩어져 있는 우리 부족의 새로 태어난 말을 다 합쳐도 백 오십 필이 되지 않습니다. 겨우 백 필을 갓 넘길 정도입니다. 양도 마찬가지고요."

쑹마이는 사정하듯 말하였다.

"너희들이 이곳에 사는 동안 말과 양의 숫자가 늘어난 것을 알고 있다. 너희들의 살림이 늘수록 도독부의 필요한 경비도 늘어나는 것이다. 뿐만 아니라 너희들의 살림규모가 커진 것은 다 도독부에서 많은 군사들을 고용하여 변방을 잘 지켰기 때문이 아니냐? 그러니 당연히 고마워서라도 세금을 더 내야지."

조충원은 능글능글한 웃음을 지으면서 말했다.

"그것은 잘못 알고 있는 것입니다. 저희들은 하루 두 끼 먹기도 벅찬 삶을 살고 있습니다. 주변에 한 번 물어 보십시오. 우리 하다부가 어떻게 살고 있는지……."

"싫으면 떠나라. 너희들이 떠나면 이곳에 들어와 살겠다는 부족들이 많이 있다."

"……."

쏭마이는 할 말을 잃었다. 자신을 죄인 취급하는 조충원의 태도에 화가 났지만 참을 수밖에 없었다. 이전에도 섣불리 나섰다가 진압된 적이 있기 때문에 화가 난다고 쉽게 나설 수 있는 입장이 아니었다.

"정말 가진 것이 없습니다."

"저것들은 다 무언가?"

조충원은 초원에서 풀을 뜯고 있는 말과 양 떼를 가리키며 말했다.

"종자 말들입니다. 저들이 있어야 세금 낼 만큼 망아지를 생산해 낼 수 있습니다."

"아무튼 한 달 기한을 주겠네. 알아서 하게. 세금을 내든지, 다른 지역으로 떠나든지."

조충원은 양보하지 않고 물러났다. 도대체 이 많은 것들을 다 어디다 쓰는 지 알 수 없었다. 하다부뿐만 아니라 인근의 거란족 마을은 다 돌아다니면서 많은 재물을 가져가는데 이것들이 누구의 주머니에 들어가는지 알 수가 없었다. 그렇다고 군인들의 월급이 풍족한 것도 아니었다. 땅과 목초로 대신 하기에 특별히 지출할 경비도 많지 않을 것인데.

조충원은 떠나갔다. 쏭마이는 그가 일으키고 간 먼지가 다 사라질 때까지 눈을 떼지 않았다. 이대로 달려가 놈의 목을 쳤으면 좋겠다는 생각이 들었다. 문제는 한 달 후였다. 과연 한 달 동안에 저들이 원하는 것을 채울 수 있을지 걱정이었다. 그렇다고 종자 말을 축낼 수도 없는 노릇이었다.

깊어가는 가을만큼 쏭마이의 걱정도 깊어갔다. 그러다 그는 문득 러진추를 떠올렸다.

'러진추를 만나자. 그러면 뭔가 해결점이 보일 것이다.'

그도 십여 년 전에 있었던 고구려의 부흥군에 가담하려는 의사를 비친 적이 있었다. 리하이구의 배신으로 동참하지 못했지만.

이미 서른을 훌쩍 넘긴 대조영은 이제는 때가 되었다는 생각에 활동영역을 넓히기 시작했다. 걸사비우와의 왕래도 잦아졌다. 그와 만나면서 두 사람의 생각은 점점 같아지고 있었다. 이곳을 떠나 순나부로 가야한다는 데는 의견 일치를 보았다.

하지만 걸사비우와 대조영 둘 다 속 얘기는 하지 않고 있었다. 분명 둘 다 다른 생각을 하고 있다는 것을 알면서도 지금은 힘을 합쳐야 할 시기라는 것을 알았기 때문이었다.

십여 년 전 고구려의 부흥운동에서 크게 느낀 것이 있었다. 어떤 일에서든지 주체가 되어야 한다는 것이었다. 주체가 되지 못하고 남에게 끌려가기 시작하면 결국 자신은 남의 수족이 되고 자신의 목표와 꿈이 왜곡되고 굴절된다는 것을 깨달았다. 그는 걸사비우와 동지가 되려 하면서도 한편으로는 헤어질 때를 생각하고 있었다.

이곳 요서 땅까지 온 것은 분명 자신의 의도였다. 반드시 고구려를 부흥시켜야겠다는 신념으로 온 것이었다. 그러나 신념만 가지고는 일이 되지 않는다는 것을 절실히 실감한 지난 세월이기도 했다. 하늘이 함께 해야 하고, 주변 상황이 맞아 떨어져야 하며, 무엇보다도 중요한 것은 능력이 있어야 한다는 것이었다. 이 세 가지를 다 갖추기 전에는 함부로 움직이지 않기로 다짐하고 있었다. 그는 예전보다 훨씬 신중하게 움직였다.

그가 걸사비우를 자주 찾게 된 이유 중 하나가 집 안에 버티고 앉은 훈장 선생 때문이었다. 달맞이가 무슨 의도로 그를 자신의 집에 보냈는지 모르겠지만 하여튼 그로 인해 대조영의 생활은 엉망이 되었다. 그렇다고 경제적으로 곤란해진 것은 없었다. 닷새를 머무르다 이틀 후에 대조영의 집으로 올 때면 자신은 물론 그의 가족이 풍족하게 먹고도 남을 만큼 양식을 가지고 왔다. 일 년 내내 한 번도 거르지 않고 이런 일이 벌어지자 대조영의 아이들은 훈장 선생을 기다리기까지 했다.

햇살의 태도도 아주 달라졌다. 그녀는 다시 명랑한 모습을 되찾았다. 아이들과 함께 훈장선생에게서 글공부를 하면서, 공부하고 싶은 그녀의 욕망을 채우게 되면서 그녀의 생활은 다시 활기를 되찾기 시작했다.

이로 인해 대조영은 집안에서 소외되는 듯한 느낌이 들었다. 대신 틈만 나면 미발계를 찾으면서 걸사비우와 만나는 시간이 늘어났다. 시간이 흐르면서 훈장선생은 달맞이의 뒤에 있는 실력자가 자신을 감시하기 위해 보낸 것이라는 생각도 점점 옅어져 갔다. 그렇다고 그에 대한 경계를 소홀히 하는 것은 아니었다. 모든 행동과 말은 그를 의식하면서 했다.

일 년 동안 훈장선생이 대조영의 집을 드나드는 사이 대조영은 그를 쫓아내려 무던히 애썼다. 거사에 대한 구체적인 생각들이 영글어 가고 있는데 그가 자신의 집에 버티고 있는 것은 불안할 수밖에 없었기 때문이다. 훈장선생을 쫓아내려는 대조영의 시도는 번번이 아내 햇살에 의해 묵살되었다.

"아이들을 생각해 보세요. 돈을 주고라도 훈장 선생님을 모셔야 할 판에 이렇게 공짜로 글공부도 하고 책도 읽을 수 있으니 얼마나 좋아요."

그녀는 완강했다. 이런 이유로 대조영은 감히 그를 쫓아낼 엄두를 내지 못하고 있었던 것이다. 하지만 미발계가 몇 차례 염주성을 다녀 온 이후에는 정말 그를 쫓아내야 했다.

"이제 준비가 다 되었소. 염주성과도 약속이 되었소. 지금 내가 해야 할 일은 그를 우리 집에서 내쫓는 일이오."

"우리 아이들이 얼마나 좋아하는데 그를 쫓아내요. 제 발로 나가기 전까지는 그냥 모른 척 하세요."

아이들의 공부에 많은 시간을 투자하고 있는 그녀의 생각은 바뀌지 않았다.

"그는 나를 감시하기 위해 영주성에서 보낸 자란 말이오."

"당신을 감시하려는 자가 고구려 역사를 말해요?"

"뭐! 고구려 역사를?"

"아이들한테 물어보세요. 우리의 시조였던 단군은 물론, 주몽대왕 이야기에서부터 광개토대왕, 을지문덕 대모달과 연개소문 대막리지에 이르기까지 그분은 한 가지도 빠뜨리지 않고 다 말해 주었어요."

장안성에서 자란 아내는 아버지에게 고구려 이야기를 듣긴 했지만 아이들에게 가르칠 만큼은 아니었다. 오히려 아내가 더 열성적으로 들을 만큼 훈장선생은 박학했다.

"그게 다 나를 현혹시키기 위한 계책일 수도 있소."

"그 분은 우리 역사뿐 아니라 중국의 역사와 오자·손자병법 등 중국의 병법까지 다 가르치고 있습니다. 계책이든 아니든 지금 이 순간만큼은 우리 아이들에게 가장 필요한 사람은 아버지가 아니라 훈장선생님이십니다."

결혼을 한 이후에 한 번도 싸운 일이 없었다. 그런데 요즘 들어 남편에게 가장 가시 같은 존재를 두둔하고 있는 아내가 야속했다. 그렇다고 호강한 번 시켜주지 못한 처자에게 마냥 화를 낼 수만도 없었다. 대조영은 알았다는 말과 함께 더 이상 아내와 논쟁을 벌이지 않기로 했다. 그렇다고 그를 그냥 내버려 둘 생각은 추호도 없었다. 거사를 시작하려면 그부터 제거해야 했다.

촌장은 이제 대조영의 일에는 관여하지 않았다. 훈장선생이 집에 머물기 시작하면서부터의 일이었다. 이런 면에서는 그의 존재가 고맙기도 했다. 그러나 둘 다 제거해야 할 적대 세력이기 때문에 그에 대한 동정은 하지 않기로 했다.

순상(順商)인 이달국을 만나기 시작한지 이미 일 년이 지났다. 그 사이 미발계는 바쁘게 움직였다. 걸사비우와 대조영 사이의 심부름꾼 역할도 자주 하였지만 무엇보다도 두어 차례 염주성을 다녀오면서 걸걸중상과 대조영의 생각을 조정하는 것이 가장 큰 일이었다.

처음에 아버지 걸걸중상은 모든 비용을 다 댈 테니 빨리 대무예와 나머지 가족들을 데리고 염주성으로 돌아오라 했다. 염주성 출신의 군사들도 한 명씩 불러들일 터이니 염려하지 말라고 했다. 이제 고구려가 망한 지 삼십 년이 다 되어 갈 뿐 아니라 고구려를 기억하는 세대들이 많이 줄어드는 상황에서 고구려의 부흥은 물 건너갔다며 염주성으로 돌아와 이곳에서 세력을 키워 나가는 것이 더 현명한 방법이라 말했다.

대조영은 미발계를 통해 자신의 생각을 또 다시 밝혔다. 이곳에는 여전히 고구려를 생각하는 사람들이 많으며, 당나라의 도읍지인 장안성과는 거리가 많이 떨어져 있어 세력만 키운다면 고구려의 부흥은 가능한 일이라 했다. 영주성만 점령하면 큰 견제세력 없이 요동, 요서 지역을 장악할 수 있다는 확신을 심어 주려 애썼다. 요동 땅에 고구려를 세운 후에 순나부의 염주성과 연합하여 그 영역을 넓힌다면 고구려의 옛 영토를 회복할 수 있다고 자신 있게 말하였다.

대조영은 이곳에서 고구려 세력을 회복하기 전에는 돌아갈 생각이 없으니 세력을 키울 수 있게 무기와 물자를 지원해 달라고 거듭 부탁했다. 그리고 지금 현재 상황도 이야기 했다. 걸사비우와 이미 연합하기로 결정했다는 내용도 함께 보냈다.

아버지가 두 번째 소식을 전했다. 요동지역은 우리의 영역이 아니니 섣불리 나서다가는 목숨마저 위태로울 수 있으니 이곳으로 돌아와서 대의를 펼쳐 보라는 전갈이었다. 이전보다는 많이 양보한 논리였다. 그리고 영주성에는 이미 순상들이 많은 세력을 형성하고 있으니 이들을 통해 지속적으로 무기와 물자를 보낼 터이니 염주성 사람들을 이끌고 돌아오라 했다.

특이할 만한 내용도 들어 있었다. 오십대에 들어선 아버지가 더 늙기 전에 순나부 지역의 통합에 나서겠다는 말이었다. 책성은 물론 속말말갈 지역을 전부 공격하여 대조영이 돌아오면 제법 큰 나라로 만들어 놓겠노라는 말이었다. 이 말은 빨리 아들이 돌아오기를 기다리겠노라는 속뜻이 담겨 있었다.

대조영은 마지막으로 미발계를 보내 자신의 생각은 변하지 않는다는 것을 거듭 밝혔다. 대신 아버지가 그렇게만 해준다면 참 고마운 일이라는 말만 전했다. 미발계가 이에 대한 답을 가지고 대조영을 찾았다.

"욕살님께서는 공자님의 생각이 굳은 것을 아시고는 실망하셨습니다. 공자님의 뜻이 정 그렇다면 어쩔 수 없는 일이라며 계속 무기를 지원하겠다고 말씀하셨습니다. 무기는 이달국의 상단을 통해 보내겠다고 약속하셨습니다. 군량은 보내기가 쉽지 않다며 돈으로 보내겠다고 했습니다."

"고마운 일이네."

"또 한 가지 이쪽에서 군사를 일으키면 동시에 그쪽에서도 군대를 일으켜 순나부 지역의 장악에 나서겠다고 하셨습니다. 그래야만 걸사비우와 함께 연합하더라도 주도권을 잡을 수 있다고 말씀하셨습니다."

"더 이상은 말씀이 없으시던가?"

"손자가 보고 싶다고 하셨습니다."

대조영은 이 말에 아버지, 특히 어머니에 대한 그리움이 솟구쳐 올랐다. 더 늙기 전에, 건강을 잃으시기 전에 반드시 아버지를 찾아뵈어 손자들을 품에 안을 수 있게 해야겠다고 다짐했다.

"그동안 수고했네. 내가 이곳에 갇혀 있는 동안 정세를 알 수가 없으니 자네가 영주성 주변의 정세를 은밀히 정탐해 주게. 그리고 각지에 흩어져 있는 우리 염주성 군사들에게 연락을 취하여 신호를 보내면 모일 수 있게 연락을 취하게. 더 이상 오래 끌 수는 없고 조금이라도 기회가 생기면 곧바로 군사를 일으킬 터이니."

"알겠습니다."

"또 하나 할 일이 있네. 달맞이가 어떤 존재인지, 우리 집에 드나드는 훈장선생은 어떤 자인지 알아내게."

"알겠습니다."

"참 이달국은 어떤 자이든가? 믿을 만하던가?"

"그는 전형적인 순상으로 신뢰를 가장 중요시 하는 상인입니다. 믿을 만합니다."

"그가 내 대의를 알고 있나?"

"그도 알아야 할 것 같아서 제가 슬쩍 말해보았습니다."

"반응은?"

"이미 욕살님에게 들어서 알고 있다고 했습니다."

"그는 뭐라고 하던가?"

"자신은 장사꾼이기 때문에 가능성이 없는 일에는 손을 대지 않는다고 했습니다. 또한 큰 위기가 큰돈을 벌 수 있는 가장 좋은 기회라는 것도 말했습니다."

이달국의 의도가 무엇인지 알 수 있었다.

"막판에 그가 배신하면 큰일이니 조심해야 할 것이네."

"명심하고 있습니다."

"그리고 걸사비우만 만나지 말고 쏭마이도 만나보게. 그동안 자네가 영주성을 드나들면서 얻은 정보도 함께 나눠보고 저들이 무슨 생각을 하고 있는지도 알아보게."

"알겠습니다."

두 사람이 만난 지 한 달쯤 지났을 무렵, 시라무렌 강가의 러진추가 이끄는 영에 손님이 찾아들었다. 하다부 가한 쏭마이였다. 두 부족은 사는 경계가 다르기 때문에 접촉이 별로 없었다. 물론 오랜 과거로 올라가면 같은 핏줄이었지만 불과 일 이백년 전만 해도 별다른 민족처럼 살았다. 쏭마이의 하다부는 고구려에 복속하여 살았지만 러진추의 여허부는 달랐다. 그들은 요하 상류지역과 대릉하 지역에 걸쳐 살면서 때로는 고구려에 협조하고 또 때로는 중국의 편을 들기도 했다. 정서적으로는 고구려 쪽이 더 가까웠다.

고구려가 망한 뒤 하다부는 고구려의 부흥운동에도 참여할 만큼 당나라 지배에 쉽게 적응하지 못했지만 여허부는 어렵지 않게 적응했다. 다만 이전에 고구려의 부흥운동에 가담했다는 이유로 조화의 압박이 심해지면서 반 당나라 정서가 훨씬 크게 자리를 잡기 시작했다. 이런 와중에 이들은 같은 거란족이라는 민족의식이 생겨 서로 친밀하게 지내기 시작했다.

최근에 이 두 부족이 친하게 된 가장 결정적인 계기는 러진추가 둘째 딸을 쏭마이의 아들에게 시집보낸 일이었다. 러진추는 두 명의 딸을 두었는데 둘 다 미녀로 그녀들을 노리는 사람들이 많았다. 첫째 딸은 빼앗다시피 리하이구가 데려갔지만, 둘째 딸은 시집보내기가 쉽지 않았다. 고구려 부흥군에 가담하려 했다는 이유로 여허부가 따돌림을 당했기 때문이었다. 이런 이유로 그는 둘째 딸을 보다 멀리 떨어져 있었지만 쏭마이의 아들에게 시집을 보냈던 것이다.

러진추는 쏭마이를 반갑게 맞이했다. 양고기도 내놓고 마유주도 따랐다.

"어서 오시오. 사돈."

"그동안 잘 지내셨소. 사돈이라면서도 한 번도 찾지 못하여 죄송합니다."

두 사람 다 감시를 받는 처지라 서로의 상황을 알고 있었기에 섭섭한 감정은 있을 수 없었다.

"갑자기 어쩐 일이시오. 사돈께서 이 누추한 곳을 찾아 주시고."

"드릴 말씀이 있어서 왔습니다."

쑹마이는 주변의 사람들을 둘러보며 말했다. 그의 눈짓이 무엇을 말하는지 눈치 챈 러진추는 주변을 물렸다.

"당나라의 힘이 여전히 강하다고 보십니까?"

쑹마이는 러진추와 단둘이 남게 되자 뜻밖의 질문부터 했다.

"그게 무슨 말씀이십니까?"

쑹마이는 지난 십여 년 동안 자신들이 당했던 일을 말하며 자신이 찾은 이유를 말하기 시작했다.

"리하이구만 배반하지 않았다면 십여 년 전에 우리는 분명 이 요서지역과 요동지역을 다시 되찾을 수 있었을 것입니다. 보장대왕이 다스린다면 명분이 서기 때문에 다시 고구려라는 이름으로 지배질서를 갖게 되어 우리는 이전의 왕비족이었던 고구려 연나부만큼의 위상을 지니고 살았을 것입니다."

쑹마이는 고구려 부흥운동의 실패에 대해 먼저 이야기하며 자신이 찾은 목적이 무엇인지를 돌려 말했다.

"저도 그때를 아쉬워하고 있습니다. 그것이 실패한 이후 우리 부족의 삶도 말이 아닙니다."

러진추도 지난번에 있었던 조충원과의 실랑이를 말하며 분개해 했다.

"지금 당나라는 측천무후가 노쇠하면서 내분이 일어나고 있습니다. 측천무씨와 원래 당나라의 주인이었던 이씨 사이에 팽팽한 긴장감이 흐르고 있을 뿐 아니라 그 틈을 이용해서 돌궐이 다시 일어나기 시작했습니다. 돌궐이 다시 일어난다면 당나라는 저들을 상대하기도 벅찰 것입니다."

"그렇죠. 돌궐이 재기한다면 당나라 입장에서는 제일 두려운 적이 다시 눈앞에 나타나는 것이지요."

쑹마이의 말에 러진추는 맞장구를 쳤다.

"만약 우리 거란족이 힘을 합쳐 영주성을 점령한다면 당나라에서는 보낼 군사가 없을 것입니다."

드디어 쑹마이는 자신이 이곳을 찾은 이유를 드러내 놓고 말했다. 이제 그는 할 말을 다 했기 때문에 러진추의 표정 변화를 살피며 그의 답을 기다리기로 했다.

"그럴 수도 있을 것입니다. 돌궐족 경계와 당나라 장안성과는 먼 거리가 아니기 때문에 섣불리 군사를 빼낼 수 없을 것입니다. 지금도 아마 돌궐족이 장안성을 공격할까 봐 전전긍긍하고 있을 것입니다"

쑹마이 입가에서 미소가 떠올랐다. 러진추도 기본적인 생각이 자신과 같다는 것을 확인한 것이다.

"조홰와 그 일당들의 횡포를 더 이상 두고 볼 수 없습니다. 더구나 이제는 조홰의 애첩마저 노골적으로 나서서 수탈하는 형국이니 이렇게 흘러가다가는 우리 거란족들은 저들의 배를 채우고 종내는 굶어 죽고 말 것입니다."

쑹마이는 조홰와 그 일당들에 대한 분노를 표출시켰다.

"영주성에만 당나라군이 있는 것이 아니고 산해관에는 평로절도사가 이끄는 당나라군이 있고, 또 요동 땅 신성에는 안동도호부가 있으니 섣불리 나설 수 없는 일이 아니오."

"안동도호부의 이근행은 이제 늙었소. 그는 모든 업무를 고구려 출신 나달이라는 자에게 맡겨 놓았소. 나달은 나와 함께 요동성에서 당나라군을 상대로 싸웠던 전우요. 그는 고구려에 대한 충성심이 매우 강한 자였소. 그는 절대 우리를 공격하지 않을 것이오. 그리고 평로군도 쉽게 만리장성을 넘어 군대를 동원하지 못할 것이오. 북쪽에 동돌궐의 위협이 상존하고 있는데 우리를 막기 위해 군사를 뺄 수는 없을 것이오."

"사돈의 말은 영주성만 점령한다면 더 이상의 큰 위협은 없다는 말씀 아니오?"

"그렇습니다."

"하지만 우리 두 부족만으로는 영주성을 쉽게 공략할 수 없을 것이오. 좀 더 많은 세력들을 끌어들여야 할 것이오."

"이곳에 오기 전에 말갈족을 만났습니다."

"말갈족?"

"은밀히 말하면 말갈족이 아니라 예맥족 사람들입니다. 영주성 출신의."

"그들은 세력이 미미하지 않소?"

"그들은 예맥족이기 때문에 이곳에 흩어져 있는 고구려 유민을 끌어 모을 수 있습니다. 예맥 출신의 고구려 유민이 모이면 아주 무서운 세력으로 변할 것입니다."

"그렇게 되면 그들이 이곳의 주도권을 잡으려 할 것 아닙니까?"

"그래서 그들을 견제할 만한 세력을 또 하나 끌어들였습니다."

"누구?"

"걸사비우라는 속말말갈 출신의 가한입니다. 당태종의 고구려 침공 때 생매장 당한 조상들의 복수를 위해 이곳까지 와서 고구려 부흥군에 가담했다가 포로가 된 사람들입니다. 아주 잘 싸우는 사람들이지요."

말갈기병대가 용맹하다는 것은 이미 소문을 들어 알고 있었다. 이들을 끌어 들인다면 충분히 승산이 있었다. 문제는 그 이후였다. 일단 주도권을 자신들 거란족이 쥐어야 했다.

"걸사비우와 염주성 사람들은 고향으로 돌아갈 생각입니다. 이곳은 타향이기 때문에 고향으로 돌아가고 싶은 생각이 간절합니다. 자신들만의 힘으로는 영주성에 맞설 수가 없어 이곳에서 숨죽이며 살고 있습니다. 우리가 저들과 힘을 합친다면 충분히 영주성을 공략할 수 있을 것입니다. 그 후에 그들은 고향으로 돌아갈 것입니다."

쑹마이는 러진추가 무슨 생각을 하고 있는지 알기라도 하듯 시원스럽게 다 말하였다. 문제는 또 있었다. 거란족에도 수많은 부족이 있었다. 주도 세력이 권력을 잡겠지만.

"영주성을 점령한 후에 요하 서쪽과 대릉하 쪽은 여허부가 다스리고 요하 동쪽과 대릉하 중류 이남은 우리 하다부가 경계를 삼아 통합하면 될 것입니다. 만약 당나라가 군사를 보낸다면 다시 힘을 합치면 되고……. 그 외 문제는 부족장 회의를 열어 결정하면 될 것입니다."

쑹마이는 모든 것을 다 생각한 뒤에 러진추를 찾았기 때문에 막힘이 없었다.

"좋소이다. 그렇다면 한 번 힘을 모아 조화를 몰아내고 이 땅의 주인이 되어 봅시다."

사돈 사이에 이 정도 약속은 충분히 지켜질 것 같았다. 이 정도 여건이면 한 번 해 볼만하다고 생각한 러진추는 쑹마이와 뜻을 함께 하기로 결정했다. 그러나 문득 걸리는 것이 하나 있었다.

"염려스러운 것이 하나 있소."

"무엇이오?"

"리하이구가 걸리오."

솔직히 쑹마이도 리하이구는 피하고 싶었다. 단순히 그의 세력이 두려운 것도 있지만 그의 무예가 보통이 아님을 알고 있었기에 더욱 그랬다.

"그가 우리 일에 관여하지 않겠느냐 말입니다."

"그의 부족은 서쪽으로 영역을 많이 넓혀 갔소. 더구나 이제 영주성과는 아무런 이해관계가 없는 상태이니 쉽게 우리 일에 관여하지 않을 것이오. 설사 그가 우리를 방해하려 해도 우리 연합군을 쉽게 이기지 못할 것입니다."

쑹마이는 리하이구에 대해서 좋지 않은 감정이 있었기에 애써 그를 폄하하려 했다.

"그놈은 만만치 않은 놈이오. 조심해야 할 것이오."

"저도 그 점은 늘 생각하고 있습니다."

쑹마이와 러진추가 반란을 꿈꾸며 만나는 그 시간 신성에 있는 안동도호부에도 낯선 방문객이 안동도호부 우효위 장군 나달을 찾아왔다.

"나를 찾았다고?"

나달은 이전의 모습을 전혀 찾아볼 수가 없었다. 비쩍 말랐던 그의 몸은 어느새 살이 올라 눈앞에는 구척의 범접할 수 없는 장수가 버티고 있었다. 새까맣고 쭈글쭈글하던 얼굴도 이제는 구릿빛으로 알맞게 탄 모습으로 변했고, 피부도 어느 정도는 탄력이 생겨 이전보다 오히려 더 젊어 보였다. 이제야 비로소 제 나이를 찾은 듯했다.

"저를 아시겠습니까?"

"누구~ 시더라."

나달은 미발계의 얼굴을 보며 과거의 기억을 떠올려 보았다. 별로 생각나지 않는 인물이었다.

"저는 미발계라 합니다. 십여 년 전에 고구려 부흥군으로 요동성 전투에도 참전했던 대조영이라는 사람의 부장입니다."

"아, 미발계! 반갑네, 반가워."

대조영이라는 말에 나달은 손쉽게 미발계를 기억해냈다. 그에게 대조영은 절대 잊을 수 없는 사람이었다. 지금도 그는 언젠가는 대조영이 군사를 이끌고 이 성에 나타날 것이라는 믿음을 저버리지 않았다. 그것이 고연이 자신과 대조영을 불러놓고 한 마지막 말이었다.

"그런데 자네는 나보다 더 늙어 보이네, 고생이 많았는가 보네."

미발계는 십여 년 동안 요서 땅에 머물면서 험한 노역을 많이 했기 때문에 나이 보다 훨씬 겉늙어 보였다. 삼십대 후반의 나이 임에도 흰머리가 제법 많이 보였다.

"대조영은 어떻게 지내고 있는가?"

"잘 지내고 있습니다."

"그 친구는 잘 지내고 있으면 안 되는데……."

"그게 무슨 말씀이십니까?"

"나와의 약속이 있어."

"그래서 제가 왔습니다. 그 약속 잊지 않으셨는지 확인하러 온 것입니다."

"내가 어떻게 그 약속을 잊을 수 있겠는가? 지금까지 난 대조영이 나타나기를 기다리고 있네."

"알겠습니다. 저는 그것을 확인하러 왔습니다."

"언제 쯤 그 약속을 지킬 수 있겠는가?"

"멀지 않았습니다."

"기다리고 있겠네."

"이곳의 사정은 어떻습니까?"

"측천무후가 등극한 이후에 이씨 왕족들은 다 숙청당하였네. 이근행도 왕족과 친한 공신출신이라 전전긍긍하고 있네."

"우리는 세력이 필요합니다. 많은 고구려 유민들을 확보해 주시는 것이

제일 급선무라 하셨습니다."

"이쪽 일은 걱정 말고 자네들 일이나 잘 하게."

3. 반란

"아버지, 우리는 언제까지 이렇게 살아야 해요?"

"그게 무슨 말이냐?"

"언제까지 이렇게 당나라 사람 밑에서 자유도 없이 살아야 하느냐 말입니다."

어느 날 아들 대무예가 아버지 대조영에게 무술을 배우다 말고 따지듯이 물었다.

"이렇게 살지 않으면?"

"당나라 놈들하고 싸워야지요. 그래서 고구려를 다시 세워야지요."

"너 당나라가 얼마나 큰 나라인지 알고 있느냐?"

"고구려가 당나라를 이긴 적이 많았다면서요. 당나라한테는 단 한 번 졌을 뿐이라고 들었습니다. 그것도 비겁하게 신라 놈들이 등 뒤에서 공격했기 때문에 당한 것이라 했습니다. 우리 고구려 사람들이 다시 힘을 합하면 당나라를 이길 수 있다고 했습니다."

"누가 그런 소리를 하더냐?"

"선생님이요."

"배운 것하고 현실은 같지가 않다. 쉽게 그런 소리 하는 것이 아니다."

"아버지는 당나라 사람들이 겁나십니까?"

아직 어린 대무예는 쉽게 물러서지 않았다.

"너 아버지를 어떻게 생각하느냐?"

"겁쟁이라 생각합니다. 사내로 태어났으면 살든 죽든 자신의 뜻을 펼쳐 봐야 한다고 생각합니다."

아들은 거침없이 말했다. 아버지를 신뢰하지 않는다는 말이었다. 아들에게도 신뢰받지 못하고 있다는 생각에 대조영은 쓴 웃음이 나왔다.

"허허허, 그래 아비는 겁쟁이다."

그냥 웃고 말았다. 이 순간 아들에게 그 어떤 변명을 하더라도 통하지 않을 것 같았다. 하지만 아들에게 부끄러운 아비가 되어서는 안 되겠다는 생각만은 강하게 들었다. 그때 미발계가 찾아왔다.

"아들아, 아버지는 미발계 아저씨를 만나야 하니 혼자 수련하고 있어라."

"알았어요."

아들은 퉁명스럽게 대답함과 동시에 목도를 화난 듯이 휘두르고 있었다. 그런 아들의 모습을 바라보는 대조영은 절로 웃음을 지었다.

"쑹마이를 만난 일은 어떻게 되었는가?"

"쑹마이가 러진추를 만나고 왔습니다. 둘 다 매우 적극적입니다."

"걸사비우는?"

"걸사비우는 언제든지 나설 준비가 되어 있습니다."

"이달국은?"

"이미 많은 무기를 확보하고 있습니다."

"잠정적인 적은 누구인가?"

"안동도호부와 리하이구입니다."

"안동도호부의 나달은 만나 봤는가?"

"만나고 왔습니다. 그 분은 공자님을 기다린 지 오래라고 말씀하셨습니다."

미발계는 쑹마이와 안동도호부의 나달을 만난 뒤 대조영을 찾은 것이다.

"영주성의 분위기는 어떤가?"

"영주성이야 늘 흥성거리고 있지요. 거란인들이 반란을 준비하고 있다는 것을 전혀 눈치 못채고 있습니다."

"그렇다면 이제 거사일만 남았구먼."

"그런 것 같습니다."

"마지막으로 한 가지만 더 확인해 보게."

"무엇입니까?"

"달맞이의 정체를 알아내고, 우리 집에 드나드는 책상물림이 어떤 놈인지 알아오게."

"알겠습니다."

"이 문제만 해결되면 곧바로 거사를 일으킨다."

영주도독부가 설치되어 있는 영주성은 늘 활기찼다. 동서남북을 잇는 교통의 중심지이면서 동시에 무역의 중심지였기 때문에 이곳은 어떤 왕조가 들어서더라도 그 본연의 모습을 잃지 않았다. 영주성 근처에 사는 거란족과 말갈족, 그리고 고구려 유민들은 조홰의 횡포에 늘 시달리고 있었지만 영주성 안은 그렇지 않았다. 이곳은 오랫동안 이어져 온 관습이 있기 때문에 도독이라 하여 함부로 바꿀 수 없는 상도가 있었다. 그렇다고 도독이 힘이 없다는 것은 아니었다.

고구려 땅에 들어가기 위해서는 영주성을 거쳐야만 했다. 고구려뿐만이 아니었다. 이전의 선비족들도 거란족들도 다 영주를 거쳐야만 원하는 목적지에 갈 수 있었다. 당나라 조정에서는 이곳에 도독부를 설치하여 다스리게 하였다. 이곳이 무너지면 순식간에 만리장성 너머의 중국 본토로 들어오기 때문에 요충지로서의 영주 땅은 매우 중요하였다. 당연히 도독의 권한과 힘은 막강했다.

상인들도 이러한 도독의 권위를 인정해 주었기 때문에 그에게는 돈과 재물이 넘칠 정도로 흘러 들어갔다. 조정의 지원을 받지 못하는 도독은 이 돈과 재물을 바탕으로 자신의 군대를 유지하고 또 필요한 경비를 충당하였다. 워낙 물자가 넘치는 곳이라 이곳의 도독이 되면 오래지 않아 엄청난 재물을 모았다.

대조영으로부터 밀명을 받은 미발계는 영주성에 드나드는 횟수가 점차 늘어났다. 그가 찾는 곳은 당연히 이달국의 점방이었다. 그곳에서 영주성은 물론 필요한 정보를 다 얻었다.

"어서 오시오."

미발계는 항상 상인처럼 행세했다. 걸사비우가 이끄는 부족들은 양털을 뽑아서 털옷을 만들었는데 이를 갖고 이 점방을 드나들었던 것이다. 물론 그 양이 많지 않았지만 평계를 대기에는 아주 좋은 물품이었다.

"주인장 계신가?"

이제는 점방의 하인들도 제법 미발계를 알아보는 자가 많아졌다.

"안으로 드십시오."

이달국은 잘 훈련받은 순상으로 쉽게 자신의 감정을 드러내지 않는 사람이었다. 그래서 미발계를 봐도 그냥 가볍게 고개를 숙일 뿐이었다.

"오랜만에 오셨소이다."

"본격적인 거사 준비에 들어갔소. 그 전에 알아볼 사람이 있소."

"말해보시오."

"달맞이라는 여인을 아시오?"

"달맞이? 글쎄요."

이달국은 달맞이라는 이름을 잘 몰랐다.

"일전에 왜 우리 공자님과 함께 이 점방을 들렀던 사람 말이오."

"아, 고부인을 말씀하시는 군요."

"고부인이라면?"

"영주도독의 애첩이지요. 아니 실질적인 부인으로 봐야 합니다. 첫 부인은 아들 없이 죽었기 때문에 그 분이 부인이 된 셈이지요. 더구나 아들까지 낳았으니 그분의 기세를 따를 자가 이 영주성 안에는 없지요."

"아니 그러면 사치가 심하고 제 마음대로 행동한다는 도독 부인이 바로 그 여자였단 말이오?"

고부인에 대한 소문은 이미 들어 알고 있었다. 조해는 늙었기 때문에 사실상 총독부의 일에 무관심했다. 하루하루 향락을 즐기며 살 뿐이었다. 도독부의 일은 실상 그의 애첩인 고부인과 그의 사촌인 조충원이 도맡아 했다. 처음에는 조충원이 권한이 훨씬 셌지만 달맞이가 낳은 아들이 자라나면서 그 힘의 추는 이제 고부인 쪽으로 완전 기울어지고 말았다.

그녀는 옥과 보석으로 온 몸을 치장하길 좋아했다. 먹는 것도 쌀밥만 먹었다. 철따라 나는 과일을 풍성하게 구했으며, 창고에 고기가 썩어 나가도 계속 모으기만 했다. 그녀의 물욕은 끝이 없어 아랫사람들은 그 욕심을 채워주기 위해 포수인들을 계속 착취하고 또 인근의 거란족들에 대한 세금을 점점 높여갔던 것이다.

이 모든 소식을 전해들은 미발계는 혼란스러웠다. 만나는 사람들마다 도독보다 더 미운 사람이 그 마누라라는 말들을 했다. 그런 그녀가 왜 유독 대조영에게만은 잘 해주는 지 알 수가 없었다.

"고부인이 실질적인 이 성의 통치자라면 모든 정보는 그녀가 다 가지고 있을 것 아닙니까?"

"그야 당연한 소리지요."

"그러면 혹시 우리 공자님이 집에 머물고 있는 훈장선생에 대해서 알고 있는 것이 있소?"

"훈장선생?"

"그 외 첫날 공자님의 집에 비단을 실어 나를 때 함께 갔던 사람 있잖소."

"예, 그가 아직도 공자님의 집에 머물고 있단 말입니까?"

"그것을 몰랐소?"

이달국은 매우 난처한 표정을 지었다.

"왜 그러시오?"

"왜 그 사실을 진작 제게 말해주지 않았습니까?"

"나는 당연히 알고 있는 줄 알았소."

"그자는 우리 상단이 공자님과 거래하고 또 무기를 실어 나른 다는 것을 다 알고 있을 것입니다."

"글쎄요. 그런 것 같지는 않던데……."

"그는 분명 고부인이 공자님을 염탐하기 위해 심어 놓은 첩자일 것입니다."

"뭐라고요?"

"그는 이미 우리의 거사 진행과정을 다 보고하였을 것입니다. 이 일을 어쩌나……."

이달국은 매우 난감한 표정을 짓고 한동안 말을 잇지 못했다.

"그 자의 생김새를 말해 주세요. 제가 정확한 그의 정체를 알아 볼 테니."

"둥글다기보다는 갸름한 얼굴에 약간 창백한 표정이고 키는 크지 않소. 곱슬머리이며 코 한가운데 쌀알만한 크기의 점이 있소. 그리고 들리는 말에 의하면 아주 공부를 많이 하여 중국사뿐 아니라 우리 고구려사에 관해서도 모르는 것이 없다 하오."

"고구려사까지 말이오?"

"그렇다는 것 같았소."

"거기에 넘어가셨구먼."

"부인께서 자식을 가르쳐야 한다는 생각에 욕심을 내신 것이지."

"아무튼 모든 거사 진행은 잠시 중단하는 것이 좋겠습니다. 고부인이 알고 있다면 그것이 가장 상책일 것이오."

미발계로부터 엄청난 소식을 듣게 된 대조영은 순간적으로 눈앞이 캄캄해졌다. 얼마나 오랫동안 기다린 순간인데…… 아들한테 비겁하다는 소리를 들어가면서까지 기다린 순간인데…… 모든 일이 잘 진행되고 있는 상황에서 결국 달맞이가 자신의 발목을 잡고 있다는 사실에 난감해졌다. 아무리 머리를 굴려도 뾰족한 수가 떠오르지 않았다. 그렇다고 모든 것을 접고 싶지는 않았다. 이왕 이렇게 된 것 한 번 붙어 보는 수밖에 없었다. 달맞이가 자신들을 공격하기 전에 이쪽에서 먼저 치는 수밖에 없었다.

"자네는 지금 즉시 걸사비우를 찾아가 사정을 말하고 우리 염주성과 고구려 유민들, 그리고 말갈족들을 다 걸사비우가 있는 마을에 다 모이라 연통을 놓게."

"어떻게 하실 생각이십니까?"

"우리가 먼저 기습을 하여야겠네. 그동안 비축해 놓았던 양식과 무기들도 다 그쪽으로 옮기고."

"그리고 모레쯤에 러진추와 쑹마이, 걸사비우와 다 함께 만나야겠으니 이도 알리게. 장소는 러진추의 마을로 정하게."

대조영의 마음은 바빠졌다.

'이 일을 어떻게 풀어나간담……'

대조영은 고민에 빠졌다. 기습을 한다면 언제 어디서 어떻게 시작해야 할지를 정해야 했다. 부족장 회의를 열자 하였지만 아직 구체적인 대안을 마련한 상태는 아니었다. 미발계가 떠나간 뒤 대조영은 아내를 불렀다. 훈장선생은 이틀간의 휴가를 즐기기 위해 영주성으로 돌아가서 아직 오지 않은 상태였다. 오늘 밤이나 되어야 돌아 올 것이다.

"부인, 그동안 내가 무엇을 준비하고 있었는지 부인은 알 것이오."

"알고 있습니다."

아내 햇살은 이제는 당당한 여장부가 되어 있었다. 험한 일을 하면서 세상을 알게 되었고 또 훈장선생에게 아이들과 함께 역사를 배우면서 그녀의 생각은 한층 성숙되어 웬만한 일에는 끄떡도 하지 않았다.

"문제가 생겼소."

"말해보시오."

"달맞이가 악명 높은 고부인이라 하오."

"뭐라고요?"

웬만한 문제는 눈도 꿈쩍 않는 그녀도 놀란 입을 쉽게 다물지는 못했다.

"영주성에 있는 순상의 말로는 훈장선생은 나를 감시하기 위해 보낸 첩자라 하오."

대조영은 미발계에게서 전해들은 이야기를 다 하였다.

"부인은 어떻게 했으면 좋겠소."

"……"

햇살은 한동안 말을 잇지 못했다.

"당신은 어떻게 하실 작정이십니까?"

햇살은 남편의 생각을 먼저 물었다.

"나는 며칠 내로 기습적으로 영주성을 공격할 것이오."

"훈장선생은 어떻게 하실 생각이십니까?"

"죽여야지요. 오늘 밤 그가 오면 곧바로 죽일 것이오. 그가 닷새 만에 영주성을 찾아가니 오늘 죽이면 나는 닷새의 시간을 벌 수 있게 될 것이고 그 사이 영주성을 공격하면 저들도 미처 방비하지 못하고 있을 것이오."

"⋯⋯."

햇살은 대답을 하지 않았다. 그녀가 존경하는 선생을 죽이겠다는 남편의 말이 끔찍했지만 그 외에는 방법이 없다는 것을 그녀도 알고 있었기에 대답을 할 수 없었던 것이다. 아내의 침묵이 무엇을 의미하고 있는지 알고 있는 대조영은 아내의 손을 꼭 잡았다.

"이제 고향으로 돌아갈 것이오. 내 아버지 어머니에게 당신과 아들들을 소개시켜 줄 것이오. 그리고 아름다운 염주성도 볼 수 있을 것이오. 참기 힘들겠지만 그래도 참아야 하오."

햇살은 말없이 고개를 끄덕였다. 그녀의 눈에서 눈물이 흘렀다.

"떠날 준비를 하시오. 양식과 함께 필요한 최소한의 것만 챙기시오. 마을 사람들에게도 촌장이 모르게 떠날 준비를 하라 하시오. 그동안 숨겨 놓았던 양식은 마을 사람들에게 골고루 나눠 주시고."

아내가 방을 나간 뒤 대조영은 단검을 꺼내 품속에 품었다. 목축을 하는 거란인들은 대부분 칼과 함께 활을 몸에 지니고 다녔다. 하지만 포수인 이들에게는 칼이 허용되지 않았다. 겨우 한 자도 되지 않는 단검만 허용되었다. 만약 장검을 지니고 다니다 발각되면 곧바로 체포되어 먼 곳으로 유배되고 말았다. 더러는 참수를 당하기도 하였다. 대조영은 사소한 일에 목숨을 걸고 싶지 않아 규정을 잘 지켰다. 그는 양털을 자르기 위해 사용하는 정도의 단검만을 지니고 살았다.

날이 어둑해질 무렵 마차 한 대가 대조영의 마을로 들어왔다. 이제는 익숙한 일이라 마을 사람들도 별로 관심을 기울이지 않았다. 마차에서는 먹을 것이 쏟아져 나올 것이고 그리고 오래지 않아 마차는 다시 돌아갈 것이다. 내일 아침이면 약간의 양식과 과일들이 촌장집을 비롯한 이웃사람들에게 어김없이 건네질 것이다.

"저 왔습니다."

훈장선생은 밝은 목소리로 집안으로 들어섰다. 마부는 익숙한 동작으로 양식을 내려놓았다.

햇살은 평소처럼 웃는 얼굴로 훈장선생을 맞이했다.

"시장하시죠? 맛있는 저녁 식사를 마련해 놓았습니다."

"고맙습니다."

훈장은 자신의 방으로 들어가 짐을 풀었다. 오래지 않아 짐을 다 풀었는지 마차는 떠나갔다. 방안에는 저녁 식사가 마련되었다. 쌀밥에 고깃국이었다. 약간의 채소 무침도 준비되어 있었다. 대조영은 국에 밥을 말아 맛있게 한 그릇을 다 비웠다. 그는 긴장된 마음을 감추기 위해 전과 달리 가끔씩 웃는 얼굴을 보이기도 했다.

"오늘 저녁은 이상합니다. 저를 보고 다 웃으시니."

"아내에게 바가지를 좀 긁혔소. 집에 온 손님을 잘 대접하지 않는다고 말이오."

"그렇습니까? 하하하!"

"그런데 언제까지 우리 집에서 지낼 것이오?"

"저는 잘 모릅니다. 저희 마님께서 가라시면 가고 가지 말라면 그만두는 것이 제 처지이니까 말입니다."

"그런데 댁의 마님께서는 왜 우리에게 호의를 베푸시오?"

"이전에 이 댁 안주인 어른의 도움을 많이 받았다고 합니다. 그 외에는 잘 모릅니다."

여느 때와 달리 저녁상은 가끔씩 웃음도 넘치는 다른 분위기였다.

"너희들은 들어가서 자거라."

대조영은 밥상을 물린 뒤에 아이들을 자신들의 방으로 보냈다. 원래 대조영의 집은 집이라 할 것도 없이 수수로 대충 만든 집이었다. 달맞이는 사람들을 동원하여 좋지는 않았지만 나쁘지도 않는 세 칸 자리 벽돌집을 하나 지어 주었다. 부경도 만들어 부경이 가득 차도록 양식도 채워 주었다.

"저는 이제 들어가 쉬겠습니다."

훈장선생은 저녁을 물린 후 자신의 방으로 돌아갔다. 모두가 자신들의 방으로 들어간 뒤 대조영과 아내 햇살은 한동안 말없이 앉아 있었다. 긴장감과 함께 안타까운 마음이 흘렀다.

"부인, 불을 끄시오."

대조영은 아내의 얼굴을 보지 않기 위해서 불을 끄게 했다. 한참의 시간이 지나도록 대조영은 아무 말도 하지 않았다. 이제는 아이들이 다 잠자리에 들었을 시간이란 생각이 들 무렵 그는 품속의 단도를 확인한 후 방문을 나섰다. 잠자리에 누워 있던 햇살은 두 눈을 꼭 감았다. 대조영은 마당을 지나 훈장선생이 머물고 있는 방문 앞에 섰다. 불이 꺼져 있었다. 그는 조용히 방문을 두드렸다.

"훈장선생 나하고 이야기 좀 합시다."

방에 등불이 켜졌다.

"들어오시죠."

차분한 목소리가 들렸다. 대조영은 쉼 호흡을 한 번 한 후에 방문을 열었다. 생각과 달리 훈장선생은 자지 않고 있었다. 가부좌를 튼 채 명상에 잠겨 있었다. 대조영이 방안으로 들어섰다. 순간 그는 깜짝 놀라고 말았다. 또 한명의 사람이 더 있었던 것이다.

달맞이였다. 일 년 전에 봤던 달맞이가 분명했다. 화려한 보석으로 치장하여 쉽게 알아보지 못하였던 달맞이의 모습이 아니었다. 수수한 차림새 그대로 그녀는 훈장선생 옆에 앉아 있었다.

"당신이 어떻게 여기에?"

상상을 못하던 일이었다.

"아둔하신 양반, 이제야 나의 정체를 알아차리다니……."

"……."

훈장선생을 죽이러 왔던 대조영은 뜻밖의 상황에 어찌할 줄 몰라 아무 말도 못하고 있었다.

"당신의 생각은 이미 내가 읽고 있습니다."

"……."

"일단 자리에 앉으시죠."

달맞이는 차분했다. 대조영은 꼼짝할 수가 없었다. 어떻게 이런 일이 벌어졌는지 도무지 이해할 수 없었다. 분명한 것은 지금 이 순간 그의 몸이 그녀의 말에 따르고 있다는 것이었다. 그는 그녀의 요구대로 자리에 앉았다.

"품속의 칼도 꺼내 놓으시죠. 그런 단검은 대장부에겐 맞지 않습니다."

대조영은 놀란 표정이 되어 그녀를 쳐다보았다. 어둔 방안이라 자세히는 보이지 않았지만 그녀의 눈은 매서웠다.

"어떻게……."

"어떻게 알았냐고요? 이제는 아셨겠지만 나는 영주지역 최고의 권력잡니다. 당신의 움직임 하나하나 모르는 것이 없지요. 내 수족들이 이 영주땅 곳곳에 다 눌러 있으니 모른다면 그것이 오히려 이상하지요. 십 년이 지났다고 호랑이가 고양이가 되는 것은 아닙니다. 이 영주 땅에서 내 권력에 도전할 자는 걸사비우와 러진추, 그리고 쑹마이와 대조영밖에 없습니다. 그 중에서도 제일 무서운 자는 대조영 당신입니다. 어떻게 이들을 감시자 하나 딸리지 않고 가만 내버려 두겠습니까? 물론 당신에게는 다른 사람들과 다른 방법으로 감시하긴 했지만……. 너무 어설프게 움직이셨습니다."

대조영은 아무 할 말이 없었다. 그녀가 이 정도일 줄은 미처 몰랐다. 아니 누가 적인 줄도 모르고 지냈으니 그것이 얼마나 어리석었던가. 새삼 후회할 뿐이었다.

"자, 품속의 칼부터 꺼내 놓으시지요."

달맞이는 모든 것을 다 알고 있는 사람처럼 말했다. 대조영은 어떻게 해야 할지 순간적으로 망설였다. 순순히 칼을 내 놓는 순간 모든 것은 끝나고 마는 것이다. 지금 칼을 꺼내 두 사람을 죽인 후에 서두르면 아직 기회가 남아 있다는 생각에 망설여지는 것이었다.

"호호호, 보기보단 소심하시군요. 자 이것 받으세요."

달맞이는 가볍게 웃음을 보인 후 비단으로 둘둘 말은 것을 대조영 앞에 내놓았다.

"이게 무엇이오?"

"풀어보시지요."

대조영은 비단으로 둘둘 말은 것을 풀었다. 화극이었다. 깜짝 놀랐다. 도대체 그녀의 의도가 무엇인지 알 수가 없었다.

"조그만 단검으로는 큰일을 할 수가 없습니다. 이것은 당신의 화극입니다. 조해의 애첩이 되고 난 뒤 나는 이것을 되찾기 위해 많은 노력을 하였지요. 돈도 많이 들었지만……."

"도대체 당신의 정체는 무엇이오?"

대조영은 자신의 몸과 다름없는 화극을 잡아 보았다. 화극만 쥐고 있어도 자신감이 생겼다. 무엇이든지 할 수 있는 강한 자신감이었다. 이런 화극을 그것도 어렵게 구하여 자신에게 건네는 달맞이의 생각이 무엇인지, 그녀의 정체가 무엇인지 도무지 알 수 없었다. 그는 단도직입적으로 물었다.

"저는 요동성 출신 고구려 장수의 딸이었습니다. 고구려가 망한 뒤 나를 지켜주는 사람은 아무도 없었지요. 결국 당나라 놈들의 노리개로 전락하고 말았습니다. 이런 나를 보고 고구려 사람들은 특히 남자들은 손가락질을 해대었습니다. 분개했지요. 왜 자기들이 지켜주지도 못하면서 능멸하는지……. 딱 한 사람 아닌 사람이 있더군요. 바로 고연이라는 분이셨습니다. 그분은 저의 이런 모습을 보고 너무 안타까워 하셨습니다. 제가 이렇게 전락한 것이, 고구려 장수의 딸이 이렇게 전락한 것이 모두 다 당신의 책임이라며 안타까워하셨습니다. 그리고는 끝까지 저를 지켜주시겠다 약속하셨습니다. 실제 그분은 온갖 수모를 다 당하면서도 저를 지켜주셨습니다. 그때 저는 결심했습니다. 내 생명은 사실상 당나라 놈들의 노리개로 전락한 그때 끝났다. 앞으로 내게 기회가 주어진다면 저분이 하시고자 한 것을 위해 목숨을 바치겠노라고……. 그 분이 목이 잘려 성문에 내걸리면서까지 이루고자 한 그 일을 위해 내 목숨을 바치겠노라고 결심했습니다."

"당신에게 그런 숭고한 뜻이……."

대조영은 침만 꿀꺽 삼킬 뿐이었다.

"저는 조홰에게 접근했고, 그는 나를 택했습니다. 한 번 잡은 기회를 놓치지 않았습니다. 쉽지는 않았지만 이제는 때가 왔습니다. 그분의 뜻을 실현시킬 때가 온 것 같습니다."

대조영은 숙연해졌다. 그녀의 숭고한 뜻 앞에 할 말을 잃었다.

"왜 하필 나를……."

"그분의 뜻을 계승할 후계자시니까요. 그리고 당신은……."

달맞이는 뭔가 할 말이 있는 듯 했다. 대조영을 바라보는 그녀의 얼굴에 약간의 홍조가 서렸지만 희미한 등불 아래라 보이지 않았다. 그녀는 끝내 마지막 말을 내뱉지 않았다.

"그런데 왜 학정을……."

대조영은 한동안 그녀가 하고 싶은 말이 무엇인가 생각했다. 전혀 짐작이 안 가는 것은 아니었다. 묻지 않기로 했다. 대신 화제를 다른 곳으로 돌렸다.

"그래야만 당신의 명분이 서는 것이고, 당신을 도와 줄 사람들이 많이 나타날 것이라 생각했지요. 저는 오래 전에 당신을 찾았습니다. 그리곤 이곳에 당신을 모셨지요. 당신과 당신 가족을 괴롭히지 못하게는 할 수 있었지만 도울 방법이 없었습니다. 작년에야 겨우 기회가 생겼을 뿐입니다."

"저 자는 누구요?"

"제 친 동생입니다. 당신의 감시자이면서 동시에 조력자였지요. 아주 제대로 공부한 보기 드문 재원입니다."

"그런데 왜……."

"왜 이곳에서 머물렀냐고요? 음모와 술수가 난무하는 도독부는 머물 곳이 못 됩니다. 이곳에서 공부도 하고 당신의 아이들을 가르치면서 때를 기다리는 것이 좋겠다는 생각이었지요."

"오늘 당신이 이곳에 오지 않았더라면 큰 일 날 뻔했소."

대조영은 자신이 오늘밤 훈장을 죽이려 했다는 것을 털어 놓았다.

"예상하고 있었던 일입니다. 그것을 막기 위해 제가 온 것이고요. 또 제 동생을 좀 데려가 달라고……."

"동생은 내가 책임지겠소. 염려하지 마시오."

"술 한 잔 내드릴까요?"

갑자기 문 밖에서 햇살의 목소리가 들렸다. 남편이 사람을 죽이러 가는 모습을 차마 볼 수가 없어 숨죽이고 있던 그녀는 남편에게서 아무런 기척이 없자 궁금해서 견딜 수 없었다. 혹시나 하는 마음으로 자리에서 일어나 훈장의 방을 엿본 것이었다.

"그리하시오."

술 한 잔 없이 그냥 넘어가기 힘든 차에 아내가 자신의 마음을 읽어 주는 것 같아 고마웠다. 햇살은 방안의 분위기가 무거웠는지 술상을 차려주고는 나가 버렸다.

"문제가 있습니다."

달맞이는 햇살이 건넨 홍주 한 잔을 들이킨 후에 계속 말을 이었다.

"사실 전 조회의 애첩으로 전락하면서 내 한 목숨만 내던지면 된다고 생각했습니다. 그런데 아니었습니다."

"……."

"아들이 생기자 혼선이 빚어졌습니다."

"제가 원하던 시점이 되었는데 막상 아들을 두고 죽으려 하니 걱정이 많습니다. 누가 뭐래도 저 아이는 내 아이인데…… 어떻게 해야 할지 모르겠습니다. 저 혼자 짊어지기에는 너무 큰 짐인 것 같아서……. 당신을 찾은 이유 중 하나에 이것도 포함되어 있습니다. 여기까지는 잘 왔는데 더 이상은 제가 감당할 능력이 없는 것 같아서……."

"당신의 숭고한 정신은 그 무엇과도 바꿀 수 없는 것입니다. 당신에게 돌을 던질 사람은 아무도 없습니다. 물론 개인적으로 한을 가지는 사람들이 있을 수 있지만 개인적 희생 없이 이루어지는 대의는 없습니다. 내가 책임지겠습니다. 아들과 함께 편안한 여생을 보낼 수 있도록 고연 어르신처럼 내가 꼭 지켜 드리겠습니다."

그녀의 눈가에는 눈물이 고였다. 대조영은 그녀를 꼭 껴안았다.

가을이 깊어 가는 시라무렌강가의 노을 진 모습이 아름다웠다. 이를 바라보는 사람의 마음 한 구석에는 차가워진 가을바람과 함께 한 생을 살다가 이제는 노랗게 시들어 가는 초목들을 보며 죽어 가는 모든 것들에 대한 무상감과 애수를 노래하는 쓸쓸함이 자리 잡기 마련이었다. 동시에 다음 세대를 위한 희생과 추운 겨울의 눈과 바람에 맞서려 하는 사람들도 존재하는 것이다. 겨울을 이겨내지 못하고는 새로운 봄을 기대할 수 없다는 것을 아는 사람은 겨울바람에 맞서려 한다. 새 봄을 꿈꾸는 자들은 언제가 절정인지를 헤아린다. 고난의 절정, 그리고 그 절정 끝에 찾아올 운명을 따지는 것이다.

시라무렌강에 깊은 어둠이 내릴 무렵 러진추의 집에는 낯선 손님들이 모여들었다. 하다부 가한 쑹마이, 속말말갈족 가한 걸사비우, 염주성 출신의 예맥족 대조영, 그리고 이 집의 주인인 거란족 여허부 가한 러진추. 공통분모를 쉽게 찾을 수 없는 네 명의 사람들은 같은 목적으로 깊은 밤에 낯선 곳을 찾은 것이다.

"우리의 움직임을 영주성에서 눈치 챈 것 같소."

이 모임을 주선한 대조영이 말을 먼저 시작했다.

"어떻게 우리의 행동이 발각될 수 있단 말이오?"

이미 실패를 경험한 적이 있는 쑹마이가 또 다시 실패할 수 있다는 말에 표정이 굳어지며 말했다.

"우리가 서투르게 움직였기 때문이오. 당연히 우리들에게는 감시자가 있게 마련이오. 지금 이 마을에도 우리를 감시하는 자가 있을 것이오. 아직 저들이 구체적으로는 알지 못하는 것 같소. 저들이 준비하기 전에 빨리 거사를 진행시켜야 할 것이오."

대조영이 모인 이유를 말했다.

"서두르다 실패하면 어떡하오."

러진추도 걱정스러운 듯 말했다.

"기다려도 더 이상 뾰족한 수는 생기지 않습니다. 뿐만 아니라 영주성을 얼마든지 점령할 수 있습니다. 그 다음이 문제지."

"그 다음이라니?"

"영주성을 점령하고 조홰를 죽인 후에는 어떡하느냐 입니다. 분명 당나라는 진압군을 보낼 것인데……."

당나라의 진압군이라는 말에 좌중은 긴장했다.

"당신이 여기에 모이라 할 때에는 무슨 대안이 있었을 것 아니오 그것부터 들어봅시다."

노련한 러진추가 대조영의 의도를 정확히 읽어 냈다.

"우리는 서로 이질적인 집단입니다. 당나라에 대한 감정만 같을 뿐입니다. 따라서 이번 의거에 성공한다 해도 그 다음은 분열의 길을 걸을 수 있습니다. 그것부터 정확하게 마무리 짓고 일을 시작하자는 것입니다."

사실 이 점은 모두 다 고민하고 있던 문제였다. 잘못하다가는 같은 동지이면서 원수로 발전할 수도 있었다.

"계속 말해 보시오."

"이질적인 우리들을 묶을 수 있는 끈은 고구려밖에 없습니다."

"고구려?"

나라가 망한지 삼십 년이 다 되는 시점에서 다시 고구려를 떠올리는 것은 쉬운 일이 아니었다.

"고구려라는 명분으로 힘을 합칠 때만 서로가 계속 동지로 남아 있을 수 있습니다. 제 생각에는 먼저 영주성을 점령한 뒤 이곳 요서지역은 쏭마이와 러진추 두 가한께서 영역을 나누어 지배하고, 저와 걸사비우 가한은 동쪽으로 이동하여 안동도호부를 공격하는 것이 좋을 것 같습니다."

"안동도호부?"

"그렇습니다. 안동도호부는 우리의 잠재적인 적입니다. 안동도호부와 영주성을 점령하면 우리를 막을 세력은 당분간 없습니다. 그렇게 되면 안동도호부는 저와 걸사비우가 적당한 경계선을 정한 후 서로 통치하겠습니다."

"그렇게 되면 구심점이 없지 않소. 우리들 중 누군가는 왕이 되어 구심점을 삼아야 하지 않겠소?"

러진추가 계속 질문을 던지며 발생할 수 있는 문제점을 지적했다.

"옳으신 말씀입니다. 우리들 중 누군가가 왕이 된다면 이는 분쟁을 일으킬 수 있는 요인이 됩니다. 제 생각에는 우리가 고구려의 이름으로 다시 일어서는 만큼 고구려 왕족 출신 중에서 적절한 사람을 뽑아 대왕으로 추대해야 한다고 생각합니다. 이전의 고구려도 그랬습니다. 각 지역은 대가가 다스렸고 왕은 조상에 대한 제사에 중점을 두었습니다. 물론 후대로 가면서 바뀌었지만."

"그렇다면 당신의 생각은 우리가 각 지역의 대가가 되고 고구려 왕족을 모셔다 새로운 왕으로 삼아 고구려를 다시 일으키자는 것 아니오."

"그렇습니다. 우리가 고구려를 세우고 고구려 왕족의 정통성 있는 군주를 내세운다면 명분이 있기 때문에 각지에 흩어져 있는 고구려 유민들이 몰려 들 것이고 그렇게 되면 우리 새로운 고구려는 이전의 강한 나라로 다시 설 수 있을 것입니다. 여러 가한들도 새로운 고구려의 건국에 공을 세웠으니 각 지역의 대가(大加)²⁵⁾로 남을 수 있을 것이고."

"좋은 생각이오."

이 모임의 좌장격인 러진추가 한동안 생각에 잠겨 있다가 대조영의 의견에 찬성했다. 그러자 눈치를 보고 있던 쑹마이도 찬성을 표했다.

---

25) 대가는 나살이라고도 하는데, 5개 부족 연맹체인 고구려의 각 부의 우두머리를 가리키는 말이다. 대가 아래로는 욕살, 처려근지, 루초 등의 성주가 있다.

"나는 내 고향으로 돌아갈 것이네."

걸사비우는 별로 관심 없다는 듯 말했다.

"고향으로 돌아가서 속말말갈과 백산부말갈을 통치하는 대가가 되어 준다면 새로운 고구려는 큰 힘을 얻을 것이오."

대조영은 걸사비우에게도 새로운 제안을 했다.

"그런가?"

"자, 나는 대조영 대가한(大可汗)의 제안이 아주 좋은 생각이라 보오. 사실 나도 이 문제 때문에 아주 고심을 많이 했는데, 거사에 성공한 뒤 좋은 사람을 찾기로 하고 일단은 이번 거사에 우리의 전력을 쏟읍시다."

러진추가 회의장 분위기를 다잡으며 새롭게 회의를 이끌기 시작했다. 그는 대조영을 대가한이라 불렀다.

"혹시 대가한은 이번 영주성 공격에 대한 좋은 계획을 갖고 있으시오?"

"예. 변변치 않지만 일단 밑그림을 그릴만한 계획이 있습니다."

"좋소. 한 번 들어 봅시다."

"영주성에는 제가 알고 있는 상인이 있습니다. 그 사람의 집에 무기를 숨겨 놓았습니다. 우리는 맨몸으로 영주성에 진입한 후 그곳에서 무장을 하고 있다가 그날 밤 성문을 열겠습니다. 성문이 열리면 여러분들께서는 각각 동서남북의 성문 가까이 매복해 있다가 성으로 들어오시오."

영주성을 공격하기 위해서는 영주성과의 연결 끈이 있어야 하지만 특별한 인맥이 없는 이들은 대조영의 준비된 계책을 경청했다.

"두 가지만 부탁하겠습니다. 약탈을 하되 빨간 깃발이 달린 집은 공격하지 마십시오. 이번 우리 일에 협조한 사람입니다."

좌중들은 대조영의 말에 동조의 뜻으로 고개를 끄덕였다.

"또 하나, 고씨부인은 건드리지 마십시오."

"뭐라고! 고씨 그년은 원흉이야. 영주성에서 가장 혹독한 년이야. 그년 때문에 우리가 이 고생을 하고 사는데 그년을 건드리지 말라니."

쑹마이가 흥분하며 반대의 뜻을 분명히 드러냈다.

"그녀는 일등공신입니다. 이유는 나중에 말씀드리리다. 건드리지 마시오."

대조영은 이번에는 부탁하는 듯한 목소리가 아니라 명령하듯 말했다. 쑹마이는 대조영의 힘을 알고 있었다. 거란 땅에서 최고의 무사로 통하는 리하이구와 전혀 밀리지 않는 싸움을 벌인 것을 똑똑히 기억하고 있었다. 그는 더 이상 불만을 드러내지는 않았다. 그렇지만 내심 그녀는 절대 용서할 수 없다고 되뇌었다.

영주성의 중랑장 삭구(索仇)는 다급한 마음으로 조충원을 찾았다. 그는 영주성의 방어를 책임지는 실무자였다. 영주도독부 휘하의 여러 부족 중 그가 감시해온 대상들은 많지 않았다. 이전의 고구려 부흥운동에 가담한 적이 있는 부족들이었다. 오랜 세월이 지난 지금까지도 이들은 감시대상자였다. 정보원들의 자료에 의하면 고구려가 망한 뒤 삼십 년이 다 되어가는 지금은 영주도독 조홰의 심한 학정(虐政)에 반발하는 무리만 있었지 고구려의 부흥에 대해서 논하는 집단들이 없어 경계가 소홀한 것은 사실이었다.

그러던 중 고구려 부흥군과 관련된 사람들이 다시 회동을 하고 있다는 정보가 들어왔다. 쑹마이와 러진추는 물론 말갈인 걸사비우까지 여기에 동조하고 있다는 것이다. 그 징조 중 하나가 걸사비우의 부하로 추정되는 미발계라는 사람이 영주성 안을 자주 드나드는 빈도수가 갈수록 잦다는 것이었다. 이들과 거래하는 상단은 미발계의 고향으로 추정되는 속말말갈 출신의 순상이라는 것까지 보고가 올라왔다. 더 이상한 것은 미발계가 가끔씩 예맥족인 대조영의 집을 찾는다는 것이었다. 이들의 움직임을 계속 감시하던 삭구는 이들이 반란을 계획하고 있다는 결론을 내렸다. 그는 제일 먼저 영주성의 실력자인 고부인을 찾아갔다. 그녀라면 가장 확실하게 이 문제에 대한 답을 내리고 자신의 공에 대한 보상을 정확히 해 줄 것이라 믿었다.

당장 놈들을 잡아들여 문초하라는 명령이 내려질 줄 알았는데 뜻밖에도 그녀는 그럴 리가 없다며 무시해 버렸다. 이미 늙어 거동도 불편한 도독에게는 보고해 보았자 소용없는 일이라 생각한 그는 고심하다 조충원을 찾은 것이다. 이미 실권을 고부인에게 빼앗긴 조충원이지만 일정부분은 그의 역할이 있었다. 중랑장 삭구의 보고를 받은 그는 흥분하기 시작했다. 자신의 입지를 강화하고 잃어 버렸던 실권을 다시 잡을 수 있는 좋은 계기가 될 수 있다고 판단했다.

"그 여우같은 고부인이 왜 일언지하에 자네의 의견을 묵살했을까?"

"아무래도 여자 분이 판단하기에는 좀 귀찮은 면이 있긴 하시겠지만 석연찮은 면도 있습니다."

삭구는 조심스럽게 말했다.

"석연찮다고?"

"고부인의 사람이 대조영의 집에 머물고 있습니다."

"뭐라고! 대조영이라면 고구려 부흥군에 가담했던 요주의 인물이 아닌가?"

"그렇습니다. 현재 그의 집에 머물고 있는 사람이 누구인지 정확하지는 않지만 하여튼 고부인과 대조영과는 무슨 인연이 있는 듯합니다."

"그~래."

조충원은 사냥개 마냥 코를 쿵쿵거렸다. 뭔가 있음이 분명했다.

"그 장사꾼 놈부터 불러들여! 장사꾼 한 놈 족친다고 문제 삼을 놈 없을 테니까?"

"알겠습니다."

날이 밝자마자 삭구는 '현주포물상'이라는 간판이 내걸린 이달국의 점방을 덮쳤다. 수십 명의 병사를 이끌고 무작정 이달국과 하인들을 끌어낸 뒤 점방을 샅샅이 뒤졌다. 비단이며 명주가 가득 찬 점방은 생각보다 넓어 수색하기가 쉽지 않았다.

한참을 뒤졌지만 기대했던 병장기는 찾아 낼 수가 없었다. 그렇다고 그가 반란에 관여했다고 할 만한 단서가 될 수 있는 것도 없었다. 분명 그동안 얻은 정보에 의하면 이곳은 반란군의 병참역할을 하는 곳이어야 한다. 군량이 될 만한 쌀 한 톨도 보이지 않았다. 잘못된 정보로 조충원을 농락한 꼴이 되고 말았다.

삭구는 이왕 이렇게 된 이상 일단 이달국을 잡아 문초를 가하여 자백을 받아낸 뒤 이를 근거로 나머지 네 명을 잡아들이기로 생각을 정했다. 제아무리 건장한 놈이라도 문초를 가하면 이쪽에서 원하는 방향의 답을 얻어낼 수 있다고 확신했다.

"이 점방을 봉쇄하고 이 집에 드나드는 놈들은 다 수상한 놈들이니 모조리 다 잡아 들여라. 그리고 이집 주인과 그 하인들은 끌고 가자."

삭구는 이달국을 포박한 뒤 도독부로 끌고 갔다. 이달국은 자신이 왜 끌려가는지 이유를 알 수 있었다. 며칠 전부터 급박한 일이 벌어질 것이라 생각은 하고 있었지만 도독부에서 먼저 선수를 칠 줄은 몰랐다. 제법이라 생각했다. 지금 끌려가면 많은 고초를 당할 것이라 생각하니 아찔했지만 아무리 저들이 애써도 순상은 당할 수 없을 것이라며 애써 자위했다.

도독부에 들어선 후에 이달국은 곧바로 사지가 형틀에 묶였다.

"다 알고 있다. 병장기는 어디에 숨겼느냐?"

"금시초문입니다."

"저놈을 쳐라."

군사들이 수십 대의 채찍을 인정사정없이 내려쳤다. 비명소리가 절로 나왔다.

"다시 묻겠다. 병장기는 어디에 숨겼느냐?"

"금시초문입니다."

다시 수십 대의 채찍질이 이어졌다. 너무 고통스러워 신음을 내뱉던 이달국은 그만 정신을 잃고 말았다.

"물을 끼얹어라."

이달국이 정신을 차리자 또 다시 심문이 계속되었다.

"너희 집을 드나들던 말갈족 놈이 반란을 꾸미고 있다는 정보가 들어왔다. 그리고 너희 집에서 병장기를 구입했다는 말도 있다. 사실이냐 아니냐. 그것만 말해라."

이제 이 정도 맞았으면 순순히 '예'라고 대답하리라 생각했다. 이놈이 자백을 하면 이를 바탕으로 도독을 찾아가 반란의 전모를 밝힌 후 고씨부인을 체포하고 곧바로 군사들을 파견하여 네 명의 괴수를 공격할 생각이었다.

"나는 모르는 일이오."

끈질겼다. 아직 더 맞아야 할 것 같았다.

"저 놈이 아직도 정신을 못 차린 것 같다. 더 쳐라!"

"네 이놈!"

갑자기 도독부가 찢어지는 듯한 대갈성이 울렸다. 삭구는 고개를 돌려 목소리의 주인공을 확인했다. 고씨부인이었다.

"네 놈이 나와 상거래하고 있는 상인을 불러들여 지금 무슨 짓을 하고 있느냐."

고씨부인은 호통소리와 함께 삭구를 노려보았다. 삭구는 그 눈을 바로 쳐다볼 수가 없었다.

"네 놈이 지금 나를 몰아내기 위해 술수를 부리는 것이겠다. 어서 저놈을 체포하라. 저놈을 체포해서 열흘 동안 아무 것도 먹이지 마라. 그 다음에 무슨 소리를 하는지 봐야겠다."

고씨부인은 뒤따르던 시종에게 명하여 삭구를 곧바로 체포하게 했다. 도독부에서 그녀의 명을 어길 자는 아무도 없었다. 관인(官印)은 이미 그녀가 지니고 있었다. 삭구는 아무런 저항도 못한 채 체포되었다. 고씨부인을 상대로 한 싸움이 쉽지는 않을 것이라 생각했지만 이렇게 너무 허무하게 끝날 줄은 몰랐다. 이왕 이렇게 된 것 할 말은 해야 했다.

"나는 당신이 반란군과 연결되어 있는 것을 다 알고 있소."

"저놈이 이 태평성대에 무슨 헛소리를 하고 있는 것이냐? 내가 이 성의 최고 권력자인데 누가 누구에게 반란을 일으킨다 말이냐? 허허허, 정신 나간 놈들이 많아. 한 열흘 굶으면 정신이 바짝 들겠지. 지하 뇌옥 속에 집어넣고 아무 것도 주지 마라. 물 한 방울도."

그녀는 진노했다. 좀 전까지 기세등등하던 삭구는 체념한 듯 힘없이 고개를 숙이고 끌려갔다. 이를 바라보는 고씨부인의 눈은 먹이를 낚아채는 매의 눈길을 하고 있었다.

도독부에서 풀려나온 이달국은 제대로 누울 수조차 없었다. 이런 매를 맞아 보기는 처음이었다. 채찍질이 조금만 더 계속 되었더라면 더 이상 버틸 수 있었을지 자신할 수 없었다. 이상한 것은 고씨부인의 태도였다. 자신의 집에서 물건을 사주는 것 외에는 아무런 인연이 없는 사람인데 왜 자신을 두둔했는지 이해할 수 없었다. 아무튼 오늘은 운이 좋아 풀려났지만 저들이 냄새를 맡은 이상 오래 버틸 수는 없었다. 조만간 결정을 봐야만 했다. 대조영 쪽에서 결단을 내리지 못하면 영주성을 떠날 수밖에 없다고 생각했다.

삭구가 체포된 후 점방을 봉쇄하고 있던 당나라 군사들도 날이 어두워지면서 철수했다. 점방은 이미 철시를 했기 때문에 다른 때와 달리 저녁 무렵이 되어도 조용했다. 집안의 어른이 모진 고초를 당해서인지 숨소리 하나 들리지 않을 정도로 집안 분위기는 침울했다.

사방이 어둠으로 물들기 시작했다. 보통 때 같으면 환하게 밝을 집안에 불이 켜지지 않았다. 주인어른이 자신의 몰골을 식구들에게 보이고 싶지 않다며 식음을 전폐한 채 문을 걸어 잠갔기 때문에 식구들이 다 죄인 된 기분으로 저녁을 굶고 불도 켜지 못하고 있었다.

이달국은 침대 바닥에 등을 댈 수가 없어 엎드려 있었다. 아무 것도 할 수 없어 그냥 멍하니 있었다. 상단을 운영하면서 많은 돈을 벌었고, 또 천 명 이상의 사람을 중무장시킬 만큼 능력도 있는데 중랑장에게 이토록 허무하게 당한 자신이 너무 무기력하다고 느꼈다. 과연 자신이 밀고 있는 대조영이 영주성을 점령할 능력이 있는지도 의심스러웠다. 아무리 장사꾼에게 신용이 생명과 같은 것이라 하지만 걸걸중상과 대조영에 대한 신의를 끝까지 지켜야 하는지도 고민스러웠다. 큰 모험을 하지 않으면 큰 이익을 남길 수 없다고 하지만 목숨을 담보로 이익을 좇을 수는 없는 노릇이었다. 이국달은 배를 깔고 누워 앞날에 대해서 고민하고 있었다.

"이렇게 고민만하고 있어서 문제가 해결되겠소?"

문 밖에서 낯선 듯하지만, 익숙한 목소리가 들렸다.

"……."

아무 말도 하지 않았다. 그 누구의 얼굴도 보고 싶지가 않았다.

"대조영이오."

대조영이라면 상황이 달랐다. 그와 담판을 지어야 했다.

"거사 일은 언제입니까?"

대조영이 방안에 들어서자마자 이달국은 따지듯 물었다. 그는 여전히 배를 깐 채였다.

"오늘 당신이 당하는 것을 다 보고 있었소. 나설 수 없어 보고만 있었소. 미안하오. 오늘 당신이 풀려나지 못했다면 도독부를 공격했을 것이소."

"나를 구한다고 해결될 문제가 아닌 것 같습니다. 근본적인 변화가 있어야지."

"거사는 이미 시작 되었소."

"예?"

"무기는 어디다 숨겼소?"

"아무래도 낌새가 이상하여 또 다른 순상의 집에 숨겼습니다."

"또 다른 순상?"

"이곳 영주성에는 순상들이 많이 있습니다. 우리의 단결력은 대단하여 절대 외부 세력이 와해시킬 수 없습니다."

"이번 공격이 끝나면 상단은 약탈 대상이 될 것이오. 우리 순상들도 피해를 입을지 모르니 집집마다 붉은 깃발을 달도록 하시오. 붉은 깃발이 달린 점방은 공격하지 않도록 당부해 놓았으니."

"알겠습니다."

"시간이 없소. 무기가 있는 곳으로 우리를 인도하시오."

이달국은 이 모든 일에 하인을 관여시키지 않았기에 자신이 직접 앞장 섰다. 다만 가장 신뢰하는 하인에게 순상들을 돌며 대문에 붉은 깃발을 달라는 말은 전하게 했다. 그리고는 피떡이 진 쓰린 상처 위로 대충 웃옷을 걸치고 어둔 밤길을 힘들게 걸었다.

가끔씩 보이는 순라꾼들을 피해서 도달한 곳은 앵두나무가 크게 자란 집이었다. 이달국은 길게 두 번 휘파람 소리를 냈다. 그러자 문이 열렸다. 대조영이 문 안으로 들어서자 어디에 숨어 있었는지 수십 명의 사람들이 어둠 속에서 나타나 곧바로 대조영을 따라 안으로 들어섰다.

등불을 켜자 광 속이 비춰졌다. 수백 명은 무장할 수 있을 만큼 많은 병장기가 드러났다.

"얼른 무기를 집어 들어라."

십여 년 동안 무기를 놓고 억눌린 삶을 살았던 염주성 출신의 병사들은 광 속에서 자신에게 맞는 무기를 골라잡았다. 무기를 집어 들자 그동안 숨어 있었던 자신감과 함께 당나라군에 대한 적개심이 동시에 살아났다.

"미발계는 어서 성문을 열어라."

이번 거사에서 대조영이 맡은 일은 성안에 몰래 잠입하여 숨어 있다가 밤중에 성문을 여는 것이었다. 무기는 이미 성 안에 있었기 때문에 빈손으로 잠입하는 것은 어려운 일이 아니었다. 이들 순나부 상단은 옛 돌궐족이나 선비족의 땅은 물론 말갈지역을 지나야 했기 때문에 무기를 소지하고 있었다. 따라서 이들 상단이 들어올 때 병장기를 조금씩 들여오는 것은 아무런 문제가 없었기 때문에 이달국은 오랜 기간을 두고 무기를 들여와 창고에 쌓아 두었던 것이다.

미발계는 날랜 군사들을 뽑아 대조영과 함께 성 안으로 들어왔다. 그는 군사를 네 갈래로 나눠 사방의 성문을 열었다. 성문이 열리자 사방에 숨죽이고 숨어 있던 말갈과 거란의 병사들이 성문 안으로 쏟아져 들어왔다. 동시에 숨어 있던 대조영의 군사들이 성 안 곳곳에 불을 지르기 시작했다.

평지성인 영주성 안은 순식간에 큰 혼란에 싸였다. 러진추와 쑹마이가 이끄는 거란병은 일만 명에 가까웠다. 그들은 십오 세 이상 육십 세까지의 모든 부족원들을 이끌고 영주성으로 쳐들어온 것이다. 걸사비우의 군사도 삼천은 되었다. 염주성의 흩어졌던 군사도 일천을 헤아렸다. 그동안 흩어졌던 염주성 사람들이 새롭게 장가를 들어 낳은 아이들이 아직 성장하지 않아 싸울 수 있는 군사는 십 년 전이나 크게 다르지 않았다. 위축될 수 있는 상황이었지만 생각한 바가 있기 때문에 대조영은 개의치 않고 영주성 점령을 위해 최선을 다해 싸웠다.

졸지에 기습을 당한 당나라군은 제대로 싸우지도 못했다. 성 안에는 삼천 정도의 군사가 주둔하고 있었다. 영주도독 휘하의 군사는 오만이 되었지만, 요서 각 지역에 흩어져 있었기에 기습을 당한 영주성을 도울 방법은 없었다.

러진추는 불타는 영주성을 가로질러 곧바로 도독부로 쳐들어갔다. 뒤늦게 상황을 깨달은 경비병들의 저항이 심하였지만 수적으로 열세인 이들은 온 성에 가득한 거란인들의 분노에 찬 칼날을 막을 방법이 없었다. 도독부를 지켜야 할 중랑장 삭구가 감옥에 갇힌 상황에서 당나라군을 지휘할 지휘본부는 없었다. 이들의 저항은 오래가지 못하였다. 죽임을 당하거나 창과 칼을 내려놓고 항복하거나 둘 중 하나였다.

러진추보다 뒤늦게 도독부에 진입한 쑹마이도 당나라 군복을 입은 자는 닥치는 대로 다 베었다. 그는 도독부의 감옥으로 들어가 감옥 속에 갇힌 자들을 풀어 주었다. 감옥에 갇힐 정도의 사람이면 당연히 자기편이 될 것이라는 판단에서였다. 실제 이들 중 일부는 쓰러진 당나라군의 창과 칼을 뺏어 들고는 당나라군을 향해 돌격하는 자도 있었다.

그러나 쑹마이는 자신이 내보낸 죄수들 중에 오늘 낮에 달맞이에 의해 감옥 속에 갇힌 도독부의 중랑장이 있는 줄은 까맣게 몰랐다. 뜻밖의 앙화로 옥 속에 갇혔던 삭구는 적들에 의해서 감옥에서 풀려 나오자 곧바로 열려 있는 성문을 통해 영주성 밖을 빠져나가 평로절도사가 있는 산해관 쪽으로 달렸다.

영주성은 순식간에 불길에 휩싸였다. 대조영은 자신의 군사들을 챙긴 후 급히 도독부로 뛰어 들었다. 도독부 안은 아수라장이었다. 여기저기 널브러진 당나라군의 시체와 함께 수많은 사람들이 끌려 나왔다. 그리고 거란족과 말갈족의 손에는 옥과 보석들이 들려 있었고 또 어떤 자의 손에는 시녀인지 궁녀인지 알 수 없는 여인의 손목이 맥없이 매달려 있었다.

조홰는 초저녁부터 잠이 들었다. 그는 시녀들의 안마를 받으면서 스르르 잠이 들었다. 바깥의 시끄러운 소리도 듣지 못한 채 잠이 들었던 그는 배 끝에 느껴지는 심한 통증에 잠이 깼다. 방안이 환했다. 낯선 사람들이 방안에 가득했다.

"네 놈들은 누구냐?"

"이놈이 아직도 상황을 파악 못했나 보네. 하하하."

조홰는 불길한 예감이 들었다.

"악!"

비명을 지르고 말았다. 자신의 몸은 벌거벗겨져 있었을 뿐 아니라 두 발은 꽁꽁 묶인 채였다.

"이 자식 배때기 나온 것 좀 봐라. 얼마나 잘 처먹었으면 이렇게 배가 나왔냐."

조롱소리와 함께 강한 발길질이 이어졌다. 이렇게 심하게 맞아 본 적이 없을 정도로 심한 매질이었다.

"끌고 가자!"

말 그대로 끌려 나갔다. 걷지도 못하고 벌거벗은 몸이 바닥에 끌려 나갔다. 마당에는 수많은 사람들이 자신처럼 손발이 묶인 채 비참한 몰골로 쓰러져 있었다.

"이놈이 조홰입니다."

"뭘 질질 끌고 있어."

우두머리인 듯한 자가 목을 따는 시늉을 했다.

"사~ 살려~"

그의 말은 채 끝을 맺지 못했다. 순식간에 그의 목이 잘린 것이다.

"이 놈의 목을 장대에 매달아 성문에 걸어라."

쑹마이의 명령을 받은 부하들은 창끝에 조홰의 목을 꿰어 도독부 밖으로 나섰다.

"고씨가 누구냐?"

조홰의 목을 벤 쑹마이는 곧바로 그의 애첩을 찾았다. 벌벌 떨고 있던 사람들이 일제히 한 여자를 응시했다.

"저년이다. 끌어내라."

달맞이는 이제 일곱 살이나 됨직한 어린 아이를 꼭 껴안고 있었다. 그녀는 아들과 함께 쑹마이 앞으로 끌려 나왔다. 그녀의 옷은 이미 다 찢어져 맨살이 그대로 드러났다.

"너 어디선가 본 듯한 얼굴인데."

쑹마이는 어디선가 본 듯한 그녀의 모습을 기억해 내려 한동안 애썼다.

"네 년은 안시성에서 만났던 년이 아닌가? 그때도 고연이 너를 구해주더니."

쑹마이는 자신도 모르게 주변을 둘러보았다. 어디선가 대조영이 나타날 것 같았다. 그가 나타나기 전에 그녀의 목을 베어야겠다는 생각을 하고 있던 그는 대조영의 모습이 보이지 않자 얼른 칼을 빼 들었다.

"너 이년 그때 죽였어야 하는데."

그는 칼을 높이 들었다.

달맞이는 체념한 듯 아이를 꼭 끌어안았다. 이렇게 죽어도 억울하지는 않을 것 같았다. 자신의 생각은 이미 대조영에게 다 말하였다. 다만 한 가지 그에게 하지 못한 말이 있는 것이 미련이 남았다. 자신의 처지를 알고 있기에, 차마 그 말만은 죽을 때까지 못할 것이라 생각했기에 그렇게 억울하지만은 않았다. 며칠 전 자신을 꼭 안아주던 대조영의 품을 떠올렸다. 따뜻했던 그의 품을 떠올리며 그는 눈을 감았다.

"그 여자는 건드리지 말라고 하지 않았소."

분명 대조영의 목소리였다. 달맞이는 자신도 모르게 눈을 떠서 그를 바라보았다. 말을 탄 채 나타난 그의 손에는 자신이 건네 준 화극이 쥐어져 있었다. 호랑이 같은 그의 눈은 쑹마이를 노려보고 있었다. 분노에 찬 그는 여차하면 쑹마이를 내려 칠 기세였다. 달맞이의 가슴은 뛰기 시작했다. 권력의 끝에서도 느껴 보지 못한 뜨거운 기운이 솟아올랐다. 사랑하는 사람이 나타나준 것만으로도 눈물이 났다.

조금 전까지 보이지 않던 그가 어디서 나타났단 말인가? 쑹마이는 당황했다.

"이 여자는 내 여자요. 다른 것은 다 용서할 수 있지만 이 여자를 건드리면 용서하지 않을 것이오."

대조영의 일갈에 쑹마이는 주춤했다. 그의 무예를 알고 있는 그로서는 쉽게 그를 상대로 싸울 수가 없었던 것이다. 그 틈을 이용하여 대조영은 달맞이와 그의 아들을 말에 태웠다.

"내 손을 잡으시오."

달맞이는 그의 손을 잡았다. 다시는 놓지 않겠노라며. 대조영의 무게만으로도 힘겨워 하던 말은 잠깐 힘겨운 듯하더니 이내 힘을 내어 세 사람을 싣고 마당 밖을 빠져나갔다. 쑹마이는 분한 표정으로 바라만 보고 있었다. 약속한 것이 있기에 설불리 자신의 감정대로 할 수가 없었던 것이다.

영주성은 분노한 거란족과 말갈족의 전사들에 의해 불타고 약탈당하였다.[26] 이 거사의 대장격인 러진추는 이런 모습을 그냥 내버려 두었다. 전쟁에서 승리한 후에는 이런 정도의 노획물이 있어야 한다는 것이 그의 생각이었다. 대조영은 모른 척하며 이달국의 점방에 자신의 본부를 두고 군사들을 근처로 이끌고 갔다.

사흘이 지나서야 성 안은 비로소 질서가 잡혀 갔다. 러진추는 정탐병을 보내 당나라군의 후원군이 오는지를 염탐했다. 예상대로 뚜렷이 나타나는 적은 없었다. 언젠가는 당나라 조정에서 토벌군을 보낼 것이기에 이에 대비해야 했다. 뿐만 아니라 자신들의 등 뒤에 있는 안동도호부에 대한 공격도 서둘러야 했다. 토벌군이 도착하기 전에 이들을 제압하지 못하면 양 쪽

---

26) 이진충과 송막의 반란은 696년에 발생하였다. 이때 대조영이 무엇을 하였는지 정확히 밝혀지지 않았지만 「구당서」나 「신당서」 모두 이 반란을 이용하여 말갈족 걸사비우와 대조영이(「신당서」에는 대조영이 아니라 그의 아버지 걸걸중상이라 말하고 있다. 이 책에서는 천관우의 연표를 신뢰하여 「구당서」의 기록을 따라 대조영이라고 단정한다.) 자신들의 세력을 이끌고 동쪽으로이동하였다고 전해진다. 이들이 동쪽으로 옮겼다면 반드시 신성(오늘날 심양) 지역에 설치되어 있던 안동도호부와의 마찰을 피할 수 없었을 것이다. 「당서」에는 안동도호부는 이진충의 반란 때 매우 혼란스러웠다는 기록이 나오고 있다. 이후 안동도호부에 대한 기록은 699년에 안동도호부를 안동도독부로 바꾸어 고구려 왕통을 이어받은 고씨를 도독으로 임명하였다는 기록이 나온다. 이를 종합해 볼 때 이진충의 반란이 일어났을 때 대조영과 걸사비우도 이에 가담하였으며 당시 등 뒤에 위치하고 있는 안동도호부를 공격하지 않을 수없어 걸사비우와 대조영이 이를 공격하여 함락한 것으로 추정된다.당시 황제는 측천무후였는데 그녀는 697년 75세의 나이로 죽는데 그 전에 회유책으로 대조영과 걸사비우에게 작위를 주려하지만 대조영이 이를 거절한다. 따라서 당시 대조영과 걸사비우는 최소한697년 전까지 신성을 거점으로 한 요동지역을 점령했던 것이라 추정된다. 그러나 이진충의 난을 평정한 이해고에 의해 대조영과 걸사비우는 공격을 받게 되는데 걸사비우가이 싸움에서 전사하고 대조영과 이해고가 천문령(오늘날 요령성과 길림성의 경계지역인 휘발하로 추정)에서 싸운 것으로 보아 이해고가 대조영이 점령하고 있던 신성을 빼앗고 계속 공격하였던 것으로 생각한다. 결국 천문령에서 대조영이 이김으로 인해 대조영은 독자적 세력을 형성하였고 또 아무런 방해 없이 나라를 세울 수 있었던 것이라 생각한다. 천관우가 쓴 연표에 의하면 696년 대조영의 아버지 걸걸중상이 백두산 동북쪽의 말갈 영역을 다점령하는 것으로 나오는데 그의 주장이 어떤 자료를 근거로 하는지 정확히 모르겠지만 이 연표가사실이라면 걸걸중상은 오늘날 길림성 근처에서 이미 큰 세력을 형성하고 있었다고 추정할 수 있다. 이런 연유로 대조영이 아버지 세력과 합세하여 휘발하에서 이해고를 무찌르고 696년 발해를세운 것이라 가정할 수 있다. 즉 대조영은 2년 정도 요동지역에 머무르다 이해고의 공격을 받자아버지가 이미 세력을 형성하고 있던 옛 순나부 땅인 오늘날 길림성 쪽으로 이동했다고 생각한다. 한편 중국 측 자료인 「신당서」에는 발해를 세운 사람이 걸걸중상이라 하고, 「구당서」에는 대조영이라 밝히고 있으며, 일본인 지내굉(池內宏)은 걸걸중상은 건국 전 영주지역에 살 때의 이름이고 대조영은 발해를 세운 후의 이름이라하여 둘이 동일인임을 주장하기도 한다. 「신당서」에는대조영을 속말말갈인으로 적었는데 이를 바탕으로 중국인들은 발해사가 말갈역사라 주장하기도 한다. 또 「구당서」에는 대조영을 고구려의 별종이라 표현하는데 필자가 생각할 때는 고구려의 별종이란 고구려의 5부족 연맹 중 순나부에 해당하는 부족을 별종이라 표현하지 않았나 생각한다. 물론 대 혹은 태씨도 당시 고구려말의 음차로 보아야 하는데 이에 따르면 대나 태는 '아리' 씨 계통의 '해' 씨의 한자식 표현이지 않을까 생각한다. 이렇게 본다면 대조영은 예맥출신의 고구려인임이 틀림없다.

에서, 앞과 뒤에서 적을 맞이해야 하기 때문이었다.

러진추는 쑹마이와 함께 토벌군에 대한 방비에 들어갔다. 그 사이 걸사비우와 대조영은 안동도호부 공격을 위한 채비에 들어갔다.

4. 아! 요동

　대릉하 지역에 몰아치던 찬바람은 금방 매서운 칼바람으로 변하였다.
대조영은 그동안 정들었던 대릉하를 떠나기 위해 짐을 꾸렸다. 짐이라야
먹을 것과 입을 것만 챙기는 간단한 행장이었지만 아이들 입장에서는 나
고 자란 땅이었기에 떠나기가 쉽지 않았다. 그들은 이곳이 고향이기 때문
이었다.

　미발계는 대릉하 곳곳에 흩어져 있던 모든 예맥족 출신의 염주성 사람
들을 모아들였다. 처음 염주성을 떠나올 때 홀몸이던 사람들은 대부분 가
정을 이뤄 서너 명씩 불어난 식구들을 이끌고 고향으로 돌아갈 부푼 꿈에
젖어 있었다. 햇빛 반짝일 때면 하얀 보석 같은 고향, 물산이 넘쳐 풍요롭
고 인심이 좋았던 곳, 어느 누구도 함부로 넘볼 수 없었던 고향, 누구에게
나 내 고향은 염주성이라고 자신 있게 대답하던 고향으로 식구들을 데리
고 간다는 마음에 짐을 싸는 손이 떨리기 마저 했다.

　처음 올 때 일천 명 정도밖에 되지 않던 염주성 유민들은 이제 사천 명을

헤아릴 정도가 되었다. 싸울 수 있는 군사는 여전히 일천 명 정도밖에 되지 않는다는 것이 대조영의 마음을 불편하게 했다. 무슨 일에서든 주도권을 쥐지 않으면 안 된다는 생각이 머릿속에 각인된 대조영은 여전히 안개 속을 헤매야 하는 앞날에 대한 걱정이 앞선 것이다. 그러나 아직도 염주성에는 아버지가 버티고 있기 때문에 자신 있게 화극을 잡을 수 있었다.

걸사비우 또한 십여 년 동안 온갖 회한이 다 깃든 대릉하를 떠나 고향으로 돌아간다는 기분에 마음이 들떴다. 그런 그도 앞일을 생각하면 편치만은 않았다. 고향 땅 순나부가 어떻게 변했는지, 그 땅의 주인은 누가 되어 있는지, 그리고 안동도호부를 상대로 한 싸움에서 이길 수 있을지…… 지금 자신의 마음은 이전과 많이 달라져 있었다. 속말말갈과 늘 경쟁관계에 있었던 염주성에 대한 생각이 그랬다. 당나라라는 거대한 세력에 맞서기 위해서는 이들과 연합해야 했다. 서로의 문화와 삶의 방식을 유지한 채 각자의 삶을 존중하면서 군사적으로 동맹관계를 맺어야만 했다. 그렇지 않고서는 지난 십여 년처럼 당나라에 종속된 삶을 살 수밖에 없었다.

일단 안동도호부를 점령하는 것이 급선무였지만 대조영은 비책이 있다고 했다. 대조영은 앞으로 자신과 함께 순나부는 물론 요동 땅을 다스려야 할 사람이다. 무예가 뛰어날 뿐 아니라 지략까지 갖추어 훌륭한 지도자가 될 자격이 있는 사람이었다. 자신과는 숙적이 될 수도 있지만 숙적보다는 좋은 이웃으로 남고 싶었다. 그와 같은 이웃이 있다면 아주 든든할 것 같았다. 고향 땅으로 돌아가는 그의 마음은 홀가분했다. 예맥족과 힘을 합쳐 자신들의 조상이 생매장 당하면서까지 지켜 냈던 고구려의 옛 땅을 되찾고 거란족과 말갈족, 예맥족이 함께 이룩했던 고구려의 영화를 다시 한 번 누려야겠다는 생각을 하였다.

속말말갈족 전사는 삼천 명 정도였다. 그 가족들까지 합치면 일만을 훨씬 넘었기 때문에 적은 숫자가 아니었다. 아직 아이들이 어리긴 하지만 이

삼년만 더 지나면 저들도 싸울 수 있는 나이가 된다. 그렇게 된다면 일만의 군세를 지니게 되리라.

안동도호부만 점령한다면 고향 땅에 사람을 보내 고구려의 일원이었던 속말말갈과 백산부말갈을 끌어 들여 오만 이상의 군세는 순식간에 이룰 수 있을 것 같았다. 그렇게 된다면 당나라군에 충분히 맞설 수 있다고 판단했다.

대릉하가 얼기 시작하자 걸사비우와 대조영이 이끄는 예맥족과 속말말갈 연합군은 안동도호부를 공략하기 위해 출발했다. 십 년 넘게 살았던 정든 땅을 떠나는 아이들은 자꾸 고향 땅을 되돌아보았지만 고향을 향해 떠나는 어른들은 지긋지긋했던 지난날의 삶을 떠올리며 마차에 채찍을 가했다. 이들 속에는 두꺼운 옷으로 아이를 꼭 껴안은 달맞이도 섞여 있었다.

영주도독부가 반란군에 의해 함락되었다는 소식은 요하 건너 신성(新城)[27]에 자리하고 있는 안동도호부에도 전해졌다. 이제는 십 년도 훌쩍 뛰어넘은 세월이었지만 고구려 유민을 위무하기 위해 안동도호로 임명되었던 고구려왕 보장이 고구려 부흥운동을 일으켰다가 실패한 이후 요동 땅에는 큰 혼란이 없었다. 구심점을 잃어버린 고구려 유민들은 더 이상 소요를 일으키지 않았다. 물론 이는 수많은 고구려인들이 고구려 땅을 떠나 신라에 투항한 것도 큰 원인이었지만 무엇보다도 이들을 중국 내륙으로 이주시킨 것도 한 이유였다.

안동도호 이근행은 이제 육십 줄에 들어섰다. 보장을 대신하여 안동도호가 된 이후 그의 삶은 순탄했다. 고구려 유민 출신인 나달을 그의 참모

---

27) 신성은 오늘날 요령성 무순시 근처에 있는 성이었다. 혹자는 오늘날 심양근처에 신성이 있었다고도 한다. 하지만 지리적으로 따져 보았을 때 심양에는 개모성이 있었다는 것이 더 맞지 않나 생각한다.

로 받아들인 이후 그는 행정과 군사 모든 면에서 신경 쓸 것이 없었다. 자신의 마음에 쏙 들게 모든 일을 잘 처리했다. 이렇게 무탈한 인생을 살 수 있겠단 생각이 깊어갈 즈음 요하 건너편에 있는 영주성에서 반란이 일어났다는 소식이 들렸다. 소식을 전한 나달과 이를 의논할 수밖에 없었다.

"우리는 어떻게 해야 하나?"

"아무래도 조정에서 우리에게 토벌 명령을 내릴 것 같습니다. 다만 그 시기가 언제냐의 문제일 뿐이지요."

"자네 생각에는?"

"내년 봄쯤이 되지 않을까 생각합니다."

"우리 군사력은 충분한가?"

"안동도호부 소속 성들의 지원을 받아야지요."

"자네가 힘을 좀 쓰게."

"예. 알겠습니다."

"혹시 반란군 수괴 중에 대조영이라는 이름은 없던가? 이전에 반란군에 가담했던 쑹마이라는 자와 러진추가 주동이라 하던데."

"대조영이라는 이름은 없는 것 같았습니다."

"만약 그자도 가담했다면 조심해야 돼. 자네도 자네지만 대조영도 만만치가 않아. 아마도 이 요동과 요서 땅에서 대조영을 감당할 만한 장수는 없을 것이야."

이근행은 이전에 거란족 최고의 무예를 지녔다는 리하이구와 접전을 벌이던 대조영의 모습을 떠올리며 말했다.

"그는 이미 자취를 감춘 지 오래입니다. 아마도 중원 땅으로 끌려가지 않았나 생각합니다."

"내가 쓰고 싶었는데……. 고연이 끝내 반대해서……."

이근행은 비록 적이었지만 대장부다운 면모를 보였던 고연에 대한 신뢰감을 지니고 있었다. 적이 아니었다면, 추구해야 할 목표가 다르지만 않았다면 그를 자신의 곁에 두고 싶었다. 물론 나달이라는 좋은 장수를 얻기는 하였지만.

"그래도 모르니 혹시 그들 중에 대조영이 있는지 확인해 보게. 만약 그가 반란군의 핵심에 있다면 상황은 달라져."

"상황이 달라지다뇨?"

"그는 이번 겨울이 지나가기 전에 우리를 공격하러 올 것이네. 머잖아 조정에서 토벌군을 보낸다면 앞뒤에서 적을 맞이하게 되는 상황을 알고 있을 것이기 때문이지."

나달은 깜짝 놀랐다. 이근행이 늙은 줄 알았는데, 모든 것을 자신에게 맡겨 놓았기에 이제는 지모(智謀)가 무디어졌는지 알았는데 아니었다. 그는 여전히 장수였다. 다만 그 모든 것을 자신에게 맡긴 것뿐이었다.

"아직까지 대조영이라는 이름이 나오지 않고 있으니 염려하지 마십시오."

"그렇겠지. 아무튼 나는 이제 늙었어. 모든 것을 자네에게 맡기겠네."

"염려 마십시오."

나달은 물러 나왔다. 그는 고뇌에 빠졌다. 이미 대조영으로부터는 출정했다는 연락이 왔다. 십삼 년의 세월이 지나는 동안 자신을 신뢰하고 모든 것을 맡긴, 심지어는 목숨마저 맡긴 사람을 배반해야 하는 가였다.

고구려의 실체가 사라진지 이미 삼십 년이 다 되었다. 그동안 자신은 고구려의 부활을 위해 모든 것을 다 바쳤다. 과연 고구려가 부활할 수 있을까 고민했다. 고구려의 주축 세력들이 신라에 복속되고 또 일부는 당나라 땅으로 끌려간 상황에서 과연 어떤 세력이 구심점이 되어 다시 고구려를 부흥시킬 것인가? 설사 고구려가 부활된다고 해도 말갈과 거란을 통합할 능력이 있는가?

이제 자신이 없었다. 오십이 넘어가면서 옛날의 패기와 자신감이 사라졌다. 어쩌면 이제 자신은 이대로의 삶이 지속되기를 바라는 지도 몰랐다. 대조영이 지금 신성을 향해 군사를 몰고 오고 있다. 그는 당연히 자신이 협력하여 이근행을 몰아내고 요동 땅을 회복 할 것이라 확신하고 있을 것이다.

나달은 흔들리고 있었다. 이성적으로는 대조영에게 협조해야 하는데 몸은, 마음은 십여 년이 넘게 자신이 이룩한 이 안동도호부를 평온한 상태에서 지속시키고 싶었다. 자신의 마지막 불꽃을 태운 이 성에 더 이상 전쟁의 불길이 타지 않기를 바라고 있었다.

문제는 대조영이었다. 자신에게 사라진 패기와 의욕과 능력을 대조영은 계속 지니고 있을까. 의문이었다. 그가 그런 능력을 지속적으로 지니고 있다면 이 성을 넘겨줄 수 있다. 아니 넘겨주어야 한다. 만약 그가 옛날과 같은 패기도 능력도 없다면 오히려 이 성을 넘겨주어서는 안 된다는 결론을 내렸다. 지난 세월 자신의 땀과 노력이 베인 이 성을 섣불리 애송이에게 넘겨주어 또 다시 진압 당하게 하고, 폐허로 남게 하고 싶지는 않았다. 진짜 능력이 있고 가능성이 있을 때만 넘겨주고 싶었다.

걸사비우와 대조영은 수많은 가족들을 이끌고 회원진을 지나 심하(沈河)[28]를 건넜다. 강을 타고 건너오는 매서운 찬바람이 손과 발을 얼게 하였지만 고향으로 간다는 마음에 이 정도 추위는 얼마든지 참을 수 있다고 생각했다. 다만 왜 이런 고생을 해야 하는지 알지 못하는 아이들의 불만어린

---

28) 오늘날 혼하를 조선시대까지는 심하라 불렀다. 오늘날 요령성 성도인 '심양'의 이름도 심하 북쪽에 있는 도시라는 의미다. 한편 혼하와 혼강은 구별해야한다. 혼하는 무순, 심양 등을 거쳐 요하와 마주보며 발해만으로 흘러가는 강이고, 혼강은 길림성 통화시에서 고구려의 첫도읍지였던 환인(이 지역의 강은 동가강이라 부른다)을 거쳐 압록강으로 흘러가는 강이다.

소리들이 들리긴 했다. 이는 미래에 누릴 행복에 비한다면 무시할 만한 불평이었다.

이미 미발계를 보내 나달과 연락을 취한 상태이기에 대조영은 편안한 마음으로 안동도호부로 접근했다. 전투를 할 수 없는 가족들을 멀찌감치 물린 다음 전투가 가능한 병사들로 신성의 서쪽 성문 앞에 진을 쳤다. 나달이 호응해주길 바라며 한참을 기다렸다. 분명 성을 열고 나와야 할 나달이 모습을 보이지 않았다. 자신이 알고 있는 나달은 절대 배반할 사람이 아니었다.

'그렇다면……'

나달과 만난 지가 너무 오래되었다. 그동안 그가 어떻게 변했는지 알 수 없었다. 일이 잘못 될 수도 있다는 것을 대조영은 간파했다.

'나달을 믿지 말자.'

대조영은 걸사비우를 만났다. 이곳까지 오는 동안 그는 걸사비우에게 나달과의 약속을 말하였다. 이로 인해 그는 느슨한 경비를 서고 있었다.

"나달의 심경에 무슨 변화가 일어난 듯합니다. 아니라면 다행이지만 만의 하나를 대비해야 할 것입니다."

"우리보다 저들의 숫자가 더 많을 지도 모르는데 나달이 우리 편이 아니라면 큰 일이 아닌가?"

"일단 군사를 물립시다. 그런 다음에 보다 세밀한 계책으로 맞서야 할 것 같습니다."

걸사비우는 대조영을 신뢰했다. 영주성에서 보여준 그의 지략은 뛰어났다. 그가 이렇게 판단했다면 그의 말을 들어주는 것이 좋을 것 같았다. 그는 군사들을 식구들이 머물고 있는 심하 너머로 철수시켰다. 그 시간 신성에서도 안동도호부 도호 이근행과 나달이 긴급회의를 열고 있었다.

"저들이 이곳에 나타나지 않을 것이라 하지 않았나?"

이근행은 뜻밖의 상황에 화를 내고 있었다.

"대조영이 저들 속에 있었습니다. 이 싸움은 대조영이 지휘하고 있습니다."

대조영이라는 말에 화를 내던 이근행은 주춤했다. 그리고는 고개를 끄덕였다. 그가 아니고는 이곳을, 이 추운 겨울에 성을 공격하러 나섰을 리가 없다고 생각했다.

"자넨 생각에는 어떻게 했으면 좋겠나?"

"이틀 동안 저들의 군세를 살펴보았습니다. 저들은 오천도 되지 않는 것 같습니다. 성문을 열고 그냥 쓸어버려도 될 것 같습니다."

나달은 일부러 거친 표현을 쓰며 자신감을 보였다.

"저들의 군사가 과연 오천밖에 되지 않을까? 오천의 군사로 이 성을 공격하는 것은 불가능한 일인데……."

이근행은 조심스러웠다. 아니 노련했다.

"일단은 좀 더 지켜보기로 하세. 저들이 이곳에 오천의 병력만 보내 우리를 유인하고 뒤에는 많은 병력을 숨겨 놓고 있는지 모르는 일이니……."

"알겠습니다."

나달은 이근행의 생각에 동의를 표했다. 이근행 입장에서는 충분히 생각 가능한 일이었다. 물론 나달은 대조영의 병력이 오천도 안 된다는 것을 알고 있었다. 그렇다고 자신의 속생각을 드러낼 수도 없는 일이었다. 대신 이제부터 대조영이 어떻게 나오는지 지켜보기로 했다. 과연 오천의 군사로 이만이 지키는 이 성을 어떻게 공략하는지. 그것으로 대조영을 판단하기로 했다.

대조영은 나달의 의도가 무엇인지 몰라 고뇌에 빠졌다. 그러다 문득 어쩌면 자신을 시험하기 위한 것이라는 생각이 들었다. 이 상황에서 양측의 군사를 희생하면서까지 그럴 필요가 있는가. 회의가 들었다. 아무튼 이 난관을 극복해야만 했다. 오천으로 이만 명 가까운 병력과 싸워야 하는 것이다. 성을 공격하려면 수비하는 측보다 네 배 정도는 더 많은 군사가 있어야 하는 것이 상식이다. 자신들은 오천도 되지 않는다. 대조영은 뾰족한 해법이 없어 고뇌에 빠졌다. 걸사비우도 마찬가지였다.

"잠깐 들어가도 되겠습니까?"

자신을 따라 나섰던 훈장선생이 갑자기 대조영을 찾아왔다.

"무슨 일이오."

"외람되나 어려움에 처한 듯하여 혹시 도움이 될까 찾아왔습니다."

혹시 이 자가 도움을 줄 지 모른다는 생각이 들었다. 달맞이가 자신 있게 자신에게 천거한 그녀의 동생이었다. 달맞이에 대한 신뢰만큼이나 그에 대한 신뢰가 있었다. 그는 지금 처한 상황을 설명했다.

"두 가지를 생각해 볼 수 있습니다. 하나는 나달의 마음이 변한 것이고, 또 하나는 나달이 과연 공자님이 믿을 수 있는 사람인지 시험해보는 것이라 생각합니다."

대조영도 두 가지 경우를 상정하고 있었기 때문에 그의 말에 큰 반응을 보이지 않았다.

"중요한 것은 전자든 후자든 나달을 이겨야 한다는 것입니다."

"그야 당연한 소리지. 오천으로 이기기 힘드니 하는 소리가 아닌가?"

"싸움의 승패는 숫자의 많고 적음이 결정하는 것이 아닙니다."

"무슨 좋은 수라도 있는가?"

"나달은 우리의 병력이 적은 것을 알고 있습니다. 그런데도 적은 조심스럽게 우리를 대하고 있습니다. 이는 노련한 이근행이 신중하게 접근하고 있다는 것을 반증하는 것입니다. 이를 이용해야 합니다."

"그동안 자네 이름도 묻지 않은 것 같네."

"고인의(高仁義)라고 합니다."

"좋은 이름인 것 같네. 고군 자네의 의견을 좀 더 자세하게 말해 보게."

"이근행은 우리의 군사 뒤에 매복이 있지 않을까 조심스러워 하고 있습니다. 이것을 역이용하는 것입니다. 즉 우리 군사 오천 중 이천 정도는 북문 근처에 숨겨 두고, 삼천 정도의 군사로 남문 앞에서 농성을 벌이는 것입니다. 그렇게 되면 적들은 분명 성문을 열고나올 것입니다. 그때 우리 삼천 명의 군사들은 비전투원인 가족들이 있는 곳으로 적을 유인하는 것입니다."

"그러다 가족들이 다치면 어떡하려고?"

"절대 안 다칩니다. 비전투원인 아이와 여자들에게 군복을 입히고 막대기에 깃발을 꽂은 후 적들이 올만한 길목에서 서 있기만 하면 됩니다."

"왜?"

"적들이 염두에 두고 있는 것이 바로 우리 후방에 매복하고 있을지 모르는 군사들입니다. 따라서 우리 군사가 이곳으로 저들을 유인해 오면 적들은 조심스럽게 추격할 것입니다. 그때 저들이 깃발을 든 수만의 우리 군사들을 보면 자신들의 예상이 맞았다며 오히려 안도의 숨을 내 쉰 후에 분명 군사를 물릴 것입니다."

"허허. 일리 있는 말이군."

"분명 그렇게 됩니다. 절대 우리 가족들이 다치지 않습니다."

고인의는 확신에 찬 듯 말했다.

"또한 저들이 우리를 추격할 때 북문 근처에 숨어있는 우리 정예 병사들은 열린 성문을 통해 성문 안으로 들어갑니다. 그리고는 곧바로 도호부를 습격하여 이근행의 목을 베는 것입니다. 그렇게 되면 분명 나달은 자신이 의도한 바가 무엇인지 보일 것입니다. 공자님을 시험해보고자 한 것인지, 아니면 배반한 것인지."

"어떻게 그것을 구분할 수 있겠나?"

"시험 한 것이면 너털웃음을 지으며 싸움을 멈출 것이고, 배반한 것이라면 끝까지 싸울 것입니다. 그가 싸우려 들면 우리는 쉽게 이길 수 없을 것입니다. 제가 생각할 때 그는 분명 공자님의 능력을 시험해 보는 것입니다."

"좋네. 자네의 계책을 따르겠네."

대조영은 곧바로 걸사비우를 찾아가 고인의가 제안한 계책에 대해 논의했다. 고뇌에 빠져 있던 그도 뜻밖의 계책에 흡족해 했다. 다음날, 대조영은 이천 명의 군사를 이끌고 신성 앞에가 농성을 벌였다. 성 안에서의 반응이 없었다. 그 다음날은 삼천 명의 군사를 이끌고 가 농성을 벌였지만 또 다시 반응이 없었다. 물론 걸사비우는 나머지 병사를 이끌고 북문으로 가 매복했다.

사흘 때 되던 날, 또 다시 삼천 명을 이끌고 남문 앞에 진을 쳤다. 여전히 성문은 굳게 닫혔다. 염주성의 예맥족과 속말말갈 연합군은 이제 성문 앞에서 농성을 벌이는 것이 일과가 된 탓에 긴장감 없이 따뜻한 햇볕을 즐기고 있었다. 그때 갑자기 성문이 열렸다.

"적이다!"

다급한 목소리가 진중에 울리기 시작했다.

"대오를 갖춰라. 내가 명령을 내리면 후퇴한다. 대오가 흐트러지면 모두 죽는다. 대오를 맞추어 퇴각한다."

대조영은 부하들을 향해 큰 소리로 주의 사항을 전달한 후 성 안의 당나라군이 접근하기를 기다렸다. 수천을 헤아리는 적들이 창을 높이 들고 밀물이 밀려오듯 쏟아져 나왔다. 선두에 나달의 모습도 보였다.

"발사!"

대조영은 당나라군이 달려들자 사수들에게 발사를 명령했다. 순나부 사람들은 단궁(檀弓)이라는 강궁을 사용하였다. 크기는 작지만 사거리가 멀고 정확도가 뛰어나 이들의 활솜씨는 이전부터 중원에 알려져 있었다. 활을 쏘자 적들이 주춤했다. 워낙 많은 수의 군사들이라 오래지 않아 다시 밀려들기 시작했다. 대조영은 계속 활을 쏘며 싸움을 독려했다. 하지만 적들의 숫자는 줄어들지 않았다.

"후퇴하라."

마침내 적과의 거리가 한 마장쯤으로 좁혀지자 대조영은 후퇴 명령을 내렸다. 이미 적들의 기세에 질려 있던 대조영의 부대는 후퇴명령이 떨어지자 급히 내달리기 시작했다. 당나라군도 사나운 기세로 달려들어 쫓고 쫓기는 추격전이 시작되었다.

나달은 대조영의 뒤를 쫓았지만 사력을 다하지는 않았다. 느슨하게 그를 쫓았다. 심하를 건넌 대조영은 화산(華山)쪽으로 달리기 시작했다. 나달도 놓치지 않고 그를 뒤쫓았다. 추격하는 군사들은 벌써 지치기 시작했다. 너무 오랫동안 전투가 없어 훈련을 소홀히 한 탓도 있었다.

나달은 달리면서 많은 생각을 했다. 과연 쫓기는 대조영이 어떤 작전을 쓸 것인가? 만약 대조영이 맥없이 저항한다면 어떻게 할 것인가? 그는 대조영이 너무 평범한 모습을 보인다면 차라리 그의 목을 베어 버려야겠다고 생각했다. 괜히 되지도 않는 일을 벌여 놓았다가는 죄 없는 백성들의 목숨만 버리는 일이라 생각했기 때문이다. 눈앞에 화산이 나타났다. 대조영은 계곡으로 이어지는 길을 달렸다. 순간 나달은 절로 입가에 웃음이 나왔다. 너무나 평범한 전술이었다.

"멈춰라!"

나달은 추격을 중지시켰다. 숨을 헐떡거리던 병사들이 안도의 빛을 내비쳐며 나달의 다음 명령을 주목했다.

"잠시 적진을 살피겠다. 경계를 풀지 말고 대오를 갖춰 대기하라."

나달은 부하들을 대기시킨 후 부장을 이끌고 화산 근처로 나아갔다. 제법 깊게 보이는 골짜기였다. 매복이 숨어 있기에 안성맞춤의 장소였다. 그는 조심스럽게 골짜기 안으로 들어갔다. 순간 나달은 깜짝 놀랐다. 골짜기 안에는 수없이 많은 깃발이 나부끼고 있었다. 사람의 모습도 보였다. 수만 명은 되어 보이는 엄청난 숫자였다. 이렇게 많은 군사가 숨어 있을 줄은 몰랐다. 얼른 그는 말을 달려 골짜기를 벗어났다.

그러다 문득 이상한 생각이 들었다. '왜 매복해 있는 군사를 노출시켰을까?' 깃발만 나부낀 것은 분명 아니었다. 자신의 눈으로 직접 엄청 많은 군사를 확인했다.

'아! 이것이었구나.'

대조영의 의도가 보였다. 그는 싸우고 싶지 않았던 것이다. 일부러 군사를 노출시켜 자신에게 그들의 군세를 보여 준 것이다. 이래도 싸우고 싶은 생각이 있으면 싸워 보자는. 문득 이근행이 떠올랐다. 자신은 대조영의 군사가 오천도 안 된다는 정보를 미리 알고 있었기에 조심스럽게 대하라는 그의 주의를 무시했다. 그의 말이 맞았다. 역시 경험은 무시할 수 없는 것이라 생각했다. 이근행이 새삼 존경스러워 보였다. 그러나 그보다 더 무서운 사람은 대조영이었다.

자신을 속였다. 완벽하게 자신이 속아 넘어 간 것이다. 오천도 안 된다는 그의 말만 믿고 아무 대책 없이 골짜기로 들어갔다가는 크게 당할 뻔했다. 물론 그가 싸울 의사가 없었기에 망정이지.

"성으로 돌아간다. 적의 공격이 있을지 모르니 신속하게 이동한다."

그는 군사를 물렸다. 더 이상 싸우는 것은 의미가 없었다. 그의 군사가 몇 만이 된다는 것을 확인한 것만으로도 오늘 싸움의 목적은 달성한 셈이었다. 성으로 돌아가서 어떻게 할 것인가를 결정하기로 했다. 추격전을 시작한 때로부터 벌써 반나절이 지났다. 깊은 생각에 잠겨 있던 나달은 성문에 도착한 줄도 몰랐다.

"저것 좀 보십시오."

부장이 급하게 나달을 일깨웠다. 그의 손가락 끝이 가리키는 곳을 바라보았다. 성 안에는 이상한 깃발이 나부꼈다.

"설마……."

나달은 말을 달렸다. 성 밑에까지 바싹 접근했다. 성첩에는 많은 낯선 군사들이 보였다. 말갈족이었다. 더 놀라운 일이 있었다. 성문에 매달린 목이었다. 아직도 피가 떨어지는 몸통 없는 목의 주인공은 분명 이근행이었다.

'어떻게 이런 일이……'

맥이 풀렸다. 아니 서 있을 힘도 없었다. 완벽하게 당하였다.

"나는 속말말갈 가한 걸사비우다. 네 식구들과 병사들은 이미 항복하였다. 무기를 버려라."

나달은 성첩에서 자신을 향해 소리치는 걸사비우의 얼굴을 확인했다. 승리의 기쁨에 가득한 얼굴이었다. 나달은 돌아섰다. 더 이상 아무런 소리도 들리지 않았다. 왜 이렇게 되었는가? 언제 자신이 이렇게 무력한 사람으로 변해 버렸는가 한심할 뿐이었다.

'이제는 내 시대는 갔다. 대조영에게 모든 것을 맡겨야겠다.'

언제 왔는지 대조영이 군사들을 이끌고 자신들 앞에 서 있었다.

"어떡하시겠습니까? 싸우실 생각이 있으십니까?"

대조영은 나달을 향해 물었다.

"아닐세. 자네를 시험하려 했던 내가 잘못이네. 무조건 항복이네. 앞으로 모든 것은 자네 뜻에 맡기겠네. 내 목숨마저도."

"고맙습니다."

대조영의 입가에 미소가 떠올랐다.

"한 가지 부탁이 있네."

"말해 보십시오."

"저 분의 목을 걷어 장사 잘 지내 주게."

나달은 이근행의 목을 가리키며 말했다. 비록 한때는 적개심을 품었던 사람이었지만 십 년을 넘게 지내면서 많은 정이 들었을 뿐 아니라 자신을 인정해준 사람에 대한 고마움이 있었던 것이다.

"고연 막리지 어른을 생각해 보십시오. 그분의 목이 어떻게 되었는지. 너무 오랫동안 그분을 잊으신 것 같습니다."

대조영은 끝내 외면했다. 전투는 끝이 났다. 대조영과 걸사비우는 안동 도호부를 정복했다. 나달은 뒤늦게 대조영의 병력이 오천도 안 된다는 것을 알고는 그에게 완전 굴복하고 말았다. 이제는 대조영의 사람이 되어 그의 명령에 따르기로 했다. 그것이 자신이 고구려를 위해 할 수 있는 마지막 사명이라고 다짐도 했다.

안동도호부가 굴복했다고 해서 안동도호부 내에 있는 여러 성들이 다 굴복한 것은 아니었다. 이들을 다 굴복시켜야만 요동 지역을 완전 지배할 수 있는 것이었다. 대조영은 나달에게 이들을 정복할 것을 부탁했다. 나달은 흔쾌히 나섰다.

걸사비우와 대조영은 당분간 이곳에 머물면서 안동도호부의 전 지역을 통합하고, 새로운 고구려의 왕을 세운 후에 고향으로 돌아가기로 했다. 그동안에 고구려 대왕의 혈통을 이어 받은 적절한 사람이 없는지 찾기로 했다. 물론 이는 요서 지역에 있는 러진추와도 의논해야 할 일이라 당장 급하지는 않았다.

대조영은 안동도호부를 정복한 이후에 미발계를 염주성에 보냈다. 그동안의 행적을 알림과 동시에 자신들이 요동, 요서를 점령하여 옛 고구려의 연나부지역을 점령했으니 이제 군사를 일으켜 순나부 지역에 남아 있는 당나라 세력을 몰아내고 그 지역을 통합해 달라는 부탁이었다. 그렇게 된다면 순식간에 고구려의 옛 땅을 되찾는 형국이 되는 것이다.

대조영의 기군(起軍)소식을 초조하게 기다리고 있던 염주성의 걸걸중상은 미발계가 승전 소식을 갖고 오자 환하게 웃었다. 흰머리가 성성한 그는 이제 옛날의 기백을 찾아보기가 쉽지는 않았다. 반신반의하던 결과가 좋게 나오자 참모들을 불렀다. 수비대장 미가살, 해군대장 장간, 그리고 그의 부인 연씨가 다 모였다. 이제는 다들 흰 머리가 성성했다. 고구려가 망한 후 지난 삼십 년 동안 자신을 도와 힘겹게 염주성을 지켜온 오랜 동지들이었다.

"자네들도 이제는 많이들 늙었구먼."

"아닙니다. 아직은 젊은 놈들 몇 놈은 눕힐 자신이 있습니다."

미가살이 주먹을 불끈 쥐어 보이며 말했다.

"나도 그렇게 생각하네. 자네 아직 힘이 있다는 것을 알고 있네. 그래서 하는 말인데 마지막으로 힘 한 번 써야 될 것 같네."

걸걸중상이 미가살을 보고 미소 지으며 말했다.

"맡겨만 주십시오."

"무슨 일이 있습니까?"

눈치 빠른 장간이 나서며 물었다.

"미발계가 왔네."

미발계라면 대조영과 염주성 사이를 오가며 요동 지역의 소식을 전해주는 존재로 이미 각인되어 있었다. 그렇다면 분명 요동 쪽에서 문제가 생긴 것임에 틀림없었다. 장간은 긴장하며 걸걸중상의 다음 말을 기다렸다.

"대조영이 걸사비우와 함께 안동도호부를 점령했다고 한다."

"예!"

미가살과 장간, 둘 다 놀란 표정을 지었다. 이는 예삿일이 아니었다. 반란이었다. 그것도 천하를 통일한 당나라를 상대로 한. 이전부터 소식은 듣고 있었지만 성주의 아들이 이렇게까지 대차게 몰아붙일 줄은 몰랐다. 이내 이들의 표정은 굳어졌다.

"대조영은 나에게 순나부 지역을 통일해 달라는 부탁을 하였다."

"순나부를 통일하려면 책성을 공격해야 하지 않습니까?"

책성은 순나부 지역에서 가장 큰 도시였다. 그곳은 당나라군이 지키고 있었다.

"책성뿐만 아니라 기사루성, 동모산성을 공격한다. 백산부말갈, 속말부말갈까지도 필요하면 군사를 보낼 것이고."

"백산부말갈까지요? 그 지역은 산골이라 너무 험합니다."

"백두산 지역을 점령하지 못하면 안 돼. 백두산을 점령하여 그곳에 제단을 쌓기 전에는 아무도 이 지역의 주인이라 할 수 없지."

"욕살님께서는 공자님의 부탁을 들어주시기로 하였습니까?"

미가살이 심각한 표정으로 물었다.

"자네들은 어떻게 할 것인가?"

"고구려 부활의 선봉장이 되는 것처럼 영광스러운 일은 없습니다. 이제 얼마 남지 않은 생을 바칠 곳이 있고 명분이 있다면 그것처럼 행복한 일은 없을 것입니다. 더구나 고구려의 부활이라면……. 하지만 승산이 없다면 우리의 삶의 기반을 송두리째 빼앗기는 일입니다."

장간이 신중한 표정으로 말했다.

"미발계, 자네는 어떻게 생각하나?"

아무래도 현장에서 상황을 보아 온 사람의 의견을 듣는 것이 좋을 것 같았다.

"지금까지는 요동과 요서 지역을 장악하였습니다. 아직 구심점이 없지

만 주몽대왕의 혈통을 이어받은 분만 대왕으로 모신다면 머지않아 고구려
는 부활될 것이라 생각합니다."

"당나라의 대응은 어떤가?"

"아직까지는 없습니다. 측천무후는 이제 일흔을 훨씬 넘겼습니다. 그녀
가 군대를 몰아 요동을 공격할 가능성은 당분간 없다고 생각합니다."

미발계는 연이은 승전에 자신감이 넘쳐 있었다.

"나는 이번 겨울이 지나기 전에 책성을 공격할 것이다. 책성을 공격한
후에 백두산의 백산부말갈부터 속말말갈, 굴돌부말갈까지 사람을 보내 이
들을 굴복시킬 것이다. 필요하다면 군대를 보낼 것이고. 그리하여 순나부
땅을 우리 예맥족의 휘하에 둘 것이네."

걸걸중상은 이미 회의를 개최하기 전 결심을 굳힌 듯 참모들의 생각을
듣기보다는 자신의 생각을 말했다.

"이번 겨울에 시작하는 것은 무리입니다."

"기습은 남이 생각지 않을 때 감행해야 기습이다. 우리 염주성의 해군과
기병은 충분히 감당할 능력이 있다."

걸걸중상이 순나부를 장악할 계획을 세우고 있는 동안 대릉하 변에 자
리 잡고 있는 거란족 코르친부 가한 리하이구에게 황제의 조서가 전달되
었다.

'右玉鈐衛大將軍李楷固率兵討李盡忠及其殘黨'

(우옥검위대장군 이해고는 병사를 거느리고 이진충과 그 잔당들을 토벌
하라.)

6. 대회전

언 땅을 뚫고 일어서는 파릇한 새싹이 심하의 물줄기를 어머니 삼아 온 땅에 고개를 내밀었다. 모든 물상들이 다 몸을 움츠리고 있는 동안 대조영에게는 많은 일들이 벌어졌다. 안동도호부 소속의 많은 성들이 굴복한 것이다. 고구려 땅이었던 요동 지방에 흩어져 있던 성들은 나달이 나서서 설득하고 혹은 싸우기도 하면서 이제 모두 대조영과 걸사비우의 고구려 부흥군에 가담하게 되었다. 이로 인해 이들의 군사는 삼만 명을 헤아릴 만큼 커졌다.

뿐만 아니라 저 멀리 들판 너머에서는 아버지가 놀라운 소식을 전해 왔다. 지난겨울 염주성은 정복전을 펼쳐 책성을 장악했다는 희소식이었다. 기사루성과 백산부말갈, 속말부말갈 지역은 아직 여의치 않아 장악하지 못했지만 곧 그곳도 정복할 것이라 했다.

이제 영주성에 있는 러진추와 쑹마이를 만나서 향후 일정에 대해 의논하는 일만 남았다. 영주를 중심으로 한 요서와 신성을 중심으로 한 요동

그리고 멀리 순나부 지역까지 연결시킨다면 압록강 이북의 고구려 영토를 거의 다 회복한 셈이었다. 물론 세부적으로는 굴복하지 않은 많은 지역이 있긴 했지만 넓은 땅에 거점이 될 만한 지역은 다 확보한 셈이었다.

대조영은 새롭게 얻은 군사들을 훈련시키며 마지막 전투에 대비했다. 분명 이 봄에 당나라에서는 토벌군을 보낼 것이 틀림없기 때문이었다. 이 토벌군만 이긴다면 자신들에게 맞설 세력이 없었다. 그러면 자신이 젊었을 때 꿈꾸었던 원대한 꿈이 실현되는 것이었다. 그렇게만 된다면 고구려의 왕을 세우고 자신은 고향 땅에 돌아가 순나부의 맹주가 되어 고구려를 뒷받침 할 것이라 생각했다.

봄이 왔건만 심하의 얼어붙은 강은 아직도 채 녹지 않았다. 여전히 두꺼운 얼음은 사람들이 봄을 받아들이기에 아직 설부른 감이 들게 하는 풍경이었다.

'다그닥 다그닥.'

다급한 말발굽 소리가 고요한 벌판에 울러 퍼졌다. 뿌연 먼지는 하늘 끝 가를 노닐고 있는 구름 사이로 빨려 들어갔다. 달려오는 품이 매우 다급해 보였다. 성문이 절로 열렸다. 한시라도 지체해서는 안 될 것 같았다.

"리하이구가 오만 명의 병력으로 영주성을 공격하여 영주성이 함락 당하였습니다."

"뭐라고? 러진추는?"

"전사했습니다."

"쑹마이는?"

"전사했습니다."

"영주성을 지키던 거란 병사들은?"

"리하이구 휘하로 다 들어갔습니다."

"지금 그들은 어디에 있느냐?"

"이곳으로 몰려들고 있습니다."

헤어진 옷에 피와 먼지가 뒤엉켜 이목구비를 제대로 알아 볼 수 없을 만큼 망가진 몰골의 패잔병들은 두려움에 떠는 목소리로 말했다.

"기병은 몇이나 되는가?"

"절반정도가 기병입니다."

"거란족은?"

"역시 절반정도입니다."

걸사비우와 대조영은 번갈아가며 궁금한 것을 물었다. 패잔병이 전하는 정보를 듣는 그들의 표정은 밝지 못했다. 저들의 공격을 예상하고 있었지만 생각보다 빨랐을 뿐 아니라 러진추가 이렇게 빨리 무너질 줄은 몰랐다. 더구나 러진추는 리하이구의 장인이었다. 그럼에도 목을 베었다는 것은 쉽게 이해가 되지 않았다. 장인은 사위를 공격하지 못하지만 사위는 장인을 공격한다는 옛말이 맞는 것 같았다. 아무튼 이번 싸움에 나서는 리하이구의 각오가 대단하다는 것만은 명백했다.

갑자기 성 안에 비상사태가 선포되었다. 여러 성들에 흩어져 있던 고구려 유민 출신의 군사들을 신성으로 불러들였다. 군량미도 최대한 많이 모았다. 삼만의 군사가 모였다. 이 정도면 해볼만 하다는 판단이 들었을 무렵 리하이구는 벌써 요하를 건넜다.

새빨간 깃발들이 거센 태풍에 넘실대는 물결 마냥 온 들판을 덮었다. 밀물처럼 밀려드는 끝없는 사람의 물결은 지켜보는 시선들을 질려 버리게 만들었다. 들판을 울리는 말발굽 소리는 새롭게 돋아나는 움마저 움츠리게 만들어 들판의 생기라고는 풀빛 하나 찾아볼 수 없었다. 오만의 병력에 항복한 거란족까지 합세하여 칠만을 헤아리는 대 병력이었지만 대오가 정렬되어 있었다. 대조영은 물끄러미 저들의 움직임을 살펴보았다. 쉽지 않은 싸움이 될 것이라 판단했다.

"걸사비우와 대조영은 들어라."

리하이구는 군사들을 잘 정돈시킨 후에 성 안을 향해 힘찬 소리로 말했다. 그의 목소리는 성 안을 쩡쩡 울릴 만큼 크고 또 굵었다.

"황제 폐하께서는 두 사람이 항복한다면 그 죄를 묻지 않고 오히려 벼슬을 내리시기로 결정하셨다. 그동안 조홰의 학정이 얼마나 심하였는지 알고 계시기 때문이다. 너희들이 항복만 한다면 걸사비우에게는 허국공(許國公)을, 대조영에게는 진국공(震國公)의 작위를 내리셔서 요동 지역을 다스리도록 허락하셨다. 어서 문을 열고 나서서 황제 폐하의 조서를 받으라."

리하이구는 싸우기 전에 먼저 회유부터 했다. 이미 늙어 기운이 떨어진 측천무후도 더 이상 자신의 영토에서 분쟁이 발생하는 것을 원치 않았다. 더구나 가장 난감한 세력인 돌궐이 이미 독립을 선언하고 반란을 일으켜 제대로 진압하지 못하는 상태에서 또 하나의 골칫거리인 고구려의 잔존 세력들이 반란을 일으킨 것에 매우 민감했다. 일단은 저들과 싸우기 보다는 저들을 회유하여 달래고 싶었다.

"나흘 시간을 줄 테니 결정하라."

걸사비우와 대조영은 리하이구의 말에 대한 진위를 놓고 의논에 들어갔다. 나달뿐만 아니라 고인의도 불렀다. 아무래도 그가 가장 지혜로운 사람일 것이라는 생각에 그를 부른 것이다. 논쟁이 있었다. 측천무후의 말을 믿을 수 없다는 것에서부터 시작하여 당나라가 지금 돌궐족과의 싸움을 힘겨워 하여 지금은 우리에게 유화정책을 펴지만 언젠가는 우리에게 공격의 화살을 돌릴 것이라는 의견이 일었다. 항복하고 협상을 맺자는 말은 그 누구의 입을 통해서도 나오지 않았다.

"고인의 자네의 생각은 어떤가?"

대조영은 구석 자리를 차지한 채 아무 말도 않고 있는 고인의의 생각이 듣고 싶었다.

"저도 어르신들과 생각이 같습니다. 지금이 기회입니다. 측천무후는 노쇠하여 언제 죽을지 모릅니다. 측천무후가 죽고 나면 당나라는 분명 큰 권력싸움을 벌이게 될 것입니다. 그렇게 되면 옛날 고구려 침공 때처럼 당나라의 모든 국력을 기울여 우리를 공격할 수 없을 것입니다. 리하이구만 이기면 됩니다. 그만 제압하면 저들은 더 이상 군대를 보낼 수 없을 것입니다. 뿐만 아니라 리하이구의 병력도 화하(華夏, 중국인)족보다는 거란인이 더 많습니다. 저들의 국력이 약해졌을 때 자주 사용하는 이이제이(以夷制夷)의 수법입니다."

고인의의 말을 마지막으로 마음을 정했다. 성을 지키면서 저들을 기습하는 방법으로 기본 전략을 세웠다. 장기전에 들어가도 괜찮다고 생각했다. 이미 순나부 지역을 아버지 걸걸중상이 점령하였기 때문에 불리하면 아버지의 도움을 받을 수 있다는 생각도 들었다. 더구나 얼어붙은 심하(沈河)가 풀리면 유리한 것은 이쪽이었다. 걸사비우가 전투를 지휘하기로 결정하고 결전을 준비했다.

리하이구는 나흘 동안 매일 항복을 권하였다. 성 안에서는 대답이 없었다. 논쟁을 벌이고 있는 것인지 아니면 싸움을 하자는 것인지 알 수가 없어 답답하였다. 오래 기다릴 수는 없었다. 얼었던 심하가 풀리면 성을 공격하기가 더욱 어려워진다는 사실을 알기 때문이었다. 공격을 결심한 리하이구는 곧바로 싸움을 걸었다. 충차와 운제병들이 앞장을 서고 뒤에는 보병들이 방패를 높이 들고 성으로 접근했다.

얼어붙은 심하를 건너 성 가까이 접근하자 그동안 숨죽이고 있던 적들이 활을 쏘기 시작했다. 고구려의 활은 단궁(檀弓)이라는 활로 강궁이었다. 사정거리가 당나라 활보다 훨씬 길었다. 화살이 비처럼 쏟아지기 시작하였다.

리하이구는 모든 준비를 갖추고 있었다. 머리 위로 방패를 높이 들고 화살을 피하며 한 발 한 발 성으로 다가왔다. 마침내 운제가 성에 접근한 후에는 높은 망루에서 활을 쏘기 시작했다. 고구려 부흥군의 반격도 만만치 않았다. 정확한 사격술을 자랑하는 이들은 망루에 있는 적을 하나씩 차례로 쓰러뜨리며 성에 접근하지 못하도록 마름쇠를 뿌렸다. 이로 인해 당나라군은 쉽게 접근하지 못했다.

나달의 분전은 눈부셨다. 고구려가 망한 뒤에도 끝까지 적에게 항복하지 않았던 안시성의 수비대장이었던 그는 싸우는 요령을 알았다. 언제 어느 때 적에게 활을 쏴야 하고, 도끼를 휘둘러야 하는지를 아는 것이었다. 하루해가 다 기울도록 공방전을 벌였지만 두 진영의 싸움은 끝이 나지 않았다. 어느 쪽이 승기를 잡았다고도 말할 수가 없었다.

리하이구는 북을 울려 군사들을 물렸다. 첫날의 서전은 이 정도였으면 만족할 만했다. 적의 기세가 어떤지 적들의 반격이 어느 정도인지 아는 것만으로도 충분했다. 리하이구는 성을 버리고 들판으로 나왔다. 옛날부터 고구려 사람들은 견고한 성에서 농성하며 버티기를 잘하였다. 오늘 싸움에서도 이를 여실히 증명해 보였다. 쉽지 않는 싸움이 될 것 같았다. 더구나 적장은 언젠가 한 번 맞싸운 적이 있는 대조영이었다. 만만치 않은 장수였다.

반면 자신들은 성을 공격하는 데 익숙하지 않았다. 당나라 출신의 중랑장 삭구는 그나마 공성전투에 익숙하였다. 그래서 그에게 공성을 맡겼다. 공격이 수월치 않았기에 리하이구는 이런 싸움을 하고 싶지 않았다. 어떡해서든 적들을 성 밖으로 끌어내야만 했다. 벌판에서의 전투가 더 자신이 있었기 때문이었다. 순간 그에게 문득 떠오르는 것이 있었다. 말갈족 걸사비우가 함께 있다는 것이다. 그를 잘 이용하면 뭔가 엉켜 있는 실타래의 실마리를 찾을 수 있을 것 같았다.

"걸사비운지, 걸상인지 숨어 있지 말고 나와라. 네 엄마 궁둥이는 빨갛다며."

"야, 걸상, 네 엄마는 원숭이라며."

"걸사비우, 네 엄마는 개라며."

아침 해가 솟기 무섭게 리하이구는 입이 걸쭉하고 입담이 좋은 병사들을 뽑아 신성 성문 앞으로 보내 걸사비우를 약 올리기 시작했다. 대조영은 안중에도 두지 않았다. 오직 걸사비우만 공략했다. 더러는 엉덩이를 붉게 칠한 후에 엉덩이를 까고 성 안에다 대고 놀렸다.

"참아야 합니다. 아예 보지 마십시오."

걸사비우의 참모들과 대조영은 아예 그를 성첩에서 물러서게 했다.

"저 놈의 새끼들!"

걸사비우는 활을 뽑아 성문 앞에서 엉덩이를 까고 있는 놈을 향해 활을 쐈다.

"으악!"

비명소리와 함께 엉덩이를 붙잡고 날뛰는 놈이 생겼다. 화를 참지 못한 걸사비우는 몇 대의 화살을 날린 후 성청으로 들어갔다. 리하이구의 시도는 끊이지 않았다. 다음날도, 그 다음날도 걸사비우를 약 올리는 데만 열을 올렸다.

"걸사비우, 비겁하게 숨어 있지 말고 나와서 나와 한 판 싸우자. 거란족이 센지, 말갈족이 센지 한 번 붙어 봐야 되지 않겠나."

이번에는 리하이구가 직접 나섰다. 지난번에는 야유였다면 이번에는 장부의 기개에 호소하는 것이었다.

"그래 한 번 붙어보자. 내가 여기에 온 것도 당나라 놈들에게 당한 조상님들의 복수였다. 네놈들도 다 당나라 놈들이니 내 원수다."

걸사비우는 이번에는 참지 못했다. 곧바로 군사들을 모았다. 대조영은 말렸다. 저놈들이 이쪽을 약 올리는 것이 분명 무슨 함정을 설치해 놓고 우리를 끌어내는 것이라 말했다.

"나는 성을 지키는 싸움에는 익숙하지 않네. 저들에게 우리 말갈 기병대의 용맹성을 한 번 보여주고 싶네. 내가 우리 말갈기병대를 이끌고 나가 저 놈의 목을 베어 올 테니 염려 말고 기다리게."

걸사비우는 자신의 고집을 내세웠다.

"그러면 저들이 후퇴하더라도 절대 추격하지 마십시오."

"알겠네."

"제가 성첩에서 보고 싸움의 승패가 어느 정도 결정되었으면 북을 울리겠습니다. 북이 울리면 꼭 군사를 물려 다시 성으로 들어오십시오."

"약속하겠네."

대조영은 몇 가지 약속을 받아 낸 후에야 걸사비우의 출정을 허락했다.

성문이 열렸다. 말갈 기병들이 쏟아져 나왔다. 맨 앞에 선 사람은 분명 걸사비우였다. 순간 리하이구의 얼굴에 미소가 떠올랐다. 성 안에서 수천 명의 기병들이 쏟아져 나왔다. 말갈기병대였다. 말갈기병대의 용맹성은 온 천하가 알고 있었다. 불세출의 영웅 당태종 이세민이 이끄는 당나라 군대의 고구려 정복군이 패배한 원인 중 하나가 속말말갈과 백산부말갈로 구성된 말갈기병대였다. 당태종이 싸움터를 휘저으라며 자신 있게 내세운 천하제일의 기병대인 돌궐기병대를 요동 벌판에서 대파한 부대가 바로 저 말갈기병대였다. 싸움터에서 물러설 줄 모르는 무시무시한 종족, 평지 위를 걷는 것보다 더 편안하게 말을 타는 사람들이었다.

진용을 갖춘 리하이구는 저들이 좀 더 접근하기를 기다렸다. 사정거리 안으로 훨씬 더 다가섰을 무렵에야 사수들에게 발사 명령을 내렸다. 굳이 저들이 원하는 싸움을 할 필요가 없다고 생각했다. 수만 명이 동시에 쏘아대는 화살은 수천 명의 말갈 기병대 위로 날아들었다. 채 싸워보지도 못한 채 수많은 기병대들이 쓰러졌다. 한 번 싸우기로 작정한 이상 걸사비우도 군대를 물리지 않았다. 부지런히 칼을 휘둘러 화살을 막으면서 곧바로 리하이구를 향해 돌격해 들어갔다. 리하이구는 걸사비우가 거의 오십 보 정도의 거리를 두고 접근해 올 때까지 미동도 하지 않았다.

"돌격!"

드디어 상대의 눈과 코와 입이 뚜렷이 보일 무렵 리하이구는 기다리고 있던 거란기병대에 돌격명령을 내렸다. 곧이어 요서 지역을 대표하는 거란기병대와 순나부를 대표하는 말갈기병대 사이에 전투가 벌어졌다. 도끼와 칼과 창이 서로 뒤엉키며 치열한 백병전이 벌어졌다. 어느 한쪽 물러서는 법이 없었다. 말갈기병대는 수적 불리함을 따지지 않았다. 그냥 닥치는 대로 베고 벨뿐이었다.

"비열한 배반자!"

걸사비우는 리하이구를 발견하자마자 대갈성 꾸짖고는 곧바로 창을 휘둘렀다. 리하이구도 지지 않았다. 곧바로 두 사람이 뒤엉켜 싸우기 시작했다. 칼날이 부딪힐 때마다 불꽃이 일었다. 기합 소리를 내뱉을 때마다 천둥이 이는 듯했다.

반나절이 지나도록 승패는 갈라지지 않았다. 양 진영의 전사자는 속출했다. 시간이 지날수록 불리한 것은 말갈기병대였다. 수적 열세가 뚜렷하였기 때문이다. 성첩에서 싸움을 지켜보던 대조영은 북을 울렸다. 기선 싸움에서는 승리를 거두었지만 더 이상 싸움이 계속되면 아무래도 아군이 불리할 것 같았다.

'둥둥둥둥.'

북을 울려 아군을 불러 들였다. 북소리가 울리자 리하이구와 격렬한 싸움을 벌이고 있던 걸사비우는 아쉬웠다. 오랜만에 적수를 만나 생사를 거는 재밌는 싸움을 벌이고 있는데 물러서기가 아쉬웠다. 그러나 북을 울리면 돌아가기로 대조영과 약속하였기에 어쩔 수 없었다.

"내일 다시 한 번 겨루자."

"그래 내일은 꼭 승패를 내자."

리하이구도 아쉬웠지만 지친 상태이기에 오늘은 이만 했으면 하는 생각이었다.

"성으로 돌아가라. 후퇴한다."

살아남은 말갈기병대들은 아쉬운 듯 싸움을 접고 성으로 돌아갔다. 리하이구도 돌아가는 적을 추격하지 않았다. 싸움이 계속되는 동안 그의 마음속에는 말갈기병에 대한 강한 인상이 자리 잡았다. 이렇게 호전적인 사람들을 지금까지 만나 본 적이 없었다. 마지막 숨을 거둘 때까지 칼을 휘두르는 그들의 전의에 솔직히 질릴 정도였다.

'정공으로는 저들을 잡을 수 없다.'

리하이구는 걸사비우를 잡을 또 다른 계책을 생각하기 시작했다.

걸사비우는 안타까웠다. 조금만 더 시간이 있었고 자신들의 병력이 많았다면 충분히 이길 수 있다고 생각했다. 성 안으로 들어온 그는 곧바로 대조영을 불렀다.

"내일은 성 안의 모든 병력이 다 나가 싸움을 벌이자. 우리가 조금만 몰아붙이면 얼마든지 승산이 있어."

"조심해야 합니다. 리하이구는 약은 놈입니다. 부족을 배신하고 당나라 편에 붙은 놈입니다. 장인의 목도 서슴없이 벤 놈입니다. 이기기 위해서는 무슨 수라도 쓸 것입니다."

"제 놈이 술수를 쓰던 말든 그놈만 잡으면 될 것 아닌가?"

걸사비우는 오늘 있었던 싸움에 대한 아쉬움과 미련을 갖고 있었다.

"아무튼 놈이 무슨 계책을 쓸지 모르니 조심해야 합니다."

대조영은 거듭 걸사비우의 감정을 가라앉히려 애썼다.

"걸사비우 오늘은 결판을 내자."

날이 밝자마자 리하이구는 곧바로 싸움을 걸어왔다. 아침 식사를 막 끝냈던 걸사비우는 그가 또 다시 싸움을 걸어오자 몸이 근질거렸다. 오늘 한 번 더 싸우면 꼭 이길 것 같았다.

"오늘은 반드시 승패를 결정지을 테니 날 부르지 말게."

"안 됩니다. 저놈은 교활한 놈입니다. 제가 북을 치면 꼭 돌아오셔야 합니다."

대조영은 다시 한 번 걸사비우에게 부탁했다.

"내가 알아서 할 테니 걱정하지 말게."

걸사비우는 고집을 부렸다. 그의 고집을 막을 수 있는 사람은 없었다. 그는 성 안에 있는 최대 세력의 추장이었다. 그의 고집을 꺾을 사람은 없었다. 오히려 그는 나달이 이끄는 예맥족 출신의 기병에게도 출정명령을 내렸다. 오늘은 꼭 승부를 봐야겠다는 생각이었다. 싸움이라는 것이 오래 끈다고 유리하게 판결나는 것이 아니라는 생각에서였다.

"돌격!"

성문을 나오자마자 걸사비우는 박차를 가하며 공격 명령을 내렸다.

"와아~"

말갈족이 중심이 된 고구려 부흥군은 당나라 진영을 향해 돌격해 들어갔다. 리하이구는 전날과 달리 곧바로 맞불 작전으로 나섰다. 두 진영은 신성이 올려다 보이는 들판에서 치열한 공방전을 벌였다. 말과 말의 발이 엇갈리고 칼과 창이 부딪히며 불꽃을 만드는 가운데 용맹한 양 진영의 전사들은 필사적으로 싸웠다. 서로 뒤엉켜 피아의 구분 없이 혹은 말 위에서 혹은 땅바닥에서 싸워야 할 상대를 붙잡고 사력을 다해 싸웠다. 더러는 목이 잘리고 더러는 한쪽 팔이 잘린 채 비명 소리를 지르며 나뒹굴었다. 너무나 잔혹했다. 좀처럼 승패의 판가름이 나지 않았다. 나달이 이끄는 예맥족이 가담하자 싸움터의 판세는 어제와 달랐다.

싸움의 신 치우천왕의 후손인 예맥족들은 이 만주 땅의 주인이었다. 말갈도, 거란도 예맥족의 대왕 광개토대왕의 칼날 아래는 모두 굴복했었다. 그들의 용맹성을 말갈도 거란도 당해 낼 수 없었다. 지금 측천무후가 가장 두려워하는 것이 바로 이들 예맥족이었다. 예맥이 다시 고구려를 세우는 것을 두려워한 것이다.

고구려의 부흥이라는 기치 아래 다시 모인 예맥의 전사들은 잔인했다. 동료의 피를 본 순간 그들은 인간이 아니었다. 귀신에 홀린 듯, 싸움의 신 치우천왕이 강림한 듯 그들은 정신없이 도끼와 칼을 휘둘렀다. 나달도 마찬가지였다. 그는 생의 마지막을 고구려의 부활을 위해 싸울 수 있는 순간이 주어진 것에 감사했다. 오히려 수적으로 우세한 당나라군이 밀리기 시작했다.

"추격하라!"

드디어 승기를 탄 걸사비우는 끝장을 보기 위해 뒤로 물러서는 당나라군에 바짝 다가섰다.

"리하이구, 너도 오늘이 마지막이다."

추격 명령을 내린 걸사비우는 리하이구를 몰아치며 웃음마저 보였다.

"후퇴하라! 후퇴하라!"

리하이구는 걸사비우의 칼날을 막으면서도 다급하게 명령을 내렸다.

성첩에서 싸움의 결과를 지켜보던 대조영은 싸움이 아군에게 유리하게 돌아가자 안도의 빛을 보였다. 드디어 리하이구가 이끄는 당나라군이 진을 풀고 뒤로 물러서기 시작했다. 한나절이 지나도록 싸운 결과였다.

"조금만 몰아붙이면 승기를 잡을 수 있을 것 같다. 전원 다 공격하자."

대조영마저 평상심을 잃고 있었다.

"아닙니다. 북을 울려 군사를 물리십시오."

곁에 있던 고인의가 다급하게 말했다.

"지금 완전히 승기를 잡지 않았느냐?"

"놈들의 계략입니다. 어제 공자님께서 하신 말씀을 스스로 잊으셨단 말입니까?"

"지금의 승리는 달라. 한나절 동안 싸워 얻은 승기란 말이다. 놈들의 계략에 의한 승리와는 차원이 다르단 말이다."

"아닙니다. 그래야만 우리가 속을 것이라고 리하이구는 생각한 것입니다."

고인의는 대조영과 생각이 달랐다. 그는 가만히 생각해 보았다. 지난번에 이근행을 이길 때 고인의의 계책이 적중했다. 그러나 이번은 아닌 것 같았다. 그는 고민에 빠졌다. 고인의의 말을 믿을 것인가? 아닌가? 고인의는 자신보다 열다섯 이상 어린 사람이었다. 아무리 그가 지혜로워도 그는 전투 경험이 없는 사람이었다. 도상(圖上)에서 계획을 세우는 것과 전쟁터에서 흐름을 읽는 것은 다른 것이었다. 이번에는 자신의 판단을 믿기로 했다.

"지금의 승기는 자네가 생각하는 전략과는 다른 것 같네."

그는 북을 울리지 않았다. 대신 출정 준비를 시켰다. 고인의는 이에 대해 아무 말도 하지 않았다. 불만 섞인 표정도 짓지 않았다. 그냥 미소만 지었다.

걸사비우는 맹렬한 추격전을 벌였다. 리하이구는 이제 싸울 생각을 잃고 도망가기에 급급했다. 심하는 이미 지났다. 이들은 요하를 향해 도망가고 있었다. 걸사비우는 요하를 건너기 전까지만 추격해야겠다는 생각을 했다. 그 너머는 위험했기 때문이다. 그 전에 한 놈이라도 더 죽여야 했다.

그는 군사들을 다그쳐 급하게 추격했다.

화산이 보였다. 화산이라면 지난겨울 이근행을 잡기 위해 계책을 세웠던 곳이다. 아주 익숙한 지형이었다. 설사 적들이 저곳에 매복을 숨겨 놓았다 해도 얼마든지 헤쳐 나갈 자신이 있었다. 개의치 않았다.

적들이 화산 입구로 몰려 들어갔다. 걸사비우는 미소를 지으며 적을 몰아 붙였다. 화산의 골짜기에 적들을 가둬 놓을 생각이었다. 순간 쫓겨 가던 리하이구가 양쪽으로 갈라섰다. 그리고는 순식간에 추격군을 에워쌌다. 오히려 추격군들을 화산 안쪽으로 몰고 갔다.

'속았다.'

걸사비우는 순간적으로 적의 계책에 말려들었다는 것을 깨달았다. 불과 일각 전까지만 해도 깨닫지 못한 것이었다. 지금까지의 패전이 작전이었다는 듯 우세한 숫자의 당나라군은 고구려 부흥군을 화산 계곡으로 밀어 붙였다. 걸사비우가 이끄는 고구려 부흥군은 본의 아니게 화산 속으로 밀려들어 갈 수밖에 없었다.

"와아~"

그 순간이었다. 어디에 숨어 있었는지 모를 수많은 당나라군들이 산 위에서 쏟아져 나왔다. 걸사비우는 기겁했다. 불과 얼마 전 자신들이 이근행을 잡기 위해 써먹었던 방법 그대로 당하고 있는 것이었다. 이제 앞뒤로 적을 맞이하게 된 걸사비우는 당황했다. 무슨 수를 써서라도 이곳을 빠져나가야했다.

"후퇴하라. 재주껏 성으로 되돌아가라."

오와 열도 없었다. 전략도 전술도 없었다. 그냥 속수무책이었다. 개인의 능력으로 성으로 돌아가야만 했다. 걸사비우도 몸을 돌려 이제는 성을 향해 무작정 나아갔다.

"어리석은 놈!"

그의 앞에 리하이구가 막아섰다.

"네 이놈!"

걸사비우는 그를 보자마자 칼을 휘둘렀다. 놈한테 속은 것이 분하던 차에 그가 눈앞에 나타났으니 화를 참을 수가 없었던 것이다. 두 사람은 다시 맞붙기 시작했다. 그러나 걸사비우는 이미 승기를 탄 리하이구를 이길 수가 없었다. 여러 번 위기를 넘기는 듯하더니 드디어는 결정적 위기를 맞았다. 온 힘을 다 모아 칼을 내려쳤지만 리하이구가 피하면서 몸의 방향을 잃어버린 것이다.

"잘 가라!"

리하이구의 마지막 말과 함께 걸사비우의 목은 하늘 높이 솟구치는 피와 함께 힘없이 땅바닥으로 떨어졌다. 리하이구는 떨어진 그의 목을 칼끝에 꿰었다.

"적장의 목이다!"

환호성이 터져 나왔다. 동시에 사색이 된 고구려 부흥군은 달아나기 시작했다. 또 다시 맹렬한 추격전이 벌어졌다. 이번에는 상황이 역전되어 있었다. 당나라군의 주력인 거란족들이 말갈이 주력인 고구려 부흥군을 쫓아가는 형국이었다.

성으로 돌아가기엔 너무 멀리 나왔다. 가도 가도 성의 모습은 보이지 않았다. 뒤에서는 요란한 소리를 지르며 맹렬하게 쫓아오는 거란족의 요란한 말발굽 소리밖에 들리지 않았다. 나달은 너무 어이가 없었다. 똑같은 전술에 두 번씩이나 속아 패전을 기록하게 된 것이다. 자신이 너무 바보같았다. 이제는 싸움터에 나설 자격마저도 없다는 자괴감이 들었다. 대조영에게 모든 것을 의탁하기로 했는데 그를 믿고 마지막 온 힘을 다 쏟아 고구려 부흥에 바치기로 했는데 이렇게 또 다시 어이없이 무너지는 것이 믿겨지지 않았다. 이근행을 보기 좋게 이길 때만 해도 대조영이라면 충분히 고구려를 다시 부흥 시킬 수 있을 것이라 믿었다. 그런데 이게 무엇인 가…….

"와아~"

이번에는 앞에서 또 다시 적이 나타났다. 나달은 기겁했다. 너무나 완벽하게 당하는 것이었다. 어떻게 이렇게 당할 수가 있단 말인가? 절망에 몸서리를 치려던 순간 나달은 서광을 보았다. 자세히 보니 적이 아니었다. 고구려 군이었다. 대조영의 모습이 앞에 보였다. 살았다. 너무 적절한 시기에 그가 나타난 것이다.

대조영이 이끄는 염주성 출신의 병사들은 쫓아오는 적들을 맞아 곧바로 싸움터로 향했다. 분기가 솟구친 이들은 닥치는 대로 적을 베었다. 갑자기 적이 나타나자 당나라군은 당황했다. 이 틈을 놓치지 않고 대조영은 적을 공격하면서 동시에 아군들의 퇴로를 열어 주었다. 또 다시 치열한 공방전이 벌어졌다. 대조영의 앞에 리하이구가 나타났다.

"네 이놈! 네 놈은 반드시 내 손으로 죽일 것이다 기다리고 있어라."

십여 년 전, 치열한 공방전을 벌였던 것을 떠올린 대조영은 리하이구를 보자마자 대갈성부터 질렀다.

"얼마든지."

리하이구 역시 대조영을 보자 그에게 달려들었다. 또 다시 두 사람은 얽혀 맞붙기 시작했다. 리하이구의 기량은 조금도 녹슬지 않았다. 지칠 법도 했지만 그는 지친 기색 없이 칼을 휘둘렀다. 걸사비우와의 접전을 승리로 이끌었던 당나라군은 새로운 적장이 나타나자 또 다시 숨죽이며 두 사람의 싸움을 구경하기 시작했다. 그사이 추격을 당하던 고구려 부흥군은 염주성 군사들의 뒤쪽으로 안전하게 물러날 수 있었다. 그 속에는 전신을 피로 물들인 나달도 있었다.

일합 일합 불꽃 튀는 접전이 벌어졌지만 승패는 쉽게 결정 나지 않았다.

'둥~ 둥~ 둥~'

성안에서 북소리가 울렸다.

"리하이구 내일 다시 한 번 붙자."

북소리가 나자 대조영은 싸움을 멈추었다.

"오냐, 내일은 끝을 보자."

이미 대단한 전승을 올린 리하이구 역시 휴전에 동의했다. 대조영의 참전으로 쫓기던 고구려 부흥군은 무사히 성 안으로 돌아올 수 있었다. 오늘 싸움에서 이들은 삼천 명 이상의 군사를 잃었으며 지도자인 걸사비우가 전사하는 큰 패배를 기록했다. 성 안은 침울했다. 앞으로 어떡해야 할지 난감했다. 당장 내일부터 리하이구의 공격이 거세질 것은 뻔한 일이었다. 결국 영주성에서 패배했던 러진추와 쑹마이 같은 운명을 맞이할지 모른다는 패배감이 성 안에 가득했다.

이제 성 안의 지도자는 대조영밖에 없었다. 말갈족은 추장 걸사비우가 전사했기 때문에 침울한 상황이었다. 어떻게 하든 이를 수습해야 했다. 대조영은 나달과 고인의, 그리고 걸사비우를 대신할 그의 동생을 걸사랑을 불렀다.

"자네 말을 들었더라면 이런 지경까지 이르지는 않았을 것인데……."

이미 후회해도 소용없는 일이었지만 대조영은 아쉬움을 토로하며 고인의의 눈치를 살폈다.

"앞으로 어떻게 했으면 좋겠소?"

"내일 성문을 열고 나가 그놈과 결판을 냅시다. 형님의 복수를 해야 합니다."

걸사랑은 분기가 가시지 않아 걸사비우에 대한 복수를 주장했다.

"우리의 군사는 저들의 절반도 되지 않아. 더구나 오늘의 패배로 우리 군사들의 사기는 땅에 떨어졌어."

나달은 걸사랑에게 꾸짖듯이 말했다. 사실 오늘 패배의 원인은 걸사비우에게 있었다. 적을 얕잡아 보고 섣불리 승부를 걸었다가 자신은 물론 많은 전사들의 목숨을 잃은 것이다. 뿐만 아니라 살아남은 사람들에게도 패배감과 절망감을 심어 준 것이다. 제일 충격을 받은 사람은 나달이었다. 헤어 나올 수 없는 충격을 받은 것이다. 죽음은 이미 각오하고 있었지만 정말 의미 없는 개죽음은 당하고 싶지 않았던 것이다.

"방법은 두 가지입니다."

고인의였다. 그는 주변의 말에는 신경을 쓰지 않고 한참동안 생각에 잠겨 있었다.

"말해 보게."

"첫째는 염주성에 후원군을 요청하고 그들이 올 때까지 버티는 것입니다. 이 경우 문제는 후원군이 올 때까지 버틸 수 있느냐 하는 것입니다. 둘째는 여기를 떠나는 것입니다. 고향으로 돌아가 다음을 기약하는 것입니다. 다행히 순나부 땅은 염주성의 걸걸중상 욕살께서 책성을 비롯한 많은 지역을 장악하셨습니다. 그곳에서 다시 군사를 모아 저들에 대한 복수를 하는 것입니다."

"자네 생각은 어떤 방법이 좋은 것 같은가?"

"둘째 방법이 좋은 것 같습니다."

"돌아가는 길도 만만치 않아. 우리는 군사만 있는 것이 아닐세. 많은 어린아이와 여자들이 있어. 이들을 데리고 순나부 땅으로 돌아간다는 것은 불가능한 일일세."

"그렇다고 마땅한 대책이 있는 것도 아닙니다. 강이 녹아 버리면 돌아가는 길도 순탄하지 않을 것입니다. 지금 즉시 미발계 장군을 보내 후원을 청하면 휘발하를 건너기 전에 후원군이 도착할 것입니다."

"……."

어느 것 하나 쉬운 방법이 없었다. 그렇다고 달리 뚜렷한 방법이 떠오르지 않았다.

"나는 이곳이 고향 땅이오. 내가 이곳을 막을 테니 군사들과 식구들을 데리고 떠나시오."

침묵을 깨고 나달이 새로운 제안을 했다.

"어차피 나는 살만큼 살았소. 수치스러운 일도 여러 번 겪었소. 내가 죽기 전에 나의 소원이었던 고구려의 부활을 위해 죽을 수 있다면 그것보다 큰 영광은 없을 것이오."

"그것은 매우 위험한 일입니다."

"나의 죽음이 헛되지만 않는다면 나는 죽을 각오가 되어 있소."

나달은 죽음을 각오한 듯 비장한 목소리로 말했다.

"……"

아무도 쉽게 승낙할 수 없었다.

"자 다들 서둘러 짐들을 꾸리시오. 내일부터 나는 매일 성 밖을 나가 전투를 벌이면서 저들을 잡아두겠소. 그 틈을 타서 이 성을 빠져나가시오."

나달은 나머지 사람들의 승낙도 받지 않은 채 자리에서 일어섰다.

"그럴 수는 없소. 운명을 함께 할 것이오."

대조영이 반대했다.

"다 같이 죽을 수는 없어!"

나달은 마치 어린 동생을 훈계하듯 대조영을 바라보며 말했다.

"나는 지난 십여 년 동안 이곳에 있으면서 고구려의 부흥에 대해 많은 생각을 했네. 이제는 더 이상 고구려의 부흥을 말할 수 없는 일인가? 지금은 아무도 고구려의 부흥을 말하는 자가 없네. 자네가 마지막이야. 자네 외에는 이제 고구려의 부흥을 말하는 자가 없어. 나는 자네에게 모든 것을 걸었네. 내 마지막 소망을 이룰 수 있는 유일한 사람으로 당신을 믿겠다는 것일세. 내가 죽음으로써 내가 소원하는 것이 이루어진다면 나는 당연히 내가 죽는 길을 택하겠네. 그러니 나는 개의치 말고 떠나게. 대신 한 가지……. 나의 죽음이 헛된 죽음이 되지 않기를 빌 뿐이네. 내 죽음이 새로운 고구려를 세우는 거름이 되기를 바랄 뿐이네."

나달의 뜻은 확고했다. 그는 뒤도 돌아보지 않고 회의장을 떠나갔다.

"희생 없이 이루어지는 일은 없습니다. 우리는 저 분의 숭고한 뜻을 이어받아 고구려의 부흥에 최선을 다 해야 할 것입니다."

고인의는 냉정하게 나달의 뜻을 받아들였다. 아무도 그의 말에 가타부타 동의하는 사람은 없었다.

"그래. 나달 장군의 숭고한 뜻을 받아들이자. 대신 우리가 그분의 몫까지 힘껏 싸워 반드시 고구려를 부흥시켜야 할 것이다. 오늘 밤 짐을 꾸려 내일 새벽 일찍 성문을 열고 나선다."

마침내 대조영은 나달의 뜻을 받아들이기로 했다.

다음날 아침 나달은 눈을 뜨자마자 곧바로 성문을 열고 리하이구를 공격했다. 그가 얼마나 맹렬하게 싸우는지 리하이구는 그가 이끄는 오천 명도 채 안 되는 적을 맞아 고전하고 있었다. 그 사이 수레와 말굽에 천을 댄 대조영의 부대는 식구들을 이끌고 신성을 빠져 나갔다.

나달은 안시성에서부터 자신을 따랐던 고구려군을 이끌고 리하이구와 맞섰다.

오늘이 자신의 마지막 날이 될 것이라는 생각에 두렵기도 하였지만 이제야 조상들의 얼굴을 제대로 뵐 수 있을 것이라는 생각에 설레기도 하였다. 안시성 전투를 이끌었던 양만춘 장군을 비롯한 수많은 고구려 전사들의 모습이 떠올랐다. 오늘 이 자리에서 죽는 것은 매우 큰 영광이라 생각했다. 사람은 자신이 언제 죽을지 알 수 없다. 만약 자신이 죽는 순간을 택하라고 한다면 고구려의 부흥을 위한 싸움터에서 죽게 해 달라고 이전부터 환웅 신선과 해모수 신선에게 빌었다. 성스러운 인물을 내신 두 분 신선에게 자신도 성스러운 죽음을 맞게 해 달라고 빌었다. 그는 칼을 높이 들었다. 그리고는 돌격 명령을 내렸다.

"자, 오늘 우리는 참으로 영광스런 죽음을 맞이할 수 있게 되었다. 저승에 계신 조상님들도 웃으면서 우리를 맞이할 것이다. 자, 고구려의 전사들아 두려워 말고 나가자."

나달은 선봉에 서서 칼을 휘두르며 적진을 향해 돌격하기 시작했다.

신성을 벗어난 대조영은 말에 채찍질을 가하며 순나부 땅으로 말을 몰았다. 얼어붙은 심하가 이들의 길을 안내했다. 심하 남쪽으로는 산악지대였다. 사흘 밤낮을 쉬지 않고 달렸다. 리하이구의 추격은 없었다. 대조영은 사흘이 지난 뒤에야 비로소 군사들에게 휴식을 취하게 했다.

만주 지역은 산악지대와 평원지대로 나뉘었다. 심하와 태자하 아래쪽은 산악지대였다. 너무나 험한 산악지대여서 그 곳은 사람들의 교류가 별로 없을 뿐 아니라 사람들도 별로 살지 않았다. 그런 험한 산악지대에서 시작한 나라가 고구려였다. 그 험한 산을 넘고 넘어 이곳 광활한 대륙까지 삶의 영역을 넓히고 세력을 확장시켰다. 대조영은 험한 산악지대에 접어들면서 고구려를 다시 생각해 보았다. 보통의 기상으로는 이룰 수 없는 일을 고구려는 해냈었다. 만약 자신이 주몽대왕이고 대무신왕이고 태조대왕이었다면 그런 꿈을 꿀 수 있었을까 생각해 보았다. 쉽지 않은 일이었다. 고구려라는 큰 기반이 있기에 자신이 또 다시 고구려를 꿈꿀 수 있다는 생각이 들었다.

휴식을 취한 대조영은 다시 군사들과 식구들을 이끌고 염주성을 향해 떠났다. 이제는 리하이구의 추격을 어느 정도 벗어났다고 생각했기에 이전처럼 심한 경계를 하지 않았다. 심하의 강줄기가 끝날 무렵 천문령이 나타났다. 이 큰 고개만 넘어가면 순나부 땅이었다. 큰 장애물이 나타나지 않는다면 열흘 정도면 염주성까지 갈 수 있었다. 심하의 강줄기가 끝날 무렵이었다. 진군 속도를 약간 늦춘 대조영에게 한 필의 말이 급하게 달려왔다.

"리하이구가 추격해오고 있습니다."

큰일이었다. 많은 가족들을 이끌고 가는 마당에 적의 기습을 받으면 제대로 싸워 보지 못할 수도 있었다. 아직 미발계로부터는 연락이 없는 상황이라 난감했다. 급한 김에 또 다시 고인의를 불렀다. 그의 능력을 이미 알았기에 이 순간에도 그의 의견을 듣는 것이 현명하다고 판단했다. 달맞이와 함께 어린 조카를 태운 수레를 이끌고 가던 고인의는 대조영의 부름에 응했다. 고인의는 이미 이런 상황을 예측하고 있기라도 한듯 망설임 없이 자신이 생각을 밝히기 시작했다.

"요서에는 큰 산이 없습니다. 당연히 리하이구는 산에서 싸워 본 경험이 없을 것입니다. 저들이 탄 말은 산악에 익숙하지도 않을 것입니다. 우리는 들판을 가로질러 산으로 들어 가야합니다. 우리가 탄 말은 과하마가 많습니다. 비록 몸짓이 작긴 하지만 산 속에서 빠른 속도로 달릴 수 있습니다. 또한 우리에게는 산악 전투에 익숙한 백산부말갈과 속말말갈의 전사들이 많습니다. 저들을 깊은 산 속으로만 유인한다면 숫자에 상관없이 이길 수 있습니다."

"염두에 둔 곳이라도 있는가?"

"저는 신성을 출발할 때부터 천문령 고개를 염두에 두었습니다. 혹시나 하는 마음에 옛 고구려 땅을 주유한 적이 있습니다."

"우리는 가족들이 많아 기동력이 떨어지는데 괜찮겠는가?"

"지난번에 우리가 이근행과 싸워 이길 때 가족들은 큰 힘을 발휘하였습니다. 말 위에서 싸우지는 못하겠지만 산위에서 돌을 굴리고 나무를 굴리는 데는 오히려 큰 도움이 될 것입니다."

"그러면 매복 작전을 쓰겠다는 것인가?"

"그렇습니다."

"너무 뻔한 수가 아닌가?"

"적들은 우리의 사정을 다 알고 있습니다. 전투원은 겨우 일만 명을 넘을 뿐이기에 아마도 우리를 아주 가볍게 여길 것입니다. 그것을 역이용하는 것입니다."

"저들이 속아 줄까?"

"속고 말고 할 것도 없습니다. 우리나 저들이나 다 어차피 천문령 고개를 지나야 합니다. 이곳을 피해 갈 수는 없습니다. 제가 산 위에서 아녀자들과 아이들을 데리고 싸우겠습니다."

달리 방법이 없었기에 대조영은 그의 의견에 따르기로 했다.

고인의는 여자와 아이들을 전부 천문령 고개에 매복시킨 후에 큰 바위돌과 나무들을 산 위에 모으기 시작했다. 그 사이 대조영은 나머지 군사들을 이끌고 리하이구를 맞이하러 갔다.

맑고 맑은 하늘에 흙구름이 일기 시작하더니 마침내 천지가 먼지로 가득 찼다. 요란한 말발굽 소리와 함께 드디어 흙구름의 정체가 드러났다. 리하이구가 이끄는 삼만 명의 당나라군이 천지를 뒤덮은 듯 급하게 달려오고 있었다. 저들은 기병으로만 추격군을 꾸려 쉬지 않고 달려온 것이다.

대조영은 싸울 채비를 다 갖춘 채 저들을 맞이했다.

"리하이구, 지난번에 가리지 못한 승부를 오늘 이곳에서 가리자."

대조영은 리하이구의 모습이 보이자 호기 있게 말하고는 먼 길을 달려오느라 지친 저들을 향해 공격하기 시작했다. 걸사비우가 남기고 간 말갈병과 염주성의 순나부 군대, 그리고 요동에서 따라온 연나부[29]출신의 예맥족[30] 출신들로 구성된 대조영의 연합군은 채 일만을 헤아리기도 힘들 정도였다. 하지만 결코 저들에 비해 사기가 떨어지지 않았다. 복수를 중요시하는 말갈병의 경우 자신들의 가한의 죽음에 대한 복수의 감정이 넘쳐 있었고, 연나부 출신의 기병들도 나달의 희생을 절대 헛되이 하기 않겠다는 각오를 다지고 있었기에 전의가 넘쳤다.

접전이 벌어졌다. 대조영의 군대는 물러서지 않았다. 이미 죽은 동료들을 떠올리며 칼과 창을 휘둘렀다. 먼 길을 달려오느라 지친 리하이구의 부대는 승기를 빼앗기고 수세로 몰리는 듯했다. 먼 길을 달려오기는 대조영의 부대도 마찬가지였다. 복수의 마음으로 첫 승기는 잡았지만 수적으로 열세인 이들은 시간이 지날수록 지치기 시작했다. 해가 중천에서 조금 기울어졌을 무렵 마침내 대조영의 군대는 밀리기 시작했다. 물론 적의 피해도 막심했다.

"후퇴하라!"

마침내 대조영은 후퇴 명령을 내렸다. 대조영이 이끄는 연합군은 천문령을 향해 도망가기 시작했다. 그렇다고 무작정 도망가는 것은 아니었다. 계속 접전을 벌이면서 조금씩 뒤로 물러서고 있었다. 그러다가 천문령에 다다랐을 무렵부터는 뒤를 돌아보지 않고 달리기 시작했다. 적을 추격하던 리하이구는 저들이 산 속으로 도망가자 적잖이 긴장했다. 분명 매복이

---

29) 고구려의 행정구역은 5부로 나뉘었는데 오늘날 요령성 지역은 연나부, 오늘날 길림성 지역은 순나부라 불렸다. 평양을 중심으로 임금이 다스리던 지역은 계루부, 오늘날 흑룡강성의 농안 지역은 절나부, 한강유역은 관나부에 해당한다. 물론 고구려 초기에는 오부족 연맹체에서 출발했지만 오부족이 해체되면서 이 나부는 행정구역으로 발전했으리라 추정한다.

30) 예맥족은 우리민족으로 고구려를 이루었던 주축 세력이었다. 만주 지역의 주인은 예맥족과 말갈족이 주류였다. 서쪽으로는 선비족, 돌궐족 등이 살았지만 이들은 5호 16국 시대 때 중국 본토를 점령하면서 중국인으로 흡수되었으며 이들이 살던 지역에 거란족들이 들어와 살았다. 이들 거란족들은 광개토대왕 때 대부분 고구려에 복속하여 고구려인이 되었다. 고구려가 망한 뒤 많은 예맥족들이 중국으로 끌려가긴 했지만 예맥족의 주류는 한반도 쪽으로 내려와 살았다.

있을 것 같았다. 중랑장 삭구를 불러 의견을 물었다.

"우리와 싸운 놈들이 전부입니다. 다른 군사는 없습니다. 물론 어린아이와 여자들이 어딘가에 있긴 하겠지만 그들로 우리를 대적할 수는 없을 것입니다. 설사 매복이 있다 하여도 무시해도 좋을 것입니다."

리하이구 역시 승기를 놓치고 싶지 않았다. 비록 산 속의 전투가 불리하긴 했지만 이제 조금만 몰아붙이면 싸움의 승패는 결정 날 수 있을 것 같았다.

"계속 추격하라!"

골짜기 속으로 들어갔다. 좁은 길이었다. 불과 반마장도 떨어지지 않은 거리에서 적들이 도망갔다. 속도를 더 높였다. 그때였다. 산꼭대기에서 바위와 돌이 굴러오기 시작했다.

'우르르~'

"매복이다. 뒤로 물러나라."

산꼭대기에서 적들이 나타나 돌과 나무를 아래쪽으로 던지고 있었다. 좁은 골짜기에 들어가 있던 당나라군은 주춤했다. 이곳저곳에서 다치고 함몰된 머리를 부둥켜안고 비명을 지르는 소리가 들렸다. 리하이구는 골짜기 바깥으로 군사를 잠시 물렀다. 다치고 죽은 사람들이 수백을 헤아렸다. 이 정도면 무시할 수 있는 숫자였다.

적의 공세가 주춤해지는 듯했다. 리하이구는 또 다시 공격 명령을 내렸다. 이번에도 산꼭대기에서 바위가 굴러 오기 시작했다. 그 수가 이전보다 훨씬 줄어들었다. 그냥 무시하기로 했다.

"적을 추격하라!"

잠시 멀어졌던 적과의 거리를 좁히기 위해 산 속으로 다시 들어갔다. 점점 깊어지는 산 속이 약간 두렵기도 했지만 더 깊이 들어가기 전에 적을 섬멸해야 했다. 드디어 적의 후미가 보였다. 정신없이 도망가던 적들은 어느새 다시 전열을 정비하여 싸울 채비를 갖추고 있었다. 그 속에는 대조영의 모습도 보였다. 리하이구의 얼굴에 미소가 떠올랐다. 이번에는 끝장을 보리라 다짐했다.

"공격!"

다시 두 진영이 엉켜 싸우기 시작했다. 평지에서의 싸움과는 다른 양상이었다. 말이 전혀 힘을 발휘하지 못했다. 적들은 달랐다. 저들의 말은 산속에서도 날렵하게 움직이며 평지와 다름없는 기동력을 발휘했다. 수적으로 우세하였기에 싸움은 팽팽한 백중세를 유지했다.

'철~렁, 철~렁'

순간 이상한 소리가 골짜기에 퍼지기 시작했다. 정체를 알 수 없는 소리였다. 그 소리는 점점 커졌다. 마침내는 온 산골짝이 떠나갈 듯한 무시무시한 금속음이 들렸다. 절로 싸움을 멈추었다.

"도대체 저게 무슨 소린가?"

리하이구는 싸우다 말고 중랑장 삭구를 불러 물었다.

"모르겠습니다."

아무도 그 소리의 정체를 아는 자가 없었다. 긴장한 채 점점 가까이 다가오는 소리의 주인공을 기다렸다. 오래지 않아 모습이 드러났다. 둔덕을 넘어 나타난 소리의 주인공은 말과 사람이 전신을 찰갑으로 무장한 수천수만의 군사들이었다. 이들은 대오를 갖춰 천천히 골짜기 저쪽에서 진군해 오고 있었다.

"저…… . 저들은"

"옛날 고구려가 자랑하던 철기병 같습니다."

중랑장 삭구의 목소리는 떨려 나왔다.

"염주성의 개마무사다. 원군이 왔다!"

대조영이 이끄는 연합군 사이에서 만세 소리가 퍼져 나왔다.

"후퇴하라!"

리하이구는 자신들이 익숙하지 않은 산 속에서 익숙하지 않은 군대와 싸우고 싶지 않았다. 자신들이 마음 놓고 싸울 수 있는 들판에서 저들을 상대해야겠다고 생각했다. 빠른 속도로 골짜기를 빠져나갔다. 이번에는 매복한 자들의 공격을 받지도 않았다.

고인의 곁에서 돌을 굴리며 열댓 살의 어린 아이 답지 않게 싸움을 독려하던 대무예는 골짜기 아래로 급히 빠져 나가는 당나라군의 모습을 지켜보고 있었다. 골짜기를 통과하여 깊숙한 곳으로 들어갔을 무렵부터 초조하게 싸움의 결과를 기다리던 그는 아버지 대조영이 저들을 제압했다고 생각하여 절로 만세를 불렀다.

만세를 부른 대무예는 오래지 않아 계곡이 떠나갈 듯한 금속성이 울리더니 지금까지 한 번도 보지 못한 이상한 군사들이 깃발을 나부끼며 저들을 추격하는 모습을 보았다.

"스승님 저건 뭡니까?"

곁에 있던 선생님 고인의의 눈이 동그래졌다.

"저~ 저것은 개마무사입니다. 광개토대왕이 중원을 정복할 때, 을지문덕 대모달께서 백만의 수나라군을 상대로 싸울 때, 연개소문 대막리지께서 불세출의 영웅 이세민을 공략할 때 선봉에 섰던 개마무사입니다. 고기비늘 같은 찰갑으로 무장한 저들이 한 번 지나간 자리에는 살아 있는 것이 없었다고 합니다. 어떻게 저들이 지금 남아 있는지, 고구려가 망한지 삼십년인데……."

고인의의 설명을 들으면서 대무예는 놀람과 함께 감동을 받았다. 한 번도 보지 못했던 아버지 나라 고구려의 모습을 보는 것 같았다.

"아! 저것은……."

한동안 고인의가 말을 잇지 못했다.

"저들은 공자님의 할아버지가 이끄는 염주성의 군사들입니다. 전형적인 고구려 군대의 모습이지요."

고인의는 계곡으로 차례차례 들어서는 염주성 출신의 군사들을 보면서 놀람과 경이로운 표정을 한동안 고치지 못했다.

"개마무사 뒤쪽으로는 경기병들입니다. 저들은 개마무사들이 적을 공격할 때 적의 후방과 측면을 공격하는 부대입니다. 그리고 저들 뒤에 따르는 것은 갈고리병과 도수병들입니다. 갈고리병은 달려오는 적 기병대의 목을 끌어내립니다. 그러면 뒤에 있는 도수병들이 적의 목을 칩니다. 또 그 뒤에 오는 사람들은 사수들입니다. 저들은 아군의 기병들이 적진으로 돌격하기 전 적을 향해 활을 쏘면서 아군을 엄호하는 사람들입니다. 단궁을 쓰는 저들의 활은 사거리가 멀어 적이 안심하고 있는 곳까지 화살이 날아갑니다."

고인의도 책에서만 배웠던 고구려군의 모습을 직접보자 놀람과 함께 대무예에게 하나하나 설명했다.

"저는 저들을 따라 가겠습니다."

대무예는 궁금하여 견딜 수 없다는 듯 말에 올랐다.

"안됩니다. 아버님이 여기서 꼼짝하지 말고 있으라 했습니다."

"내 나이 이제 열 넷이오. 얼마든지 싸울 수 있소."

대무예는 칼을 챙긴 후 곧바로 골짜기 아래로 내려갔다.

고인의는 그의 기세가 얼마나 사나웠는지 말릴 수 없었다.

리하이구는 무사히 벌판으로 빠져나왔다. 수천의 군사를 잃긴 했지만 큰 타격은 받지 않았다. 들판에서의 싸움에서는 누구에게도 지지 않을 자신이 있었다. 그는 얼른 전열을 재정비하여 싸울 준비를 갖추었다. 그는 상상도 하지 못했다. 그가 싸워야할 군대가 들판에서 적 기병대를 상대로 싸우기 위해 광개토대왕이 창설한 부대라는 것을 모르고 있었다.

대조영은 적을 추격하며 들판 한 가운데로 나섰다. 그곳에서 그는 반가운 얼굴들을 만났다. 미발계와 함께 염주성의 수비대장 미가살과 도사공 장간을 만난 것이다. 십사오 년 만이었다.

"아버님은 안 오셨소이까?"

"욕살님은 연세가 많으셔서 기동이 예전만 하지 못하여 책성에 남으셨습니다. 대신 공자님께서 이 부대를 지휘하라고 하셨습니다."

미가살이 아버지의 소식을 전했다. 대조영은 너무나 오랜만에 염주성 사람과 군사들을 보자 마치 고향에 온 듯 힘이 솟았다. 지금까지 너무나 열세였던 부대를 이끌고 악전고투했는데 이렇게 든든한 군대를 보니 자신감이 넘쳤다. 더구나 이들은 자신이 어릴 때부터 보고 배운 바로 고구려의 군대였다. 그는 부대를 정렬했다. 훈련이 잘된 염주성의 군대는 말이 필요 없었다. 오랫동안 진법 훈련을 했기 때문에 싸우는 법도 알고 있었다. 오히려 설명이 필요한 것은 자신이 이끌고 여기까지 온 연합군이었다. 이들은 경기병부대에 포함시켜 적의 측면을 공격하기로 작전을 세웠다.

맨 앞에는 오천 명의 개마무사들이 섰다. 바로 그 뒤에는 경기병이 따랐고, 그 뒤에는 보병인 갈고리병과 도수병이 섰다. 사수들은 길게 늘어서서 명령만 내리면 곧바로 활을 쏠 차비를 갖추었다.

"공격!"

대조영은 오랜만에 입가에 미소를 띠고 공격 명령을 내렸다.

'철, 철, 철~'

공격 명령에 개마무사들이 진군하면서 쏟아내는 찰갑 부딪히는 소리가 온 들판을 가득 메웠다. 상대에게 공포감을 심어주기에 충분한 소리였다.

대조영의 부대는 개마무사들의 진군 속도에 맞추어 천천히 진군했다. 그때 필마가 대조영을 향해 달려왔다. 대무예였다.

"여기는 위험하다고 오지 말라 했지 않느냐!"

대조영은 대무예를 보자 꾸짖으며 쫓아 보내려 했다.

"저도 싸울 수 있습니다. 저는 어린 나이지만 평생 당나라 놈들에게 눌려 살았습니다. 그런데 이제 내 아버지, 내 할아버지 나라의 진면목을 저들에게 보여줄 수 있는데 왜 제가 빠집니까? 놈들에게 본때를 보여주고 싶습니다. 이것이 내 아버지의 나라의 참 모습이라고……."

대무예는 아버지의 허락을 구하지도 않았다. 곧바로 경기병들 사이에 섞여 버렸다. 대조영은 말리지 않았다. 그냥 미소만 지을 뿐이었다.

"돌격!"

천천히 진군하던 개마무사들은 대조영의 돌격 명령에 속도를 내기 시작했다.

'철, 철, 철, 철~'

쇠북을 울리는 듯한 소리를 내며 개마무사들은 적진으로 달리기 시작했다. 이들의 뒤를 따르던 경기병들이 갑자기 대오를 이탈하더니 두 갈래로 벌어지며 전속력으로 적의 측면을 향해 달리기 시작했다. 동시에 적진을 향해 화살이 비처럼 쏟아졌다.

전열을 갖추고 적이 다가오는 것을 기다리고 있던 리하이구는 갑작스런 적의 변화에 어떻게 대처해야 할 줄을 몰라 당황했다. 도대체 적이 어떤 전술로 다가오는지 대처하기가 쉽지 않았다. 비처럼 쏟아지는 적의 화살에 수없이 많은 병사들이 쓰러졌다. 방법은 하나밖에 없는 듯했다. 저들과 직접 부딪히는 것이다.

"돌격!"

맞불작전을 펼쳤다. 적을 향해 활을 쏘며 돌격했다.

마침내 리하이구가 이끄는 당나라군과 염주성이 주도하는 순나부 군사들 간의 전투가 벌어졌다. 웬만큼 활을 맞아도 웬만큼 찔려도 개마무사들은 끄덕도 하지 않았다. 그들이 한 번 스치고 간 자리에는 살아 있는 것은 없었다. 도수병들도 적의 목을 치기에 급했다. 양 측면에서 파고드는 기병대의 칼날에 당나라군은 어느 쪽에 시선을 두고 싸워야 할지 몰랐다. 공포 그 자체였다. 후퇴명령을 내리지도 않았는데 오래지 않아 도망가기 시작했다.

"한 놈도 살려 두지 마라."

대조영은 곧바로 추격전을 벌였다. 그의 목표는 리하이구였다. 오래지 않아 도망가는 군사들을 막아서기에 급급한 리하이구를 만났다.

"우리는 아직 할 일이 남아 있지 않은가?"

대조영은 화극(火戟)을 들어 곧바로 그를 공격했다. 두 사람 사이에 또다시 접전이 벌어졌다. 그러나 이번에는 오래가지 못했다. 리하이구가 편안한 싸움을 벌일 수 없었던 것이다. 대조영은 리하이구가 빈틈을 보이자 곧바로 화극(火戟)을 돌렸다. 리하이구는 간신히 그의 칼날을 피했다. 그러나 완전히 피하지 못하여 그는 배를 움켜쥐며 말에서 떨어졌다.

"욱!"

리하이구는 피를 토했다. 그 순간 대조영은 화극을 높이 들고 그의 목을 쳤다.

'챙!'

날카로운 금속음이 울렸다. 다급해진 삭구가 리하이구의 목숨을 구하기 위해 달려 든 것이다.

"어서 대장군을 피신시키라."

삭구는 부하들에게 리하이구를 맡긴 후 대조영에게 달려들었다. 그의 기세가 맹렬하여 대조영은 한 발 뒤로 물러서고 말았다. 그 틈을 이용하여 리하이구는 부하들의 부축을 받으며 전쟁터를 벗어나고 있었다. 대조영은 마음이 급했다. 하지만 삭구가 가로막아 쉽지 않았다.

"이 노~옴!"

대조영은 리하이구가 사지를 벗어나는 듯하자 분노의 마음이 그에게 향했다. 대조영이 계속 몰아붙이자 삭구는 마침내 힘이 다했는지 칼을 놓치고 말았다. 대조영은 그 틈을 이용하여 삭구의 목을 쳤다. 피가 솟구치고 목은 힘없이 주인을 잃었다. 대조영은 칼날 끝에 삭구의 목을 꿰었다. 높이 들었다. 군사들의 환호소리가 온 들판에서 끊이지 않았다.

"추격하라! 한 놈도 살려 보내지 마라. 살려 보내면 결국 저놈들은 우리에게 창끝을 겨눌 놈들이다."

해가 대지 너머로 사라질 때까지 대조영은 추격전을 벌였으나 리하이구는 끝내 놓치고 말았다. 화의 근원을 제거하지 못한 것이 못내 아쉬웠지만 어둠이 몰려들어 더 이상 추격할 수 없었다. 대승이었다. 당나라군을 물리친 것만으로 만족해야 했다.

대조영은 일일이 군사들을 찾아다니며 위로했다. 그리고는 소리 높여 승전을 외쳤다.

"자 이제 고향 순나부 땅으로 돌아가자. 그곳에서 힘을 길러 저 요동 땅으로 다시 돌아가자. 서러움과 괄시의 땅 요동, 요서로 진격하여 고구려의 땅을 되찾고 고구려의 문화와 전통을 다시 이어가자!

환웅과 해모수, 주몽대왕, 태조대왕, 광개토대왕, 을지문덕 대모달, 연개소문 대막리지로 이어지는 고구려의 전통을 우리가 이어가자!"

"와~"

함성 속에는 햇살이도, 달맞이도, 대무예의 소리도 모두 섞여 있었다. 저승에서 조상들과 함께 있는 고연과 걸사비우와 나달의 소리도.

(2권에 계속)

연표

612년 수양제 고구려 침공, 7월 을지문덕 살수에서 수나라군 대파

642년 연개소문 영류왕 죽인 후 보장왕을 세워 막리지가 됨

645년 당태종 고구려 공격(고당 일차전쟁), 당태종 안시성 공략 실패 철군.

　　　　연개소문 장산군도전투에서 대승을 거둠

660년 백제 멸망

661년 당나라 고종 고구려 공격 시작(고당 2차전쟁)

662년 연개소문 사수에서 당나라군 대파

666년 연개소문 죽음

668년 나당연합군 고구려 평양성 공격, 고구려 멸망

669년 당나라 고구려 평양성에 안동도호부 설치

676년 신라 이근행, 유인궤, 설인귀 등이 이끄는 당나라군과 싸워 이겨 당나라군을 한반도에서

　　　　몰아냄(삼국 통일). 당나라 안동도호부를 요양(요동)에, 웅진도독부는 건안성으로 옮김.

676년 당나라 전 고구려 왕 보장을 안동도호부 도호로 삼음

681년 보장왕 말갈 등과 고구려 부흥을 위해 모반하다 실패하여 유배됨

696년 거란인 송막과 이진충 반란을 일으켜 영주도독 조회를 죽임.

　　　　걸걸중상 백두산 동북부의 말갈족을 통합

698년 걸사비우와 함께 영주를 탈출한 대조영 천문령에서 이해고의 당나라군을 격파함

699년 대조영 돈화현 동모산에서 진국(발해)을 세우고 연호를 천통이라 함

713년 대조영 국호를 발해로 고침

719년 대조영 죽음. 아들 대무예 즉위

726년 대무예 배반한 흑수부말갈을 공격함

732년 대무예의 장수 장문휴 당나라 산동반도의 등주성을 공격하여 등주자사를 죽이고

　　　　산동지역을 장악함

737년 발해 2대 무왕 대무예 죽음